Boris Akounine est le pseudonyme d'un écrivain russe, tour à tour essayiste, traducteur littéraire et romancier. Traduit en dix-huit langues, chacun de ses livres atteint dans son pays des tirages de plusieurs centaines de milliers d'exemplaires.

Boris Akounine

AVANT LA FIN DU MONDE

et autres nouvelles

Traduit du russe
par Luba Jurgenson

Presses de la Cité

TEXTE INTÉGRAL

TITRES ORIGINAUX
Skarpeja Baskakovyh – Odna desjataja procenta – Čaepitie v Bristole – Pered koncom sveta
ÉDITEUR ORIGINAL
I. Bogat, 2007

ISBN 978-2-7578-3890-7
(ISBN 978-2-258-07524-5, 1re édition)

LA GUIVRE
DES BASKAKOV

Cette nouvelle est dédiée
à Arthur Conan Doyle

Baskakovka, 1888

I

– Tioulpanov, vous craignez les serpents ?

Cette question surprit Anissi alors qu'il buvait sa deuxième tasse de thé. C'était le meilleur moment de la journée : toutes les affaires avaient déjà été expédiées, la soirée ne faisait que commencer, il n'avait résolument pas à se presser. Cela le mettait d'humeur calme, philosophique.

La conversation portait sur un tout autre sujet : la visite à Moscou de Sa Majesté l'impératrice, prévue pour le lendemain. Pourtant, Anissi ne fut pas désarçonné par cette question inattendue, habitué qu'il était déjà à ce que Fandorine, son supérieur, sautât du coq à l'âne.

Cela ne l'empêcha pas de bien réfléchir avant de répondre. La question était peut-être oiseuse, et alors il fallait la prendre au sens figuré, mais peut-être n'était-ce pas le cas. Par exemple, une fois, Eraste Pétrovitch lui avait demandé : « Aimeriez-vous, Tioulpanov, devenir tellement habile et fort qu'aucun géant ne saurait vous résister ? » Anissi avait eu le malheur de répondre : « Bien sûr ! » Depuis ce jour, et cela faisait plus d'un an, il était obligé de suivre l'enseignement de Massa, le valet du patron, et ce Japonais qui ne songeait qu'à le tourmenter lui faisait vivre un véritable martyre : il devait courir dans la neige, vêtu de ses seuls sous-vêtements, ou marcher sur les mains pendant une demi-heure, tel un antipode australien, en s'écorchant les paumes sur le plancher hérissé d'échardes.

– Quel genre de serpents ? s'enquit Anissi, prudent. Les vrais, ceux qui rampent, ou bien les serpentins que l'on jette les jours de fête ?

– Les vrais. Pourquoi craindrait-on les serpentins ?

Après mûre réflexion, le secrétaire de gouvernement décréta que la question de son supérieur ne recelait aucun piège. Bien sûr, tout le monde a peur du cobra ou de l'échidné, mais il y avait peu de chances qu'on en trouvât à Moscou, rue Saint-Nikita.

– Non, je ne les crains pas du tout.

Eraste Pétrovitch inclina la tête d'un air satisfait.

– C'est parfait. Donc, demain, vous partirez pour le district de Pakhrinsk. Un anaconda inouï y a été vu. Le curé de la paroisse nous fait part de manigances de S-satan et déplore la mécréance des pouvoirs terrestres, tandis que le président de l'Assemblée du district dénonce l'Église, qui sème la confusion dans les esprits et propage les superstitions. Allez là-bas et tirez cela au clair. Je ne vous raconte pas les détails, car je ne les connais que par ouï-dire et il n'y a rien de pire quand on veut se faire une idée précise des faits. Cette histoire est si absurde et fantastique que, n'était la visite de Sa Majesté, je n'aurais pas hésité à m'y rendre moi-même.

Avant de passer chez lui pour préparer son voyage, Anissi chercha le mot inconnu dans une encyclopédie. L'anaconda était en fait un énorme serpent des marais amazoniens. Qu'avait donc voulu dire son supérieur ? C'était tout sauf clair. Le méchant homme : à présent, Anissi brûlait d'en savoir plus.

Toute la sainte journée, Anissi voyagea sur de mauvaises routes dans une calèche ballottée dans tous les sens : après la grande route mal pavée, il tourna sur une voie en terre et, à la fin, dut faire les onze derniers kilomètres sur un chemin de village tout criblé de flaques et de nids-de-poule. Parti avant l'aube, à quatre heures du matin, il n'arriva à Pakhrinsk que le soir.

Ne connaissant encore rien à l'affaire, Tioulpanov avait décidé que, dans le conflit qui opposait les deux factions de Pakhrinsk, il prendrait le parti du progrès. Aussi avait-il envoyé un télégramme au Conseil de l'Assemblée pour annoncer son arrivée. À présent, le président du Conseil en personne attendait le visiteur de Moscou, malgré l'heure tardive.

– Bienvenue, monsieur Tioulpanov, dit-il en passant sa main sur les épaules de son hôte pour secouer la poussière grise qui s'y était accumulée pendant le voyage. De la part des personnes progressistes qui sont, certes, minoritaires dans notre modeste district, je vous présente mes excuses pour le dérangement que nous vous avons causé. Ce sont nos Torquemada du cru qui sèment le trouble du haut de la chaire. Heureusement que c'est M. Fandorine, un homme intelligent et cultivé, qui a été chargé de cette affaire, et non quelque grenouille de bénitier obscurantiste. Il est nécessaire de démasquer ces superstitions nuisibles. Toute notre région vit encore au Moyen Âge ! Les éléments les plus incultes, les plus réactionnaires lèvent la tête. Les popes sont ravis, ils organisent des processions et des prières à longueur de journées, et on voit apparaître un nombre incalculable de sorciers et de magiciennes. On ne parle que de la Guivre des marais.

De quoi, de quoi ? faillit demander Anissi. Mais il se mordit la langue : il fallait être patient, le président du Conseil allait tout lui raconter.

Après avoir toisé d'un regard sceptique la silhouette peu virile et le visage glabre du secrétaire de gouvernement, Antoine Maximilianovitch Blinov (tel était son nom) ajouta :

– C'est bien dommage qu'Eraste Pétrovitch n'ait pas pu venir lui-même, mais ce n'est pas grave. L'assistant d'un homme aussi exceptionnel doit être quelqu'un d'extraordinaire, lui aussi.

Tioulpanov fronça les sourcils : il avait saisi le doute dans l'intonation du président. Celui-ci en demandait trop : que Fandorine se déplace en personne ! Il ne manquait que ça ! Son supérieur allait-il se rendre dans ce trou perdu, pour des vétilles ? Il ne fallait pas rêver.

Pour ne pas trahir son ignorance humiliante de l'affaire, Tioulpanov décida de jouer les hauts personnages devant ce petit chef provincial. Il ne posa pas de questions, n'exprima aucun jugement si ce n'est à propos du temps qu'il faisait (sec, mais pas trop chaud, ce qui était fort agréable) et, pour commencer, se limita à des interjections.

En sortant du bâtiment de l'Assemblée, ils montèrent directement dans la carriole vieillotte du président et roulèrent à travers un paysage où alternaient champs et bosquets, avant de pénétrer dans une épaisse forêt.

– Je vous laisserai près du chemin des Tatars, c'est à deux pas de Baskakovka, expliqua Blinov. J'espère que vous ne m'en voudrez pas. Je ne peux pas me montrer chez Barbara Ilinitchna, en ce moment, je suis devenu *persona non grata*. Pour l'héritière de ce nouveau latifundium, votre serviteur est un reproche vivant, pénible souvenir de son bon accueil d'autrefois.

Anissi acquiesça d'un signe de tête. Pourtant, c'était la première fois qu'il entendait parler de cette héritière et le sens du mot « latifundium » n'était pas tout à fait clair pour lui. Cela devait désigner aussi quelque chose de sud-américain.

Antoine Maximilianovitch devisait sans discontinuer,

essentiellement à propos de choses qui n'avaient rien à voir avec l'affaire : la région de Pakhrinsk, qui était très ancienne, la beauté de la nature, le bel avenir de ces petits villages vétustes, de ces lentes rivières et marécages mélancoliques. Blinov était absolument convaincu que ce trou perdu était promis à un avenir radieux, lequel était attendu pour le printemps prochain, date prévue pour l'inauguration d'un chemin de fer qui allait traverser le district.

– Vous imaginez ce que ça va être, aimable Anissi Pitirimovitch ?

Le président du Conseil se retourna et, dans son exaltation, il saisit la main du jeune homme si fort que Tioulpanov fit une grimace : l'enthousiaste avait une poigne puissante.

– Aujourd'hui, personne n'a besoin de nos petites industries ni de nos forêts mixtes. Lorsqu'on pourra se rendre à Moscou dans un compartiment confortable avec des banquettes moelleuses, les estivants viendront par milliers. Bénie soit cette sous-espèce oisive de l'Homo sapiens ! Ils apporteront de l'argent, des routes praticables, des emplois pour les habitants du cru ! Alors, l'ivrognerie et la mendicité disparaîtront, on fera bâtir des hôpitaux et des fermes. Dans deux ou trois ans, on ne reconnaîtra plus notre district !

– C'est pour cela que vous avez appelé Baskakovka « un nouveau latifudium » ? dit Anissi en répétant le mot ronflant d'un air détaché.

Il espérait l'avoir bien retenu. Ce n'était pas tout à fait le cas : Blinov le reprit.

– Latifundium. Qu'était donc Baskakovka jusqu'à présent ? Vingt mille hectares de terre épuisée, pauvre en humus, coincée entre le marécage de Gnilovo et les terrains vagues de Mokchino. Papakhine (un de nos entrepreneurs locaux) avait proposé d'acheter tout le domaine pour trente mille roubles, qu'il voulait débourser en plusieurs fois. À présent, ce sont deux mille terrains pour des villégiatures ! Chacun pourra être vendu à des promoteurs et des constructeurs pour mille roubles.

– Deux millions ! calcula immédiatement Tioulpanov, qui sifflota.

– D'après les calculs les plus modestes, remarquez. Ces millions lui sont montés à la tête, à Barbara Ilinitchna.

– C'est la propriétaire ? s'enquit le secrétaire.

– À présent, oui. Alors qu'il y a un mois elle n'était que la fille adoptive de Sophie Konstantinovna, la propriétaire, et donc, une pique-assiette. Feu Sophie Konstantinovna vivait chichement et envoyait ses maigres revenus à son fils unique, Serge Gavrilovitch, qui servait au bataillon de chasseurs des montagnes, à Kouchka. À l'époque, je les fréquentais. Imaginez, quelquefois pour le thé, il n'y avait sur la table que des biscottes avec de la confiture d'airelles, rien d'autre.

En entendant l'expression « feu Sophie Konstantinovna », Tioulpanov retrouva ses esprits tel un corbeau qui aperçoit soudain, en rase campagne, sous un saule, la proie qu'il cherchait. En criminologie, une fortune inattendue promettait beaucoup ou, comme disait son supérieur, ouvrait de vastes perspectives.

– Que lui est-il donc arrivé, à la pauvre vieille ? demanda-t-il d'une voix onctueuse, tout en se disant : Ce serait bien qu'il s'agisse d'un meurtre, et des plus mystérieux ! Alors je n'aurais pas perdu ma journée à avaler de la poussière.

– Comment ? Vous n'allez pas me dire que votre supérieur ne vous a pas mis au courant ? s'étonna Blinov.

Tioulpanov dut faire comme si sa question avait un

sens purement rhétorique, une sorte de conversation à voix haute avec soi-même.

– Elle n'était pas du tout vieille, répondit le président du Conseil. Dans les quarante-cinq ans, et robuste. Quant à son fils, Serge Gavrilovitch, c'était un vrai preux, un gars d'une belle carrure. De la vieille race des Baskakov. C'est donc plutôt par sentimentalisme et mépris de la maladie que Sophie Konstantinovna avait ajouté le nom de sa fille adoptive à son testament…

Le corbeau fondit sur sa proie.

– Ajouté à son testament ?

– Mais oui. L'année dernière, Mme Baskakov était tombée de sa calèche – son cheval s'était emporté – et elle s'était fait mal. Elle avait passé une semaine au lit, puis elle s'était relevée plus en forme que jamais. Mais, pendant qu'elle était malade, elle s'était fait donner l'extrême-onction et s'était souciée d'écrire son testament. Naturellement, elle léguait tout à son fils unique et, à la fin, elle avait ajouté une clause : si son fils mourait sans laisser d'héritier, tout reviendrait à sa fille adoptive Barbara. Car celle-ci avait vraiment pris soin d'elle : elle lui faisait des compresses, des potions… Sophie Konstantinovna voulait lui faire plaisir. Et voilà le résultat…

– Quel résultat ? demanda le jeune homme, qui n'arrivait pas à tenir sa langue.

– Jugez par vous-même. L'année dernière, au moment où la Baskakov a rédigé son testament, c'était une personne encore vaillante et pas du tout vieille, malgré ses hématomes sur le dos. En plus, elle avait un héritier légitime, son sous-lieutenant de fils aux joues vermeilles avec une moustache comme ça. Entre nous, l'héritage était plutôt minable. Il y a un mois, trois événements sont survenus coup sur coup : deux tragiques et un heureux, qui ont tout changé…

Soudain, le président du Conseil se mit à marmonner des paroles incompréhensibles :

– Des caqueteurs, des caqueteurs, vous les entendez qui jacassent dans le marais ?

Son visage devint tendrement rêveur.

– Ce sont les canards d'ici, une espèce extrêmement rare, poursuivit-il. D'ailleurs, il y a beaucoup d'oiseaux rares dans nos contrées. Nos braconniers, les villageois du coin, les avaient pratiquement exterminés, mais à présent plus personne n'ose s'aventurer dans les marais : à quelque chose malheur est bon. Il y a une nouvelle génération de canards. Bientôt, on pourra y faire un tour avec un fusil. J'ai une maison de l'autre côté du marais. Une ruine, vestige du nid familial. Tout mon temps est consacré à la communauté, je n'en ai pas pour m'occuper de mon patrimoine à moi. Et puis, vous parlez d'un patrimoine ! Rien du tout ! Je l'aurais bien laissé tomber, mais c'est qu'il y a la nature, et la chasse ! Vous n'êtes pas chasseur ?

– Moi ? s'écria Tioulpanov en faisant la grimace, agacé par cette digression. Non.

– Et moi, c'est mon péché mignon.

Anissi, rappelant à l'ordre le conteur indiscipliné :

– Vous avez parlé d'événements tragiques et joyeux…

– Oui, oui. D'abord, une terrible nouvelle est arrivée du Pamir : le sous-lieutenant Baskakov était tombé dans un combat contre les Afghans. Bouleversée, Sophie Konstantinovna a eu une crise cardiaque. Et, trois jours plus tard, il lui est arrivé ça. Ce pourquoi vous êtes venu ici.

Blinov baissa la voix, alors qu'ils étaient seuls, et Tioulpanov se sentit de nouveau en colère contre son supérieur. Pouvait-on se moquer de la sorte de son assistant dévoué ?

– À peine a-t-on enterré Mme Baskakov, à peine Barbara Ilinitchna est-elle entrée en possession de ses biens, qui lui étaient tombés dessus de façon si inattendue, que nous avons appris qu'il allait y avoir le chemin de fer.

– Et alors, l'héritière ? demanda Anissi, curieux. Tous ces événements ne l'ont-ils pas perturbée ? Elle n'avait pas un sou, et la voilà à la tête d'une fortune.

– Au début, elle a pris peur. Dans un premier temps, elle a même cherché auprès de moi consolation et soutien : à l'époque, j'étais son confident numéro un. Il faut vous dire qu'autrefois, Barbara Ilinitchna faisait preuve d'une grande indépendance d'esprit. Elle voulait servir le peuple et la société, faire des études pour devenir institutrice ou sage-femme. Combien de fois n'avions-nous pas rêvé ensemble à un miracle qui transformerait notre modeste contrée : par exemple, on construirait une usine, ou bien un industriel prévoyant déciderait d'assécher le marais de Gnilovo, ou encore un riche propriétaire originaire de la région léguerait cent ou deux cent mille roubles pour la mise en valeur de son pays natal.

Antoine Maximilianovitch poussa un soupir et Tioulpanov imagina vivement cette scène : un fonctionnaire dévoué à la communauté, un peu malmené par la vie mais encore tout à fait vert, et une demoiselle modeste, jolie ; une vieille demeure, de douces soirées. Cela devait bien finir par quelque romance.

– Et alors ? Une fois devenue riche, Barbara Ilinitchna a-t-elle renoncé à faire une donation pour le district ?

– Pas tout de suite, répondit Blinov avec un soupir encore plus douloureux. Au début, elle a poursuivi son idée. Elle a même rédigé son testament, léguant tous ses biens à la municipalité de Pakhrinsk…

– Je suppose que c'était pour la forme, dit le secrétaire avec un sourire moqueur. S'agissant d'une jeune demoiselle…

Le président jeta un coup d'œil rapide au fonctionnaire moscovite.

– Non, mon cher Anissi Pitirimovitch, ce n'était pas du tout pour la forme. Barbara Ilinitchna est phtisique. Elle a toujours pensé qu'elle mourrait jeune. De là lui venait son sens du sacrifice, son désintéressement. Mais, là-dessus, des charognards se sont manifestés : quoi de plus normal ? Egor Ivanovitch Papakhine, qui cette fois-ci a proposé bien plus que trente mille. Makhmetchine, l'entrepreneur tatar qui voudrait ouvrir un hôpital pour offrir des cures de koumys dans les bosquets de Baskakovka. Il a proposé deux fois plus que Papakhine. Ils ont fait croire à Barbara Ilinitchna qu'à présent on savait soigner la phtisie en Suisse. Ils lui ont complètement troublé l'esprit. Et de lui parler de Paris, de Menton… Et c'est comme ça que j'ai perdu sa confiance.

On ne voyait presque plus la route, uniquement des murailles d'arbustes des deux côtés. En haut, dans l'espace étroit entre les cimes des hauts pins, la bande noire du ciel scintillait de myriades d'étoiles.

Soudain, le cheval se mit à piaffer, à replier ses postérieurs, et Anissi sentit son cœur se serrer. Une créature se tenait devant eux sur le bord de la route : un être blafard, maigre, de taille immense, qui produisait de petits bruits perçants, à vous troubler l'âme. Il ressemblait comme deux gouttes d'eau au méchant sorcier Babaï que sa maman évoquait pour lui faire peur, quand il était petit : « Si tu n'obéis pas, il te prendra par le toupet, il te jettera dans sa besace et il te portera dans la clairière aux démons. »

Blinov tira sur les rênes, cria plusieurs fois « Halte ! » pour calmer le cheval effrayé.

– Vladimir Ivanovitch, c'est vous ? Vous revenez d'Olkhovka ?

La créature bougea et cessa sa complainte. En fait, ce n'était pas du tout le sorcier Babaï, mais un paysan très grand et maigre vêtu d'une chemise blanche, qu'il portait par-dessus son pantalon en velours de coton, avec des chaussons en tille aux pieds. La lune sortit et éclaira un visage barbu aux joues creuses, les yeux très enfoncés – on aurait dit des trous noirs – et un fin mirliton qu'il tenait à la main.

– Bonsoir, Antoine Maximilianovitch, dit le moujik d'une voix douce et agréable.

Il s'inclina devant Tioulpanov, non pas à la manière des gens du peuple, mais comme on fait dans les salons.

– Vous avez deviné : j'étais allé à Olkhovka pour voir les vieilles de là-bas, pour noter les adages locaux. Je me suis fait un mirliton. Ne trouvez-vous pas que c'est une tonalité étonnante ?

– Oui, elle nous casse les oreilles, acquiesça le président du Conseil. Anissi Pitirimovitch, je vous présente Vladimir Ivanovitch Petrov, un vrai Russe, connaisseur de l'art oral populaire. Il ne se soucie de rien au monde à l'exception du folklore et des métiers paysans. Il est venu de Pétersbourg et il loge à Baskakovka. D'ailleurs, il n'y a pas tellement d'autre solution. Cela tombe très bien : vous aurez un guide. Et voici M. Tioulpanov, fonctionnaire du secrétariat du général gouverneur. Il nous a été envoyé pour démêler l'histoire que vous connaissez.

Tout le monde connaissait l'histoire, même ce joueur de mirliton, sauf lui !

Ils se séparèrent de Blinov, car le savant de Saint-Pétersbourg prit un raccourci à travers la forêt. À la différence du volubile président du Conseil, l'ethnographe était taciturne, et ne se retournait pas sur son compagnon ; de temps en temps, il tirait de son mirliton des trilles mélancoliques qui semblaient malveillants à Tioulpanov.

Le jeune homme attendit cinq minutes : la conversation n'allait-elle pas rouler tout naturellement sur les habitants du village, ou du moins le folklore de Pakhrinsk ? Qu'importe, à partir du moment où il y a échange… Mais Petrov se taisait toujours et Tioulpanov se vit obligé de faire le premier pas.

– En tant que spécialiste des légendes, vous avez dû entendre souvent des histoires bizarres. Encore plus bizarres que celle dont parlait Antoine Maximilianovitch.

Il n'aurait pas pu commencer de manière plus maladroite.

– Encore plus bizarre ? Je crois que cela n'existe pas, marmonna Petrov.

Mais, après ce début prometteur, il se tut de nouveau.

Tioulpanov décida alors de prendre le taureau par les cornes. Il fallait en finir avec les détours.

– J'ai remarqué, Vladimir Ivanovitch, que vous évitez de me parler des récents événements de Baskakovka. Pourquoi ? Y a-t-il des raisons à cela ?

C'était le meilleur moyen pour faire parler ce personnage taciturne : il fallait le surprendre par un assaut brutal et l'obliger à se justifier. Le perspicace Eraste Pétrovitch avait enseigné cette manœuvre à son assistant.

Son stratagème réussit au-delà de ses espérances. Petrov enfonça sa tête dans ses épaules, se retourna et ouvrit ses bras osseux en un geste d'excuse.

– Je n'y suis pour rien, ce n'est pas moi qui ai inventé l'histoire de la Guivre. Je n'ai fait que la raconter, en pensant distraire Sophie Konstantinovna avec cette vieille légende. Qui aurait pu prévoir la manière dont ça allait tourner ?

Tioulpanov ne comprenait rien à ses propos, mais son flair lui dit qu'il touchait au but.

– Racontez-moi tout dans l'ordre, ne sautez pas du coq à l'âne, dit-il d'un air sévère. Cela s'est passé quand ?

– Je dirais une semaine avant…

Vladimir Ivanovitch trébucha, cherchant le mot juste.

– … avant l'événement. C'était son anniversaire. Tout a commencé avec l'icône. Dans son salon, il y a une image de saint Pancrace. Une vieille icône qui date de l'époque de Pierre le Grand. Pancrace a vécu il y a presque cinq siècles, il est le fondateur de la lignée des Baskakov. À côté du saint, on voit un grand serpent avec une couronne lumineuse. C'est tout de même extraordinaire ce que nos aristocrates s'intéressent peu à l'histoire de leur famille ! s'emporta soudain le folkloriste. N'importe quelle paysanne d'Ilinskoïe ou d'Olkhovka vous parlera de la Guivre avec force détails et tant de poésie ! Sophie Konstantinovna savait juste que son aïeul avait bâti sa maison à l'endroit de sa rencontre avec un serpent magique et que cet événement avait un lien avec la canonisation de Pancrace. Quant à l'herbe miraculeuse et la prophétie, elle n'en savait rien !

La situation devenait amusante : la nuit, sur un sentier de forêt, deux hommes sérieux, un savant de Pétersbourg et l'assistant personnel d'un fonctionnaire chargé de missions spéciales auprès du général gouverneur lui-même, menaient une étrange conversation à propos de diableries invraisemblables. Tioulpanov arborait un air méfiant (n'était-on pas en train de duper l'étranger venu de Moscou ?) ; le folkloriste, lui, semblait aux anges.

– Savez-vous, monsieur, que la légende de la Guivre,

que l'on appelle aussi la Vouivre ou la Vivre, est répandue dans toute la plaine russe depuis Arkhangelsk jusqu'aux provinces du Sud ? demanda Vladimir Ivanovitch.

De toute évidence, il n'escomptait aucune réponse, car il ne fit pas la moindre pause.

– Étymologiquement, le nom de ce reptile magique remonte probablement à Gwer, le serpent de feu germanique. La tradition dote la Guivre de sagesse, de clairvoyance ; elle est également dispensatrice de richesses. Pourtant, l'image du serpent couronné symbolise aussi la mort inévitable. Toutes ces composantes sont bien présentes dans la légende de la famille Baskakov.

– Comment, les Baskakov auraient-ils leur propre serpent magique familial ?

– Oui. Selon la légende, le serpent qui a permis à leur lignée de s'élever devait un jour causer sa perte. Ce qui s'est passé en effet, ajouta Petrov avec une satisfaction manifeste – sans doute purement scientifique.

À partir de cet instant, Anissi écouta très attentivement, sans interrompre. Le récit coula, savoureux : on voyait bien que ce n'était pas la première fois que le savant le racontait.

– Au XVe siècle, pendant le règne de Vassili l'Obscur, lorsque Moscou était encore sous le joug des khans tatars, le cruel *baskak*[1] Pantar-Murza passait à travers nos forêts et nos marécages avec ses coupe-jarrets afin de prélever le tribut sur les Russes. La légende dit qu'il avait reçu l'ordre de laisser tranquilles les bourgs et les villages, pour ne piller que les trésors des églises et des monastères. Les Tatars arrachaient l'or des bulbes, les encadrements des icônes, les broderies précieuses des habits sacerdotaux. À cause de cette profanation, une

1. Collecteur d'impôt.

plainte montait au-dessus de toute la région de Pakhrinsk. Et voilà qu'au beau milieu du marais de Gnilovo, Pantar-Murza eut une vision. Un immense serpent tout brillant de lumière, avec une couronne sur la tête, lui apparut et proféra d'une voix humaine : « Rends aux églises tout l'or que tu as pris, puis reviens ici, je te récompenserai. » Terrifié, le *baskak* rendit tout aux popes et aux moines et il retourna dans le marécage. La Guivre vint de nouveau vers lui en disant : « Parce que tu as obéi à ma volonté, je te donne une touffe d'herbe miraculeuse. Chaque fois que tu la jetteras par terre, tu trouveras un trésor. Ta descendance sera riche et prospère pendant de longues années, jusqu'au jour où je reviendrai chercher le dernier de ta lignée. » La Guivre disparut après avoir posé devant lui une touffe d'herbe. Le Tatar, plus mort que vif, partit en courant, fuyant cet endroit enchanté. Dans son affolement, il fit tomber sa touffe d'herbe à l'orée du marécage. Aussitôt, un coffre bardé de fer, rempli de roubles d'or, s'ouvrit devant lui.

À cet endroit, Vladimir Ivanovitch abandonna son intonation chantante et parla normalement, comme s'il faisait une note ou un commentaire scientifique :

– À l'époque de Vassili l'Obscur, il n'y avait pas encore de roubles d'or. Pourtant, c'est bien ce que dit la légende. Après sa rencontre avec la Guivre, Pantar-Murza se convertit au christianisme, bâtit une maison à l'orée du marécage et épousa une jeune fille russe de bonne naissance. À la fin de sa vie, devenu veuf, il prit l'habit et se fit connaître par de nombreuses bonnes actions et même des miracles, ce qui lui a valu plus tard d'être canonisé sous le nom de saint Pancrace. Voilà. Et donc, il y a un mois, la Guivre est revenue et elle a emporté l'âme de la dernière des Baskakov. Du moins, c'est ainsi que les paysans d'ici interprètent la mort de Sophie Konstantinovna. Car, à les entendre, la Guivre apparaît périodiquement aux uns ou aux autres dans les marais. L'accident qui a coûté la vie à Mme Baskakov a d'ailleurs coïncidé avec une nouvelle vague de rumeurs. Il n'y en a pas un qui n'ait pas quelque chose à raconter. Déjà que personne ne mettait les pieds dans les marécages depuis plusieurs mois ! Et il fallait qu'une histoire pareille leur tombe dessus !

Anissi regarda l'ethnographe d'un air embarrassé et il ordonna :

– Racontez-moi la mort de Mme Baskakov dans le moindre détail. Seulement avançons, il se fait tard. Vous pouvez parler tout en marchant.

Ils progressèrent de nouveau sur le sentier bien visible dans le clair de lune, mais plus lentement qu'auparavant, car le savant se tournait sans cesse vers son interlocuteur.

– Vous comprenez, il s'agit bien sûr d'une coïncidence. J'avais raconté la légende à la dame et à ses invités et, quelques jours plus tard, lorsque la triste nouvelle du Pamir est arrivée, il est devenu évident que la lignée allait s'éteindre. La nouvelle de la mort de son fils a bien failli tuer Sophie Konstantinovna : son cœur était brisé. Pendant une journée entière, elle est restée sans connaissance. Elle n'avait plus envie de vivre. Pourtant, elle s'en est sortie ! Le lendemain, elle s'est levée ; le surlendemain, elle a pu descendre dans le jardin, on l'a vue s'y promener, pleurer. C'est dans le jardin que le régisseur Kracheninnikov et sa fille l'ont trouvée. Ils ont raconté qu'elle avait un visage épouvantable : la bouche grande ouverte, les yeux exorbités. Pendant qu'on la transportait dans la maison, elle a eu seulement le temps de répéter deux fois : « La Guivre, la Guivre », après quoi elle est morte. Selon les médecins, les causes de sa mort étaient tout à fait naturelles, une crise cardiaque, et pourtant, avouez que cela fait peur. Lorsqu'on est amené, de par sa profession, à collectionner des légendes sur les sorcières, les naïades et autres créatures maléfiques, on commence à comprendre que ce ne sont pas que des superstitions. Il n'y a pas de fumée sans feu, comme on dit… Il existe des choses dans ce monde dont nos sages n'ont pas la moindre idée.

Là, Vladimir Ivanovitch se tut, manifestement confus de ces propos obscurantistes. Tioulpanov, quant à lui, leva plusieurs fois les sourcils, dans l'espoir de stimuler le travail de l'intellect. À cause de cet exercice, ses oreilles bien décollées se mirent à bouger. Fasciné par ce spectacle, Petrov faillit trébucher.

Tioulpanov finit par formuler sa conclusion :

– Il n'y a absolument rien de surnaturel dans cette histoire. La Baskakov a dû voir tomber une branche ou encore le tuyau d'arrosage, ce qui lui a rappelé la légende. Sachant qu'elle était la dernière de la famille, elle a imaginé que le serpent était venu la chercher. Ajoutez à cela ses nerfs détraqués, son cœur brisé : il y avait de quoi rendre le dernier soupir, que Dieu ait son âme. C'est une histoire banale, pas besoin de faire une enquête.

Petrov finit par trébucher sur le sol plat, et il s'accrocha au tronc d'un tremble.

– Et que faites-vous de la trace ? demanda-t-il en regardant le secrétaire d'un air perplexe.

– Quelle trace ?

– M. Blinov ne vous a-t-il donc rien dit ? Il n'a pas eu le temps. Ou bien il n'a pas voulu vous en parler : c'est un matérialiste. Ce soir-là, il pleuvait. Eh bien, dans la boue, sur le chemin où on a trouvé Sophie Konstantinovna, il restait une trace, comme si un énorme reptile était passé par là.

Vladimir Ivanovitch coula un regard en direction d'Anissi, qui demeurait bouche bée, et il poussa un soupir.

– C'est bien ça, le hic. C'est à cause de ça qu'il y a des rumeurs et des rôdeurs. Kracheninnikov a planté des piquets autour de cet endroit et il a mis une bâche pour garder la trace. Vous pourrez donc vous en assurer vous-même.

II

Sitôt dit, sitôt fait. Il faisait déjà nuit, mais lorsque le régisseur souleva la bâche posée sur quatre piquets et éclaira le sol avec une lampe à huile, Tioulpanov aperçut un long sillon sinueux : on aurait dit que quelqu'un avait traîné une grosse bûche dans la boue…

Mais commençons par le commencement.

Le village de Baskakovka était apparu soudainement aux yeux de Tioulpanov et, à cause de cela sans doute, lui avait fait une étrange impression.

L'ethnographe, qui marchait devant, avait écarté les branches et, derrière un carré d'arbres clairsemés, avait surgi une bâtisse blanche ancienne, dont toutes les vitres étaient illuminées d'une belle lumière. À cause de cela, la maison sembla à Anissi pareille à une lanterne japonaise en papier, un peu comme celles qui étaient accrochées dans le bureau d'Eraste Pétrovitch. On ne se couchait pas si tôt à Baskakovka. D'ailleurs, il était à peine dix heures.

La maîtresse des lieux avait fait un signe de tête à Petrov, comme à une personne de la famille, et ne s'était pas du tout étonnée de la visite impromptue de Tioulpanov. Anissi s'était dit que les incroyables métamorphoses survenues ces derniers temps avaient dû endurcir le cœur de la millionnaire, qui avait désappris à s'étonner.

En tout cas, lorsque Tioulpanov s'était présenté et avait expliqué qu'il était venu de Moscou pour enquêter sur les circonstances du décès de Mme Baskakov, Barbara Ilinitchna avait seulement dit :

« Eh bien, faites votre enquête, puisque vous êtes là pour ça. Samson Stépanovitch vous montrera votre chambre, laissez-y vos bagages et rejoignez-nous dans la véranda, je vous prie, pour prendre le thé. »

L'homme d'un certain âge à la figure sévère, à la chemise russe, chaussé de bottes, que la maîtresse des lieux avait désigné comme Samson Stépanovitch, était justement le régisseur Krachenninnikov, auquel Tioulpanov avait demandé séance tenante de lui montrer la trace mystérieuse.

Il n'en retira pas grand-chose. Il eut beau s'accroupir et toucher du doigt les bords secs, fissurés du sillon : il n'y avait là aucun élément important pour son enquête. Il était évident qu'aucun reptile russe n'aurait pu creuser pareille ornière, pour ne pas dire pareil canyon.

– Que pensez-vous d'un phénomène aussi extraordinaire, Krachenninnikov ? demanda Tioulpanov en regardant le régisseur de bas en haut.

Celui-ci lissait sa longue barbe russe d'un air maussade.

Passé un certain temps, il répondit à contrecœur :

– Il n'y a rien à en penser. Une bête rampante est passée par là. Grosse comme votre mollet, non, comme votre cuisse.

– Eh bien, dit Anissi en se levant d'un air amusé. Nous avons établi les signes particuliers de notre Guivre : elle est aussi grosse que la cuisse du secrétaire de l'adjoint du général gouverneur. À présent, on peut lancer l'avis de recherche. Bon, allons-y, Samson Stépanovitch. Qu'est-ce qu'on va nous servir pour le thé ?

Fini les modestes biscottes mentionnées par le président du Conseil ! Il y avait des friandises si délicieuses qu'Anissi, grand amateur de sucreries, en oublia pourquoi il était venu. Il goûta aux pâtes de fruit à l'abricot, au chocolat blanc suisse (que l'on vend rue du Pont-des-Maréchaux à un rouble et demi la tablette), et à l'ananas de serre, et aux fruits confits de Revel. Cette merveilleuse abondance s'accordait si peu aux meubles vétustes et à la nappe soigneusement reprisée qu'Anissi n'eut aucun mal à se faire une idée de la situation financière de la nouvelle propriétaire. Ses richesses n'existaient qu'en perspective, non en réalité, car les terrains n'avaient pas encore été vendus ni les millions touchés. Toutefois, en prévision des rivières d'or qui allaient descendre sur Baskakovka, elle jouissait d'un généreux crédit auprès des grosses fortunes locales et en profitait à volonté.

Deux de ses possibles prêteurs, Papakhine et Makhmetchine, étaient assis devant le samovar.

Le premier avait versé du thé dans sa soucoupe, et il le buvait en aspirant bruyamment et en plissant ses petits yeux rusés et moqueurs. Il était pourtant vêtu d'un excellent costume de tweed anglais, une perle brillait sur son épingle à cravate, ses doigts soignés qui portaient un morceau de sucre à ses lèvres rouges n'avaient manifestement pas l'habitude du travail physique. Il est vrai que, lorsque le businessman se mit à gesticuler, Anissi aperçut un cor à sa main droite, mais il expliqua ce fait par son engouement pour le nouveau jeu britannique à la mode, le lawn-tennis. Papakhine buvait donc son thé dans la soucoupe et grignotait son morceau de sucre non parce qu'il était un barbare, mais avec une intention secrète et même un défi : Je ne suis pas un aristocrate, je n'ai pas le sang bleu, je suis quelqu'un de simple. D'où la coupe au bol et la barbe en balai-brosse. Bref, ce monsieur avait du caractère.

La deuxième des huiles locales qu'on lui présenta comme Rafik Abdourrakhmanovitch, était encore plus imposante : l'homme portait une redingote noire, une chemise immaculée et une cravate de soie ; un turban enserrait le sommet de son crâne, coiffure qui seyait à son visage hautain aux pommettes saillantes. D'après la manière ironique qu'avait Egor Ivanovitch de s'adresser à son concurrent en lui donnant du « Hodja », ainsi que toutes sortes d'allusions à La Mecque, la ville sacrée des musulmans, le secrétaire de gouvernement comprit que Rafik Abdourrakhmanovitch avait effectué récemment un pèlerinage en Orient, ce qui expliquait sa coiffure.

En revanche, la propriétaire déçut Tioulpanov. Dans l'entrée sombre, il n'avait pas pu bien la voir. À présent, sous l'abat-jour, il fallait se rendre à l'évidence : Barbara Ilinitchna n'était pas jolie. Sa peau était terne, ses cheveux, qu'elle avait eu la mauvaise idée de rassembler en chignon, étaient clairsemés, et son visage était étonnamment petit et couvert de drôles de bosses minuscules. En écoutant le récit du président du Conseil, il s'en était fait une tout autre image : une demoiselle pâle, mais bien de sa personne, le regard effarouché d'un être sans défense, complètement perdue face au destin qui avait pris un tour imprévu et attendant le preux chevalier qui allait la délivrer, la prendre sous sa protection, la rassurer et la sauver. Elle le paierait en retour en lui offrant la gratitude du cœur, un amour passionné – on dit que les jeunes filles phtisiques sont particulièrement ardentes – et, naturellement, une dot de deux millions.

La dot, Anissi s'était mis à en rêver en marchant avec Petrov vers la maison par une allée sombre. À présent, le secrétaire de gouvernement dévisageait Barbara Ilinitchna non sans une pensée secrète : oui, les millions, c'était une fort bonne chose, mais il lui faudrait la suivre à Menton, démissionner de son travail. Avec une fortune pareille, c'eût été idiot d'user ses souliers pour gagner cinquante roubles par mois. Or, sans son supérieur, Eraste Pétrovitch, sans Massa, son tortionnaire à la figure lunaire, il risquait de sombrer dans l'ennui et de se mettre à boire. Qu'elle aille au diable, cette fortune !

Après s'être rempli la panse de friandises et avoir résolu la question de la fortune, Tioulpanov commença son enquête.

– Et les autres invités, sont-ils partis ? demanda-t-il en montrant les tasses vides et les serviettes froissées.

– Dans notre campagne, on se couche tôt, répondit la maîtresse de maison avec un sourire condescendant. Ils ont mangé des tartes et des gâteaux, ils m'ont bien observée, histoire de pouvoir jaser à volonté, et ils sont rentrés se coucher. Ils doivent dormir à présent. Nos propriétaires sont des gens ennuyeux, monsieur Tioulpanov. Heureusement que Rafik Abdourrakhmanovitch et M. Papakhine ne m'oublient pas, sinon je resterais seule devant mon samovar. Vladimir Ivanovitch, lui, ne compte pas : rien ne l'intéresse en dehors de ses antiquités.

En effet, le savant ethnographe s'était mis dans un coin avec sa tasse de thé, le nez dans un gros bloc-notes relié en cuir. Au-dessus de sa tête, Anissi aperçut l'icône dont il venait d'apprendre l'histoire : un vieillard (aussi malingre que Vladimir Ivanovitch lui-même, avec la même barbe et un livre saint à la main à la place du bloc-notes) et, devant lui, un serpent moucheté portant une couronne lumineuse.

Anissi n'apprécia pas du tout les propos de Barbara Ilinitchna sur les propriétaires du coin. Un mois plus tôt, elle-même n'était qu'une pique-assiette et, à présent, elle crachait sur ses voisins ? Il eut envie de lui dire une vacherie.

– Et votre régisseur, Samson Stépanovitch ? Pourquoi ne l'invitez-vous pas à prendre le thé ? Vous ne le jugez pas digne de votre compagnie ?

Barbara Ilinitchna, que cette remarque était censée confondre (ne s'était-elle pas souciée du bien du peuple ?), ne se troubla pas le moins du monde mais, au contraire, monta sur ses grands chevaux :

– Il ne viendra pas ! C'est une sorte d'arrogance spéciale, quand on se fait tout petit par orgueil. Les Kracheninnikov sont au service des Baskakov depuis presque cent ans. Pour eux, s'asseoir à la table des maîtres, c'est comme découper du saucisson sur un autel d'église. Et puis, qui suis-je pour Samson Stépanovitch ? Une parvenue, une obscure. Si vous saviez les propos qu'il a tenus !

Elle se mit à rire, mais hélas, son rire se mua en une quinte de toux sèche, convulsive, c'en était pénible à regarder. Après s'être essuyé les yeux avec un mouchoir et repris son souffle, Barbara Ilinitchna poursuivit comme si de rien n'était :

– Il aime lire des livres anciens, il s'occupe de l'église. Il voudrait que j'emploie mon héritage à construire une église à la mémoire de saint Pancrace et de la famille Baskakov. Et que je me fasse moniale pour passer le reste de ma vie à prier pour les Baskakov, afin que leurs péchés leur soient pardonnés. Qu'est-ce que vous en pensez ?

Elle rit de nouveau, sans tousser, mais d'un rire douloureux, triste.

– Kracheninnikov habite-t-il dans la maison ?

s'enquit Anissi, qui se demandait s'il ne devait pas commencer par observer le régisseur.

– Non, pensez-vous. Il a sa maisonnette au fond du jardin. Et aussi une guérite au bord de l'étang qu'on appelle le « bureau ». Il s'y retire pour lire les livres pieux et alors, il n'est pas question de le déranger. Même sa fille n'a pas le droit d'y entrer. Il est veuf, il vit avec sa fille, ajouta la maîtresse de maison. Une personne délicieuse, une véritable beauté russe.

M. Papakhine s'anima.

– Un vrai bouton de rose ! Dommage qu'elle ait un père pareil : sa vie sera gâchée. Serioguine, le clerc, a demandé sa main, et il s'est fait jeter de la belle manière. (Egor Ivanovitch donna un coup de poing à un adversaire imaginaire). Samson Stépanovitch n'acceptera jamais de se séparer d'elle, il la gardera auprès de lui jusqu'à ce qu'elle ne soit plus en âge de se marier. Elle n'aura plus alors qu'à se faire moniale. Pourtant, avec une tenue élégante et un peu d'instruction, et un petit voyage à Paris pour voir l'Exposition, elle s'épanouirait, je ne vous dis pas !

Cette réplique montrait que les échanges entre la propriétaire et Papakhine étaient tout ce qu'il y a de plus libre. Bien que l'industriel eût accompagné les mots « un peu d'instruction » d'un clin d'œil entendu, Barbara Ilinitchna ne se fâcha pas, ne le rabroua pas, elle sourit même. Ce petit détail n'échappa pas à Anissi.

Il était temps de passer aux choses sérieuses.

– J'ai eu l'occasion d'entendre des avis divergents sur le triste événement survenu il y a un mois. (Anissi jeta un coup d'œil discret à la propriétaire : n'allait-elle pas se renfrogner ? Mais non, pas du tout.) M. Blinov estime qu'il n'y a rien de surnaturel dans cette histoire. Il a déclaré que la rumeur sur la Guivre n'était qu'une superstition sans fondement…

– … qui risque de décourager les estivants, renchérit Papakhine, et d'empêcher que Pakhrinsk devienne un pays de cocagne. Antoine Maximilianovitch a dû vous décrire l'existence merveilleuse et progressiste que nous mènerons ici dans deux cents ans grâce au progrès ? Non ? Ce sera pour la prochaine fois, alors. (Egor Ivanovitch pouffa.) Foutaises ! Les estivants se fichent des légendes locales. Ils ont besoin d'air pur, d'un hamac, de baignades et de lait frais. Quant à notre président, c'est un beau parleur et un imbécile. Savez-vous que l'année dernière, il a fait un voyage en Extrême-Orient ? Il espérait faire fortune en vendant des peaux de tigre. Un commerçant, lui ! Il a failli se faire trancher la tête par les Honghuzi chinois, les « Barbes rouges ». D'ailleurs, ça n'aurait pas été une grosse perte, il ne s'en serait même pas aperçu !

– Egor Ivanovitch est furieux parce que Antoine Maximilianovitch a gagné les élections contre lui, expliqua Barbara Ilinitchna d'un air amusé.

On n'avait pas du tout l'impression que le souvenir de Blinov, ce doux rêveur, éveillait en elle des remords.

Le Tatar esquissa un sourire et inclina son turban, mais Tioulpanov ne s'intéressait pas aux élections locales, et il revint au sujet initial :

– Mais M. Petrov, qui est dans une disposition beaucoup plus romantique, a exprimé un tout autre point de vue. Votre Samson Stépanovitch m'a montré la trace du serpent dans le jardin.

Anissi poursuivait son idée, tout en regardant son reflet dans le samovar. Une drôle de tête avec des joues en forme de melons comme celles du Japonais Massa, et les oreilles semblables à des crêpes.

– Impressionnant, reprit-il. À ma connaissance, dans notre patrie, il n'existe pas de reptiles de cette taille. Je voudrais savoir ce que vous, vous pensez de cette Guivre, Barbara Ilinitchna. Elle vous fait peur ?

Aussitôt, il tourna la tête et darda son regard sur la maîtresse de maison. C'était son supérieur qui lui avait appris ce truc. Certains se troublaient – ceux qui n'avaient pas la conscience tranquille.

Barbara Ilinitchna ne se laissa pas impressionner. Elle pouffa de nouveau. Toujours à rire, malgré sa maladie. Sans doute cette fortune qui lui tombait dessus avait-elle ébranlé son esprit.

– Et pourquoi devrais-je la craindre ? C'est la pauvre Sophie Konstantinovna qui n'arrêtait pas de répéter, une fois qu'elle a appris pour Serge Gavrilovitch : « Je suis la dernière des Baskakov, je suis la dernière des Baskakov », et elle pleurait, elle pleurait…

Sans aucune transition, sans même avoir effacé le sourire de son visage, la demoiselle étouffa un sanglot, renifla plusieurs fois et conclut :

– Je ne suis pas une Baskakov, la Guivre ne me fera rien.

– Vous y allez un peu vite, ma chère Barbara Ilinitchna, dit Papakhine en la menaçant du doigt. Vous héritez de la fortune des Baskakov qui vient du coffre magique, et donc, de la relique familiale.

Il montra ses dents solides, toutes jaunes à cause du tabac, écarquilla les yeux et imita le sifflement d'un serpent.

– Nous autres, les Papakhine, nous avons aussi notre fantôme familial, poursuivit-il. Dans la maison de mon père, il y avait une vieillarde blafarde derrière le poêle. Toute petite, toute grise, à fureter partout. Enfant, j'en avais une peur bleue. À Ilinskoïe, il y a des créatures maléfiques dans chaque isba, et c'est comme ça depuis la nuit des temps. Il ne faut pas vous étonner, mon cher, c'est la région qui veut ça, les marécages de Gnilovo sont tout près. Qu'est-ce que tu veux, Serioguine ?

En posant cette question, il avait tourné légèrement la tête. Anissi suivit son regard et vit dans la pénombre, hors du cercle de lumière distillée par la lampe, un petit homme voûté vêtu de manière étrange : il portait veste et cravate, mais était chaussé de bottes qui lui arrivaient aux genoux. Il tenait dans ses bras un gros chat roux et lui grattait le menton. Le chat plissait les yeux.

– Ce n'est pas à vous, mais à Barbara Ilinitchna que je le dirai, répondit cet avorton avec dignité tout en regardant de biais le fonctionnaire en uniforme. Ce matin, Samson Stépanovitch a récupéré à la poste un courrier de l'administration des arpentages, et il ne vous en a pas dit un mot. En tant qu'homme honnête, j'estime qu'il est de mon devoir…

– Enfin ! s'écria la maîtresse de maison, ravie. Est-ce le certificat de superficie pour ma propriété ?

– Parfaitement, et même tout à fait récent, il date de l'année dernière.

– Dieu soit loué ! À présent, je peux vendre le domaine ! Et partir à Menton, à Paris, à Marienbad !

Barbara Ilinitchna bondit sur ses pieds et se mit à tourner : sa robe modeste, qu'elle avait gardée de son ancienne existence, enfla un instant comme une cloche, mais aussitôt retomba et s'enroula autour de ses jambes de façon disgracieuse.

Papakhine fit un clin d'œil à Anissi et dit en montrant Serioguine :

– Ce vaurien cherche à faire couler le régisseur. Il imagine que Barbara Ilinitchna le prendra avec elle à l'étranger. Et qu'il pourra emmener Minette avec lui. À présent que son projet de mariage est tombé à l'eau, Minette lui tient lieu de fiancée.

– Il y a des créatures animales qui sont beaucoup plus honnêtes que certains marchands, n'est-ce pas, Minette ? dit le clerc en embrassant le chat sur le nez. Barbara Ilinitchna est gentille, elle nous prendra avec elle à Paris.

– C'est ton seul espoir, dit Egor Ivanovitch dans un rictus avant de se tourner vers Tioulpanov : Il sait que je le mettrai à la porte dès que j'aurai acheté le domaine.

– Des acheteurs comme vous, on en a vu, rétorqua Serioguine sans même daigner regarder le millionnaire. Rafik Abdourrakhmanovitch propose davantage.

Papakhine se tourna vers la valseuse.

– Barbara Ilinitchna ! cria-t-il. Ma mignonne ! Est-ce possible que vous songiez à vendre Baskakovka à un marchand de koumys à la tête rasée ? Ce serait un péché, un vrai péché.

La jeune femme cessa de danser et répondit, toute joyeuse :

– Pas du tout, ce serait même tout à fait juste. Ce domaine nous vient d'un Tatar, qu'il revienne à un Tatar.

À ces mots, Rafik Abdourrakhmanovitch porta sa main à son front, puis à sa poitrine, et intervint dans la conversation pour la première fois :

– Ma parole est sûre. Un million et demi. Si vous êtes d'accord, mes gars vous les apporteront demain. Quant à l'acte de vente, on pourra le rédiger après.

Egor Ivanovitch donna un coup de poing sur la table : on entendit tinter les tasses.

– Il va construire une mosquée ici, et on se mettra à dos tous les popes. Moi, je vous en donne un million six !

– Ça ne me fait ni chaud ni froid ! répondit en riant Barbara Ilinitchna, qui semblait heureuse d'avoir réussi à jouer ces deux richards l'un contre l'autre. Moi, je partirai en Europe et je ne remettrai plus jamais les pieds ici.

– C'est la vérité vraie, dit le clerc en embrassant Minette sur ses joues poilues.

Rafik Abdourrakhmanovitch haussa les épaules.

– Une mosquée ? Pourquoi ? La mosquée, je la construirai dans le quartier musulman et ici, je ferai des affaires. Un million sept.

Le secrétaire sentit l'ennui le gagner. Il était évident qu'au terme de ce marchandage, ils arriveraient à deux millions, comme prévu. Et même si le prix grimpait au-dessus, qu'est-ce que cela changerait pour lui ?

Prétextant la fatigue, Tioulpanov se retira dans sa chambre, mais il n'arriva pas à dormir et rédigea un rapport détaillé à son supérieur à propos de tout ce qu'il avait vu et entendu, multipliant portraits et descriptions, relatant les conversations. Dans ce genre d'affaire, les détails secondaires peuvent présenter un intérêt particulier. Barbara Ilinitchna avait bien dit que le fils du jardinier courrait à la poste dès le matin. La lettre parviendrait alors à son destinataire le jour même. Le surlendemain, Anissi pouvait s'attendre à recevoir des recommandations ou des conseils de la part d'Eraste Pétrovitch.

Il était plus de minuit lorsqu'il se coucha. Il avait beau se tourner et se retourner, il ne réussit pas à s'endormir. À peine fermait-il les yeux qu'il voyait des serpents avec une langue fourchue et une tête plate en forme de losange, couronnée par-dessus le marché.

Il fut pris de colère contre lui-même. Vous n'avez pas sommeil, Anissi Pitirimovitch ? Alors, ce n'est pas la peine d'user le matelas pour rien. Allez faire une promenade. Comme dit Massa le sage : « Petite balade, bonne dolmade. »

Il enfila le manteau par-dessus sa chemise de nuit, glissa ses pieds nus dans ses bottes et sortit dans le jardin. Les fenêtres étaient toutes sombres à présent, la maison était plongée dans l'obscurité, tout à fait silencieuse. De nombreux bruits mystérieux, clapotis, grincements, claquements résonnaient dans la nuit : des oiseaux ou des crapauds tramaient leur conspiration. Rien à voir avec les bruits, les odeurs et l'obscurité d'une nuit moscovite. Une créature se glissa entre les buissons derrière lesquels se trouvaient l'étang et, un peu plus loin, les marais de Gnilovo. Une ombre noire passa dans l'allée – il l'aperçut du coin de l'œil. Un superstitieux ou un homme aux nerfs fragiles aurait sans doute pris peur. Mais Anissi, à qui son supérieur avait souvent dit que le plus terrible se trouvait à l'intérieur de l'homme, avançait d'un pas alerte, sans crainte.

Il écarta les branches et vit, juste devant lui, l'étang qui brillait de toutes les étoiles reflétées par ses eaux. Ça sentait la vase, les grenouilles et quelque chose d'autre qu'Anissi ne réussit pas à identifier. Il s'assit sur une souche et se mit à réfléchir : à quel endroit, vu d'ici, se trouvait la trace de la Guivre protégée par la bâche ?

Au bout de cinq minutes à peine, il entendit un frôlement tout près, derrière les framboisiers. Quelqu'un bougeait, en gémissant et en marmonnant. Anissi se sentit mal à l'aise et regretta d'avoir laissé le revolver dans son sac de voyage. Cependant, s'il s'agissait d'un vivant, il n'y avait rien à craindre. Et contre une créature surnaturelle, le revolver était sans secours.

Créature surnaturelle ? Mais où as-tu la tête ! se dit le secrétaire de gouvernement en reprenant ses esprits. Quelqu'un rôde dans la nuit en gémissant et en marmonnant, c'est tout. Ce serait intéressant d'en savoir plus.

Tioulpanov descendit de sa souche, s'accroupit, plissa les yeux pour percer l'obscurité, se figea.

Kracheninnikov !

Oui, c'était bien lui. Anissi reconnut sa silhouette et, lorsque l'homme se tourna, il vit le contour de sa longue barbe.

Le régisseur portait sur son dos une petite besace. De temps à autre il s'arrêtait, en sortait une boulette et la jetait par terre tout près de l'eau. À quoi jouait-il ?

Anissi le suivit tout doucement, sans bruit. Il tâta la terre, trouva quelque chose de mou comme une boule de feutre. Il porta la chose à ses yeux et la rejeta immédiatement, dégoûté. Deux souris mortes nouées ensemble par leurs queues. Pouah !

Sacré village, Baskakovka. Une vraie cour des miracles. Ils étaient tous plus ou moins fous. À l'exception de Papakhine, pas fou du tout, lui. Il savait ce qu'il voulait et il allait parvenir à ses fins.

Anissi n'eut pas le temps d'aller loin dans ses réflexions sur Papakhine car un cri terrifiant retentit à cet instant-là, au loin, dans la maison des maîtres. Ce hurlement était si atroce que le secrétaire sentit ses genoux fléchir.

III

À Son Excellence M. le conseiller de collège E. Fandorine, en mains propres.

Monsieur,

Je vous envoie cette lettre en même temps que celle d'hier, que je vous prie de lire d'abord. J'ai complété ma première lettre en y ajoutant le récit de ma promenade nocturne dans le jardin, des agissements fous de Kracheninnikov et du cri, pour ne plus y revenir, et à présent je passe directement à la description du crime.

Une fois arrivé à la maison, j'ai su que ce cri déchirant avait été poussé par Anastasie Triapkina, la femme de chambre, qui était entrée chez sa maîtresse à deux heures et demie du matin.

Quand je lui ai demandé pourquoi elle ne dormait pas et pourquoi elle avait pénétré dans la chambre, elle a répondu que le soir, en se retirant chez elle, la demoiselle lui avait dit d'attendre avant de l'aider à se déshabiller : elle avait envie de rêver un peu devant la fenêtre.

Elle avait attendu plus d'une heure. Selon ses dires, elle n'avait pas bougé du couloir. À ceci près qu'elle n'était pas restée devant la porte, mais dans la cage d'escalier : il y a là des images sur le mur, et elle les regardait pour se distraire. Cependant elle jure que personne n'est entré dans la chambre, elle s'en serait aperçue et puis la porte grince. Enfin, pensant que la demoiselle s'était endormie dans son fauteuil tout habillée, elle s'était décidée à aller la voir. C'est alors qu'elle a poussé son cri avant de s'évanouir.

J'ai été la deuxième personne à arriver sur les lieux du crime, c'est pourquoi je décris tout ce qui suit d'après mes propres observations.

En approchant de la porte ouverte de la chambre, j'ai vu d'abord le corps inerte de Triapkina et tâté l'artère à son cou. Quand il m'est devenu évident qu'elle était en vie et qu'il n'y avait pas de blessures visibles sur son corps, j'ai pénétré dans la pièce.

Vous savez que j'ai été amené, de par mon travail, à voir toutes sortes de choses. Vous rappelez-vous, l'année dernière, l'assassinat de la marchande Grymzina ? J'avais gardé mes esprits, j'avais même fait respirer des sels à l'enquêteur Moskalenko. Tandis que là, il n'y avait ni sang, ni membres tranchés, et pourtant, c'était absolument terrifiant.

Mais je préfère raconter dans l'ordre.

La jeune femme tuée était assise dans son fauteuil devant la fenêtre ouverte. J'ai vu immédiatement qu'elle était bel et bien morte, car sa tête pendait comme une marguerite ou un pissenlit sur une tige cassée.

Au début, je n'ai pas eu peur : après tout, ce n'était qu'un meurtre. Un assassinat tout ce qu'il y a de plus ordinaire, on va voir ça, me suis-je dit. Même lorsque j'ai allumé la lampe et que j'ai vu une trace tout autour de son cou, je n'y ai pas attaché d'importance particulière. On l'avait étranglée, c'était clair. Or, cette trace était très large, ce qui m'a paru étonnant. Généralement, on étrangle avec un cordon, une ceinture, une ficelle, tandis que là, il y avait une trace rouge de la largeur d'un bras.

Tout d'abord, je me suis précipité vers la fenêtre ouverte. Le rebord était tout à fait propre. J'ai sauté en bas, j'ai éclairé le sol avec ma lampe. Et là, j'ai été saisi d'une telle frayeur que pendant une minute ou deux, je me suis senti incapable de bouger, ma parole.

Autour de la maison, la terre est recouverte de sable fin afin que l'eau s'évacue mieux après les pluies. Eh bien, sur ce sable, on voyait clairement une trace sinueuse qui allait de la fenêtre jusqu'aux buissons. Exactement la même que celle que j'avais vue la veille sous la bâche.

Vous me connaissez, chef. Je ne crois pas aux créatures surnaturelles, mais d'où venait donc cette trace ? À supposer même qu'une bête gigantesque soit apparue dans le marais de Gnilovo (tout est possible, après tout), comment aurait-elle fait pour grimper jusqu'à la fenêtre ? C'est impossible.

Je dois vous avouer qu'à ma grande honte, j'ai même récité une prière pour me protéger de cette diablerie. Et c'est seulement après que je me suis un peu calmé et que j'ai commencé à réfléchir comme vous me l'avez appris.

Bon, me suis-je dit. Comment cet assassinat aurait-il pu être commis sans l'intervention d'une cause surnaturelle ?

Supposons que le scélérat se soit caché dans la chambre. Lorsque Barbara Ilinitchna s'est assise à la fenêtre, il s'est approché par-derrière, l'a étranglée, mettons, avec une serviette enroulée, après quoi il a sauté sur le sable et a imité la trace de la Guivre, en traînant une bûche ou un autre objet.

Il y a là de nombreuses traces de pieds, il y a du passage toute la journée, mais vous savez comme moi qu'on ne peut pas lire les traces laissées sur le sable.

Bien sûr, le chef de la police est arrivé, accompagné d'un médecin et de l'enquêteur du chef-lieu du district. Ce dernier m'a fait une piètre impression. Il s'est réjoui de la présence de votre assistant à Baskakovka, trop heureux de se décharger de l'enquête sur moi. « Chez nous, a-t-il dit, c'est la Russie profonde, il n'y a jamais eu de crimes aussi sophistiqués, il faut que vous soyez à la hauteur, Anissi Pitirimovitch. Vous êtes notre seul espoir. » Il a dit aux policiers de m'obéir et il est parti, ce vaurien.

Je comprends bien que vous soyez tenu de rester auprès de Sa Majesté l'impératrice et qu'il vous soit impossible de vous absenter, mais aidez-moi donc au moins par un conseil.

J'ai fait ma liste de suspects.

En premier lieu, ceux à qui cette mort profite. Ce sont, bien sûr, Papakhine et Makhmetchine. Le premier est resté hier jusqu'à une heure du matin, il est donc parti une heure avant le meurtre. Il a un cabriolet anglais attelé à un seul cheval, qu'il conduit lui-même, allez savoir s'il est rentré chez lui. Makhmetchine, lui, avait un cocher, un Tatar comme lui. Ces gens-là ne dénonceront jamais un des leurs. Le chef de la police m'a expliqué ce qu'ils gagnaient avec la disparition de Barbara Ilinitchna. Il n'y avait plus d'héritier pour le domaine. Passé un certain délai, si aucun descendant ne se déclarait, le bien reviendrait à l'État, en l'occurrence à l'Assemblée locale. Celle-ci allait-elle s'enquiquiner à le gérer ? Bien sûr qu'elle allait le revendre aux mêmes entrepreneurs, mais à bas prix, moyennant un pot-de-vin de cinq à dix mille roubles au fonctionnaire chargé de l'affaire. Il y avait moyen de gagner un demi-million, ce n'est pas rien !

Ensuite, il y a le régisseur Kracheninnikov. Lui, il

n'aurait pas commis le crime par intérêt, il est fou, le vieux, cela se voit ! La famille Baskakov est pour lui comme Allah pour les musulmans et tout donne à penser qu'il méprisait et haïssait même la défunte.

Reste encore le savant pétersbourgeois, Vladimir Ivanovitch Petrov. C'est lui qui a découvert et décrit de manière bien pittoresque la légende de la Guivre. Mais je ne vois pas vraiment l'intérêt qu'aurait eu ce folkloriste à tuer d'abord Mme Baskakov, puis sa fille adoptive.

Pour le moment, c'est tout ce qui me vient à l'esprit.

La femme de chambre Triapkina, le jardinier et le concierge ont fait leurs malles et ils ont quitté Baskakovka avant la nuit. Le clerc Serioguine vit dans un réduit sous l'escalier. Voici ce qui lui est arrivé. Le matin, il faisait montre d'un sang-froid à toute épreuve, la nouvelle de la mort de sa propriétaire ne l'avait pas ému plus que cela, il s'était lancé dans des considérations sur l'impuissance des mortels face à la volonté de la providence. Le soir, après le départ de la police, il est entré chez moi en larmes, se mouchant sans arrêt, et disant qu'il allait mettre fin à ses jours. Savez-vous pourquoi ? Son chat était mort. Il avait mangé une saloperie dans le jardin. Son affliction était sans bornes ! Il a fallu lui donner des gouttes de valériane. Il a l'intention de partir. Au Brésil ou en Australie, car il ne veut pas vivre dans le même hémisphère que ces empoisonneurs et ces Héliogabale pernicieux. Il a fait sa malle, a pris le chandelier des maîtres représentant Méphistophélès « pour mémoriation » et il est parti dans une direction inconnue.

Je suis resté tout seul dans la maison. Bon, ce n'est pas grave, j'ai été élevé à la dure, je suis capable de me débrouiller sans serviteurs.

Ci-joint les copies de l'examen des lieux du crime et de la conclusion du médecin légiste réalisées sur ma demande par le chef de la police et le médecin.

J'attends votre réponse et vos conseils.

Votre Tioulpanov

Mes salutations les plus respectueuses à M. Massa.

24 août 1888

IV

Anissi n'était pas tout à fait sincère. Il avait exposé les faits et les circonstances avec une parfaite précision, de même que sa version du crime, mais il n'avait rien dit de ses soupçons. Ainsi, en cas d'erreur, il n'aurait pas à rougir, et en cas de succès il aurait de quoi être fier.

Bien sûr, Papakhine et Makhmetchine avaient tout à gagner à la disparition de Barbara Ilinitchna, c'était indéniable. Mais ces millionnaires n'étaient pas des gens à se lancer dans une mystification de ce genre, même pour un gros magot. C'était l'œuvre d'un cerveau tout à fait spécial, sombre, sinueux et forcément perturbé.

Son supérieur disait qu'il ne pouvait y avoir que quatre motifs du crime prémédité : l'intérêt, la peur, la passion (l'exaspération amoureuse, par exemple jalousie, vengeance, envie), enfin la folie. Les crimes les plus difficiles à élucider entraient dans cette dernière catégorie, car un maniaque vit dans un monde imaginaire dont l'organisation et la logique échappent aux gens normaux.

L'histoire de la Guivre faisait penser à un crime de maniaque et, dans ce cas, Kracheninnikov devenait le suspect numéro un.

Un homme sombre, renfermé, au comportement étrange. Et d'un.

Lecteur de livres religieux. Et de deux.

Il s'était opposé à la vente du domaine. Et de trois.

Et il nourrissait des idées malsaines sur la grandeur de la famille Baskakov. Et de quatre.

Bien sûr, le plus grave était qu'il avait jeté des souris mortes la nuit.

Anissi feuilleta un manuel apporté de Moscou et glana quelques termes de criminologie pour épater son chef plus tard. Sa version du crime semblait à présent tout à fait convaincante.

Les choses s'étaient passées de la manière suivante. À cause de son penchant pour les vieux livres et d'une *fétichisation obsessionnelle* de sa situation de vassal auprès des Baskakov, Samson Stépanovitch Kracheninnikov avait perdu la raison, basculant, sans même s'en apercevoir, dans l'univers de ses fantasmes malsains. Probablement, la légende du serpent magique entendue dans la bouche du folkloriste pétersbourgeois y était pour quelque chose. Le régisseur avait imaginé que, de par sa situation dans la famille Baskakov, il était au service de la Guivre, protectrice de leur lignée. En apprenant la mort du jeune Baskakov, il avait compris que cette antique lignée prendrait fin avec la disparition de Sophie Konstantinovna, et il avait entendu l'appel imaginaire de la souveraine des marais. Il devait être sujet aux hallucinations et sans doute même au dédoublement de la personnalité. En faisant croire à l'apparition de la Guivre grâce à quelque moyen technique, il avait immédiatement oublié qu'il s'agissait d'une mise en scène. Sinon, comment expliquer qu'il eût déposé la nourriture pour le serpent au bord de l'étang ? Non, il n'était pas mû par l'intérêt, mais par une véritable folie. Il avait tout fait pour que Mme Baskakov meure d'une crise cardiaque, afin que la prophétie s'accomplisse, et ensuite il avait sans doute voulu punir Barbara Ilinitchna parce qu'elle avait attenté à la fortune de la famille. Ayant compris que l'héritière ne ferait pas bâtir d'église en l'honneur de saint Pancrace, il avait sacrifié la malheureuse au rituel sanglant.

Cette version était logique, il manquait juste des preuves.

C'est pourquoi, le lendemain du crime, Anissi s'installa dans une cachette en face de la maison du régisseur, dès le petit matin, pour observer les alentours.

Kracheninnikov habitait au fond de l'immense jardin des Baskakov, dans une isba en rondins solidement bâtie, surmontée d'un toit de tôle.

Anissi vit sortir une jeune fille de haute taille avec une longue natte châtain. Elle donna à manger aux poules, puisa de l'eau dans le puits, arrosa les fleurs dans un petit jardinet bien propret. Papakhine avait raison, la fille du régisseur était une vraie beauté.

Cependant, sa tentative de surveiller Samson Stépanovitch lui-même se révéla inutile. À huit heures passées, le régisseur descendit le perron, le visage renfrogné et préoccupé. Il sella son cheval et s'en fut. Tioulpanov avait eu tort de s'installer dans les buissons. À présent, il était tout trempé par la rosée et avait trois méchantes piqûres de moustiques.

Tout allait de travers ce jour-là.

Poussé par une sensation de vide au creux de l'estomac et des borborygmes, il se rendit à Olkhovka pour chercher à manger, mais le village était désert. Il réussit enfin à trouver dans une isba une centenaire qui arrivait à peine à bouger ses jambes. Comme il lui demanda où étaient passés les gens, elle répondit :

– Ils ont fui la Guivre. Moi, je ne crains rien, j'ai déjà vécu ma vie. Tu ne viens pas de sa part, des fois ? Me chercher, hein ?

Et elle plissa ses yeux bigleux, dans l'espoir qu'il dise oui.

Le président du Conseil avait dit vrai : c'était le Moyen Âge ici, l'obscurantisme ! Dire qu'on n'était qu'à soixante kilomètres de Moscou !

La vieille n'avait que du kvas et un bout de pain. N'ayant trouvé personne pour lui prêter un cheval, il se rendit à pied à Ilinskoïe, où il y avait une épicerie et un bureau de poste. Il acheta des craquelins, du thé, du sucre, du saucisson. Il attendit longtemps le facteur : il espérait une réponse du chef à sa missive de la veille. En vain.

Il dut rentrer à Baskakovka à pied. Aucun paysan n'accepta de l'y conduire, même pour un rouble ou deux. Le matin, passe encore, disaient-ils, mais à la tombée de la nuit, pour rien au monde. Ignorance et superstition.

Il faisait déjà nuit lorsqu'il regagna le domaine vide. Il était fatigué, furieux. Vous agissez mal, Eraste Pétrovitch. Que vous ne m'ayez rien raconté sur la Guivre, je veux bien. Vous souhaitiez que je me fasse une idée par moi-même. Soit. Mais pourquoi ne pas répondre à ma lettre ? Il ne s'agit tout de même pas de futilités, hein ?

Comment coincer ce Kracheninnikov ? Il fallait procéder par déduction. Ou alors, l'attraper par la peau du cou et lui faire cracher le morceau ? Mais il fallait des indices, et il n'en avait pas. Les souris mortes ne suffisaient pas. Donc, il devait retourner dans les buissons ?

Tioulpanov n'était pas complètement fixé sur la démarche à suivre. Il longea l'étang, se dirigeant vers la maison de Kracheninnikov. Son supérieur disait que même le maniaque le plus endurci conservait toujours un bon fond et que cette parcelle encore vivante de l'âme humaine était le meilleur partenaire de l'instruction, car elle poussait souvent le fou criminel à se dénoncer et même à se repentir.

Peut-être y avait-il un moyen de parler avec lui tranquillement, à cœur ouvert. Il parviendrait ainsi à toucher ce bon fond et, qui sait, à obtenir des aveux ? De toute façon, Kracheninnikov était bon pour l'asile, on ne l'enverrait pas au bagne.

Tioulpanov réfléchissait ainsi en longeant la sombre étendue d'eau parsemée de taches noires : troncs à moitié engloutis, broussailles de joncs, petits îlots. Un voile de brume blanchâtre s'élevait au-dessus de l'étang. L'été n'était pas encore fini, et pourtant, on sentait déjà un petit froid pénétrant.

Il avait pris son revolver pour le cas où le côté méchant l'emporterait chez le régisseur.

Soudain, derrière l'îlot le plus proche, une grosse bête tout ébouriffée surgit dans un clapotis. Anissi porta sa main gauche à son cœur tandis que la droite saisissait l'arme. La détente se prit dans les replis de sa poche : il faillit se tirer une balle dans le pied.

Ce n'était pas un monstre des marais, ni le légendaire serpent Gorynytch des bylines russes qui sortait de l'eau, mais un grand moujik chaussé de bottes et tout couvert de vase. Une énorme barbe noire hirsute lui arrivait presque aux yeux.

– Qui es-tu ? s'écria le secrétaire d'une voix tremblante en serrant la poignée de son arme.

L'homme trempé tendit sa main en direction du marais et poussa un cri inarticulé. Il était soit muet, soit malade.

L'idiot du village, se dit Anissi, rassuré. C'est pour

cela qu'il n'a peur de rien. Les autres ont fui et lui, il est allé carrément se mettre dans le marécage.

Depuis qu'il était tout jeune, Tioulpanov éprouvait de la compassion pour les faibles d'esprit. Il donna un morceau de sucre à l'idiot et lui dit d'un ton gentil :

– Va-t'en, va-t'en. Tu n'as pas à rôder ici.

Il n'aurait pas dû : le pauvre fou se mit à l'accompagner. Tantôt il marchait loin derrière, tantôt il le devançait et toujours il se retournait vers le marécage. Soudain, il poussa Anissi, tomba à quatre pattes et se mit à marmonner des sons inarticulés en montrant la terre avec sa main.

Tioulpanov faillit se mettre en colère, mais à cet instant la lune parut derrière les nuages, éclairant la rive humide, et le jeune homme aperçut dans la boue glaiseuse l'horrible trace sinueuse qu'il ne connaissait que trop bien. Le serpent, de nouveau !

L'homme des marais mugit, gloussa, hocha sa tête hirsute dans tous les sens comme s'il venait de perdre une âme sœur. Anissi le laissa là, près de l'étang.

À présent, il marchait vite, avec entrain. Assez de tours de magie ! Que l'idiot du village cherche le serpent mythique, je m'en vais vous dire vos quatre vérités, Samson Stépanovitch !

Deux minutes plus tard, il se trouvait devant la maison de Kracheninnikov. Avant de monter sur le perron, il leva le chien du revolver, glissa celui-ci sous sa ceinture et referma son manteau.

Ce fut la jeune fille qui lui ouvrit la porte. De près, elle paraissait encore plus belle : le visage blanc, lisse, les yeux purs, lumineux, le regard attentif. La pauvre, ce ne devait pas être facile que de vivre avec un forcené.

Anissi souleva sa casquette, se présenta, lui demanda comment elle s'appelait. Elle répondit : Angeline.

– Papa n'est pas là, ajouta-t-elle. Il est dans son « bureau ». Il est parti il y a longtemps, avant la nuit.

– C'est où ? demanda Tioulpanov en scrutant attentivement les lieux. De quel côté ?

– Il ne me permet pas d'y entrer, expliqua la belle jeune fille. La table est mise depuis longtemps, tout est prêt, mais je ne peux pas aller le chercher. Voulez-vous l'attendre ? Nous pourrons dîner ensemble.

Le secrétaire de gouvernement se renfrogna et répondit d'un air distrait :

– Je vous remercie. Une autre fois… Vous savez… Je dois voir votre père, c'est urgent. Je vais prendre le risque de le déranger. Pourriez-vous juste m'accompagner ?

On voyait bien que c'était une fille intelligente. Elle ne dit plus rien, fronça ses sourcils fins, réfléchit quelques instants, puis jeta un châle sur ses épaules et conduisit Anissi par un étroit chemin qui longeait la clairière, puis à travers les groseilliers et le verger. De lourdes pommes bien mûres pendaient aux branches, les tirant vers la terre. Tioulpanov se cogna le front sur une de ces grosses pommes juteuses.

– Il est là-bas, le bureau, dit Angeline.

Une petite guérite avec une seule fenêtre se dressait au bord de l'étang. À l'intérieur, la lumière brillait derrière un rideau d'indienne.

Anissi aurait bien aimé regarder à travers le rideau, mais il n'osa pas le faire devant la jeune fille. Il frappa quelques coups, plutôt pour la forme, puis poussa la porte. Il avait vraiment envie de surprendre Kracheninnikov à quelque occupation criminelle.

Il vit d'abord la lampe à pétrole sur une table en bois, une gourde dans un étui en daim avec un petit verre, et seulement après, il aperçut Samson Stépanovitch lui-même. Le régisseur était affalé sur sa chaise, la tête renversée en arrière. Il était vêtu d'un habit large et informe semblable à une tunique asiatique à motifs.

Angeline poussa un cri terrifiant derrière le dos d'Anissi. Elle le repoussa et se précipita vers son père mais, à mi-chemin, agita convulsivement ses bras et s'effondra sur le sol : elle avait perdu connaissance.

Il y avait de quoi. Le visage du régisseur était terriblement bleu et enflé ; sur son cou, à côté de la barbe, on voyait deux points noirs, une goutte de sang s'écoulait de chacun.

Anissi fut même content que la jeune fille soit tombée en pâmoison. Sans cela, il aurait dû la consoler, lui apporter de l'eau. Or, c'était le meilleur moment pour travailler : il fallait tout examiner, chercher des traces, prendre des mesures.

Le secrétaire tendit la main pour toucher la pomme d'Adam du mort : était-elle déjà froide ou encore tiède ?

Soudain sa tunique orientale se mit à bouger. Anissi plissa les yeux.

Ce n'était pas une tunique, mais un serpent de taille inouïe qui s'était enroulé autour du cadavre. Il leva sa tête rétrécie sur le devant, ses petits yeux couleur d'agate brillèrent, et il ouvrit une gueule effrayante, montrant deux crocs fins.

Anissi se trouva mal. Il avança mollement sa main en direction de la Guivre, l'air de dire « pas la peine de me parler d'une voix humaine, je ne te croirai pas », et s'écroula sur le côté. Son regard glissa sur le plafond sombre, sur les bouts de toiles d'araignée, puis ses yeux se révulsèrent et Tioulpanov prit congé de sa conscience.

V

Le plus honteux, c'était que la jeune fille avait repris connaissance bien avant le limier expérimenté, et en plus, elle avait eu du mal à le ranimer. Elle lui avait frotté les oreilles, l'avait aspergé avec de l'eau du baquet, tout en sanglotant, en claquant des dents, en priant. Lorsque Tioulpanov revint à lui, clignant des yeux plusieurs fois avant de comprendre où il se trouvait, ce qui s'était passé et pourquoi une magnifique jeune fille sanglotait, penchée sur lui, l'horrible reptile avait disparu : sans doute s'en était-il allé par la porte ouverte.

Anissi pensa dans un premier temps qu'il avait eu une hallucination, que le serpent avec la gueule ouverte était le produit de ses nerfs à vif, mais Angeline, elle aussi, avait vu le monstre et, d'ailleurs, les traces de la morsure sur le cou du malheureux Samson Stépanovitch ne laissaient aucun doute.

Le lendemain matin, Anissi se rendit au centre administratif et en revint avec toute une équipe d'enquêteurs. Ayant effectué l'autopsie, le médecin légiste déclara que le décès était dû à une paralysie respiratoire provoquée par un poison organique non identifié – la science de cet Esculape rural s'arrêtait là. Rien d'étonnant d'ailleurs à ce que la conclusion fût aussi imprécise : le médecin semblait éméché et ne tenait pas bien sur ses jambes.

Heureusement qu'il avait au moins réussi à ne pas se blesser avec son scalpel.

Bon, la campagne, c'est la campagne.

Vers midi, Anissi y voyait à peu près clair dans les crimes de Baskakovka. Le secrétaire de gouvernement exposa les faits objectifs et ses propres conclusions dans un rapport détaillé à son supérieur, y joignit les copies des procès-verbaux d'instruction. Un courrier de la police partit à cheval à Moscou, rue Saint-Nikita, afin de remettre ce pli important à M. le conseiller de collège en mains propres.

Sa première version s'était révélée presque juste : c'était la seule chose dont Tioulpanov pouvait être fier dans cette histoire. Kracheninnikov était effectivement devenu fou et s'était imaginé l'esclave de la Guivre. Dans ses déductions, Anissi ne s'était trompé que sur un point : le serpent géant existait bel et bien et pas seulement dans l'imagination malade du régisseur. Mais c'était là une chose qu'aucune personne saine d'esprit n'aurait pu envisager.

Et il n'y avait rien d'étonnant à ce que Kracheninnikov soit devenu fou en voyant le monstre. Il y avait en effet de quoi perdre la raison, surtout quand on connaissait la légende des Baskakov. Anissi, lui, s'était bien évanoui, et pourtant, il n'était pas un lâche…

L'idiot du village qu'Anissi avait croisé la veille avait sans doute aperçu le reptile, mais, étant privé d'imagination, il n'avait pas eu peur. Bien au contraire, il était ravi de sa découverte et il s'était mis en tête d'attraper cette drôle de palanche. Bienheureux les pauvres d'esprit. Quant au pieux Samson Stépanovitch, il avait pris peur et s'était mis à vénérer la Guivre à l'instar des fils d'Israël qui faisaient fumer l'encens devant Nehushtan, le serpent de cuivre. Il donnait à manger à l'horrible bête, essayant de l'apprivoiser, il lui avait très probablement offert le gîte dans son « bureau » en la laissant sortir en promenade de temps à autre, jusqu'au jour où il était mort, victime de sa rampante souveraine.

Dans la guérite, on trouva un sac rempli de souris et de grenouilles, devant le seuil il y avait une grande gamelle avec des restes de lait et, dans la poche du défunt, on découvrit un petit mirliton en jonc, sans doute pour appeler la bête. Angeline ne l'avait jamais vu auparavant chez son père.

Anissi interrogea personnellement la jeune fille anéantie par le chagrin, sans le chef de la police ni le juge d'instruction, et il dressa lui-même le procès-verbal. Premièrement, la pauvrette lui faisait pitié ; deuxièmement, ce n'était pas la peine que tout le monde sache que Tioulpanov avait les nerfs fragiles, cela pouvait saper l'autorité de l'enquêteur. Lorsque le médecin eut terminé l'autopsie, on plaça le cadavre sur une simple charrette et Angeline transporta son scélérat de père au village. Mais il n'était pas du tout certain que les paysans lui permettent d'enterrer le sorcier au cimetière. La pauvre ! Qu'allait-elle devenir ?

Après avoir pris congé de la jeune fille qui avait été témoin de son déshonneur, Anissi retrouva son courage et prétendit devant ses collègues qu'il avait tenté de saisir la Guivre par la queue, mais que cette maudite saucisse lui avait échappé.

Comment savoir pourquoi elle s'était retournée contre son bienfaiteur ? Peut-être qu'il l'avait agacée en lui accordant trop d'attention, ou peut-être qu'il ne la laissait pas assez sortir. Toujours est-il qu'elle avait planté ses dents meurtrières dans son cou.

Anissi eut un débat scientifique avec le chef de la police et le médecin sur l'espèce biologique à laquelle appartenait la bête.

Le médecin prétendait que c'était très vraisemblablement une *Vipera berus* qui, en vertu de quelque circonstance, avait atteint une longueur incroyable. N'avait-il pas lu qu'en Italie, quelque temps auparavant, des paysans avaient attrapé un reptile venimeux qui faisait une fois et demie la taille d'un homme ordinaire ? Comme Tioulpanov répliqua que la Guivre mesurait, à vue de nez, au moins cinq mètres, le médecin resta sceptique et se permit même une remarque du style « quand on voit avec les yeux de la peur... ».

Le chef de la police, lui, doutait que ce fût une vipère. Anissi avait parfaitement retenu le motif qui ornait la peau du serpent, noir avec des zigzags jaunes. Il n'y avait jamais eu de vipères pareilles dans les marais de Gnilovo.

Le soir, après avoir bu avec les autres de la vodka de genièvre pour la paix de l'âme des victimes de la Guivre et le succès de l'enquête, Anissi décida d'agir sans tarder : il allait mobiliser toute la police de la région et même du district, faire appel à la population et passer le marais au peigne fin. Le monstre n'avait pas pu se cacher ailleurs. Il fallait le trouver et le capturer ou bien, à défaut, le détruire. C'est alors qu'ils pourraient trancher quant à son espèce et voir si les yeux de la peur d'Anissi étaient réellement aussi énormes (lança Tioulpanov au médecin d'un ton caustique).

Ses compagnons de bouteille soutinrent son idée. Ils résolurent de réserver la journée du lendemain aux préparatifs et de partir combattre le dragon le surlendemain à l'aube.

L'expédition ne fut pas aussi importante qu'Anissi l'avait imaginé. Deux dizaines de gardes sous la direction du chef de la police et quelques volontaires, voilà toute la troupe. Trois propriétaires du voisinage amenés par Antoine Maximilianovitch Blinov, qui, en tant qu'ancien chasseur, avait été promu au rôle d'archistratège, le savant folkloriste Petrov (sans fusil, avec un filet, comme s'il était venu à la chasse aux papillons), le médecin Tsarevokokchaïski et les deux millionnaires de Pakhrinsk, Papakhine et Makhmetchine. Ces derniers cherchaient sans doute à se faire bien voir des autorités locales en vue des futures transactions avantageuses. Le Tatar amenait avec lui une demi-douzaine de commis basanés aux yeux bridés, qui faisaient beaucoup de bruit et riaient sans cesse, montrant que les superstitions chrétiennes ne les concernaient pas. Egor Ivanovitch Papakhine arriva seul, on aurait dit un Anglais partant chasser le renard : képi noir, redingote rouge, un fin fouet à la main (ce qui d'ailleurs n'était pas si bête).

Malgré la récompense promise, un seul paysan eut le cran de s'aventurer dans le marécage : un grand-père chétif coiffé d'un bonnet de fourrure. Antoine Maximilianovitch serra la main de ce volontaire et déclara que c'était là un « représentant de la nouvelle paysannerie consciente », mais, vu de plus près, il apparut que ce représentant n'était pas tout à fait sobre. Complètement déguenillé, il portait cependant de gros gants de toile bien solides et, sur son épaule, une besace vide dont Anissi ne saisit pas bien l'utilité. De temps en temps, il buvait un coup à même la bouteille, dansotait sur place, chantonnait des refrains monotones. Le folkloriste tenta de se rapprocher de ce porteur de l'art populaire oral et sortit son calepin, mais le paysan l'envoya promener vertement.

La nouvelle connaissance d'Anissi, le moujik muet qui cherchait la Guivre dans l'étang, apparut aussi. En voyant Tioulpanov, il montra sa bouche, sans doute pour demander du sucre. Il avait beau être idiot, il avait bien compris pourquoi tout ce monde s'était réuni là. Il sifflait à la manière d'un serpent, mugissait, sautillait, cherchant à montrer de toutes les manières possibles qu'il approuvait cette entreprise. Il n'y avait nul moyen de le chasser.

Ils formèrent une file de trente-six personnes, ce qui était bien sûr insuffisant pour passer le marécage au peigne fin. Celui-ci faisait huit kilomètres de long, un et demi de large : peine perdue !

Tous les espoirs reposaient sur Antoine Maximilianovitch, qui connaissait les lieux comme sa poche. Le président du Conseil fronça les sourcils et désigna sa place à chacun. Il plaça Anissi à sa droite en tant que personnalité officielle. À la demande de Tioulpanov, il mit juste derrière eux l'unique paysan (qu'il fallait surveiller pour qu'il ne se noie pas) ainsi que l'idiot muet (dont le secrétaire de gouvernement se sentait également responsable).

– Nous sommes peu, nous ne pourrons donc pas fouiller tout le marécage, déclara Blinov. Au milieu, il y a un îlot où je n'ai jamais l'occasion de m'aventurer. Nous allons l'examiner. Là, il n'y aura que sept à huit pas d'intervalle entre les rangées. En avant, messieurs ! N'ayez pas peur ! Si quelqu'un s'enfonce, ses voisins le tirent de l'eau.

Et il entra le premier dans le liquide verdâtre.

Jusqu'à l'îlot, ils marchèrent en file indienne. Anissi se retournait sans cesse sur le paysan, mais celui-ci suivait sans tomber, bien qu'en titubant. Quant à l'idiot, il semblait se sentir comme un poisson dans l'eau. En revanche, le secrétaire de gouvernement eut un moment de faiblesse : il bondit sur le côté en voyant surgir, à la surface du marécage, une petite tête noire avec des taches jaunes sur les côtés. Et aussitôt, il fut englouti. Antoine Maximilianovitch le tira par les cheveux et le ramena sur le sentier, mais il avait eu le temps d'avaler de la vase avec des œufs de grenouille. Cet incident le rendit mélancolique et ses genoux se mirent à trembler nerveusement. S'il avait eu peur d'une simple couleuvre, qu'allait-il se passer s'il voyait apparaître derrière une butte une tête de serpent grosse comme un melon ? Et puis, il était trempé, ce qui n'arrangeait pas les choses. Il y avait un bon seau d'eau dans chacune de ses énormes bottes.

Ils finirent par déboucher sur un îlot de terre ferme où ils purent se déployer en ordre de bataille.

– Au printemps, quand je chassais les bécasses, j'avais vu des trous de bête derrière ces buissons-là, dit Blinov. Mais je n'y avais pas fait attention, je pensais que c'étaient des ratons laveurs. Venez, Anissi Pitirimovitch, on va regarder ça.

En effet, derrière les buissons, au milieu des racines, on voyait trois trous : deux côte à côte et un plus loin.

– Vous avez des gants ? demanda le président. Non ? Prenez le mien. Moi, j'y mettrai ma main gauche.

Les autres chasseurs allèrent plus loin, seul le vieux paysan s'arrêta un moment : on entendit glouglouter le tord-boyaux dans sa bouteille. L'idiot s'accroupit devant le trou.

Anissi enfila le gant glacé de Blinov, repoussa l'idiot et attendit un peu pour se donner du courage. Il n'avait aucune envie de s'enfoncer dans la trouée noire. Même s'il ne s'agissait que d'un raton laveur, il risquait une morsure au doigt, ce n'était pas de la blague !

Mais, comme Antoine Maximilianovitch, lui, n'hésita pas une seconde à plonger son bras jusqu'à l'épaule dans le premier trou, Tioulpanov se sentit coupable. Il se mordit la lèvre, s'accroupit et fit de même.

Un sifflement retentit : Chhhhhhooooohhhh ! et, avant qu'il eût le temps de reculer, une terrible douleur lui brûla la main.

Il bondit en arrière avec un cri sauvage, retira son bras d'un coup sec et se mit à hurler de terreur en voyant surgir, accrochée à sa main, l'énorme tête en forme de losange aux petits yeux féroces qu'il connaissait déjà. Derrière la tête s'étirait le corps élastique jaune et noir aussi gros que le cou d'Anissi ou peut-être même plus volumineux.

– Aïe, aïe, aïe, maman ! cria Anissi, secoué de sanglots, tout en agitant sa main pour l'arracher à la gueule venimeuse.

La Guivre desserra ses mâchoires et s'enfuit dans les broussailles avec une habileté insoupçonnée.

– Attrapez-la ! hurla Blinov en pointant son fusil.

L'idiot fit un bond de chat et s'accrocha à la queue jaune et noir du serpent, mais fut immédiatement emporté dans les hautes herbes couleur rouille. Le vieil ivrogne s'y précipita aussi.

– Au secours, marmonna Anissi en serrant sa main endolorie contre sa poitrine. Faites quelque chose, je vous en supplie !

Il arracha le gant et vit, entre le pouce et l'index, deux petits trous par lesquels s'écoulait du sang. Était-ce la mort ?

Le président du Conseil s'agitait autour de Tioulpanov agonisant.

– Mon Dieu, quel malheur ! Respirez profondément, la bouche ouverte ! L'essentiel, c'est que la cage thoracique ne soit pas paralysée !

C'était trop tard. Anissi sentit justement qu'il ne pouvait plus respirer. Il avait beau ouvrir la bouche, l'air n'entrait pas dans ses poumons. C'était bien cela, la paralysie respiratoire.

Montrant le gros couteau qui pendait à la ceinture d'Antoine Maximilianovitch, Tioulpanov dit dans un râle :

– Coupez… Coupez-moi la main…

– Que dites-vous ! s'écria Blinov avant de reculer, affolé. Je ne pourrai pas.

Et il ouvrit ses bras dans un geste d'excuse : un pauvre type !

Avec sa main gauche, Anissi sortit son propre couteau, le brandit, mais comprit que lui non plus, il ne le pourrait pas. D'ailleurs, c'était trop tard, car il suffoquait déjà.

Les deux paysans surgirent des broussailles. Ils ressemblaient à deux jumeaux siamois réunis par le flanc. De sa main gantée de grosse toile, le vieux tenait le cou de la Guivre ; le benêt, lui, serrait sa queue contre sa poitrine. Tous les deux avançaient enroulés d'anneaux vivants, vibrants.

On dirait Laocoon, se dit Anissi, prostré. À cet instant, il pensait à feu sa mère, à sa sœur Sonia, à Eraste Pétrovitch, à Massa. Adieu tous ceux que j'aime. Adieu, le ciel bleu et l'herbe verte.

– Tuez le monstre ! hurla Blinov. À vos couteaux !

La réponse tomba :

– Pourquoi donc ? Sa place est dans un zoo…

Anissi, à l'agonie, râlait, s'étranglait. Dans son délire, il avait cru entendre la voix d'Eraste Pétrovitch.

Les vaillants guerriers vainqueurs du dragon étaient en train de mettre la bête, qui résistait désespérément, dans la besace. Tioulpanov se sentait complètement détaché de cette agitation indigne.

C'est alors qu'il entendit de nouveau cette voix qu'il connaissait si bien. Elle disait avec reproche :

– Vous êtes un méchant homme, Blinov. Vous traitez votre ami de monstre, vous souhaitez le voir mourir.

– C'est vous, chef ? murmura Anissi dans un souffle en regardant avec stupéfaction l'idiot du village tout rouge après son combat avec le serpent. Est-ce possible ?

Le faible d'esprit montra sa bouche édentée dans un grand sourire, et il mugit. Ce fut le vieil ivrogne qui répondit à sa place.

– Je vous remercie, Tioulpanov. Vous me flattez en pensant que mes talents d'acteur vont aussi loin.

Le jeune homme n'essaya même pas de comprendre par quel miracle le vieil ivrogne s'était soudain transformé en Eraste Pétrovitch : ces choses terrestres n'avaient plus aucune importance à présent qu'il ne lui restait qu'un petit fond de vie qui s'écoulait goutte à goutte. Quel que fût ce tour de magie extraordinaire, Anissi n'aurait pu souhaiter un meilleur cadeau d'adieu.

– Adieu, chef, murmura-t-il en puisant dans les dernières provisions d'air que ses poumons retenaient encore.

Eraste Pétrovitch fronça les sourcils :

– Eh, Tioulpanov ! Vous n'avez pas l'intention de r-rendre l'âme pour de vrai ? Ce serait tout de même honteux de mourir de peur !

Le secrétaire de gouvernement jeta à son supérieur un regard plein de reproche. Pourquoi m'humiliez-vous alors que je me meurs, monsieur Fandorine ? C'est un péché.

Blessé dans son amour-propre, il eut encore assez de souffle pour bredouiller :

– C'est du poison… Une douleur atroce…

– Normal que vous ayez mal ! Vous avez vu un peu ses dents !

Le chef examina le gant lacéré par le serpent.

– Il n'a pas r-réussi à percer la toile, mais vos gants glacés, il n'en a fait qu'une bouchée. Ça fait mal, mais il n'y a aucun danger. Il n'est pas venimeux, le serpent. C'est un éryx de l'Amour, Tioulpanov. Sur la base de votre rapport et du témoignage d'Angeline Kracheninnikova (qui est plus observatrice que vous), j'ai consulté l'atlas zoologique à la bibliothèque de la ville. Un exemplaire magnifique, n'est-ce pas, Antoine Maximilianovitch ?

Le président du Conseil, livide, secouait la tête comme pour chasser une hallucination.

Anissi, qui n'avait plus la force de parler, montra sa pomme d'Adam comme pour demander : et la paralysie respiratoire ?

Le chef ordonna :

– Dites : « Atchoum ! »

Tioulpanov, fort étonné, s'obligea à éternuer. Et, miracle, sans même s'en rendre compte, il aspira un peu d'air. Il répéta cet exercice encore et encore, jusqu'à respirer enfin à pleins poumons.

– Qui êtes-vous, monsieur le saltimbanque ? demanda le président du Conseil en retrouvant ses esprits. Qui est-ce, Anissi Pitirimovitch ? Et quelles sont ces insinuations à mon égard ?

Eraste Pétrovitch se tourna vers lui :

– Je suis le conseiller de collège Fandorine. Ah, vous avez une nouvelle gourde, à ce que je vois ? (Il montra la gourde en cuivre toute brillante qui pendait à la ceinture d'Antoine Maximilianovitch.) Et l'ancienne, où est-elle ? Je parie qu'elle avait un étui en daim et qu'elle se refermait avec un joli bouchon en argent qui pouvait servir de verre à l'occasion.

Ces paroles eurent un effet étrange. L'élu du peuple cessa de protester et fit quelques pas en arrière.

VI

– Dites, Tioulpanov, avez-vous lu vous-même le procès-verbal que vous m'avez envoyé hier ? Celui où le chef de la police décrit les lieux du meurtre de Kracheninnikov ?

Fandorine regardait son assistant avec reproche.

– Non, pour quoi faire ? Je lui avais juste demandé de me faire une copie carbone… J'avais tout vu de mes propres yeux et je vous avais tout raconté dans mon rapport.

– Justement ! Vous aviez écrit que sur la table il y avait une gourde dans un étui en daim avec un petit verre, mais le chef de la police, lui, ne l'avait pas remarquée. Cela voulait dire que, pendant que vous étiez sans connaissance, ce récipient avait miraculeusement disparu de la table. Ce n'était tout de même pas le serpent qui l'avait emporté, n'est-ce pas ?

Anissi cilla et fronça ses sourcils clairs.

– Il n'y avait personne à part moi et la fille de Kracheninnikov !

– C'est justement pour ça que j'ai d'abord soupçonné la jeune fille. Hier matin, Sa Majesté l'impératrice étant enfin repartie à Pétersbourg, je suis venu directement ici. J'ai retrouvé Kracheninnikova à Ilinskoïe et je l'ai interrogée. Si elle m'avait dit qu'elle n'avait pas vu la gourde, cela aurait signifié que la c-criminelle, c'était elle. Car elle avait repris connaissance avant vous. Mais elle avait remarqué la gourde, et elle s'est rappelé qu'après son évanouissement celle-ci avait disparu. Il se trouvait donc là un troisième personnage, caché dans le noir, qui vous observait. Après qu'elle m'a décrit le serpent dans le détail et que j'ai pu m'assurer qu'il s'agissait d'un éryx inoffensif, il était devenu évident que la mort du régisseur n'avait pas été causée par la morsure. Vraisemblablement, le poison se trouvait justement dans la gourde, disparue comme par magie. Un certain visiteur que Samson Stépanovitch avait reçu dans sa guérite lui avait offert une boisson empoisonnée, puis avait pratiqué deux petites incisions sur le cou du défunt pour imiter une morsure de serpent. Notre expert local est tombé dans le piège. Le fait que nous ayons affaire à un éryx de l'Amour m'a mis immédiatement sur la trace du vrai assassin.

Fandorine ne regardait plus Anissi, il fixait le président du Conseil, qui se tenait immobile, mordillant ses lèvres blafardes.

– Qui d'autre que vous, Blinov, aurait pu apporter ici un éryx de l'Amour ? L'année dernière, vous aviez fait un voyage en Extrême-Orient. Vous n'en aviez pas rapporté de peaux de tigre, en revanche vous vous étiez procuré un magnifique trophée vivant. Vous aviez alors un objectif innocent et je dirais même noble : éloigner les paysans braconniers du marécage de Gnilovo afin qu'ils ne détruisent pas les espèces rares d'oiseaux et ne vous empêchent pas de chasser. Votre projet était original, et il avait réussi. Mais votre éryx avait été vu non seulement par les paysans superstitieux, mais aussi par Kracheninnikov. En tout cas, lui, il savait bien que la Guivre n'était pas une invention des femmes hystériques, seulement il s'était bien gardé d'en parler au juge d'instruction. Sans doute craignait-il de passer pour un fou. À propos, Tioulpanov, pour moi, dès le début, Kracheninnikov n'était pas suspect. Vous savez pourquoi ? Parce qu'il jetait sur les bords de l'étang des appâts empoisonnés pour le serpent.

– Pourquoi empoisonnés, chef ? s'étonna Anissi. Qu'est-ce qui vous fait dire ça ?

Fandorine poussa un soupir :

– Et le chat du clerc Serioguine ? Il est évident qu'il a succombé après avoir goûté aux mets distribués par Kracheninnikov. Non, Samson Stépanovitch n'avait pas cru à l'histoire de la Guivre magique et vous avez jugé qu'il serait plus sûr de l'envoyer dans l'autre monde. Entre-temps avait mûri le projet de tout lui mettre sur le dos et vous y étiez presque parvenu. Vous lui avez rendu visite dans sa guérite, lui avez offert du vin empoisonné et avez arrangé le décor selon vos besoins. Vous avez glissé dans la poche du mort un mirliton en jonc, puis apporté une gamelle avec du lait. Quant au sac rempli de souris et de grenouilles, le pauvre Samson Stépanovitch l'avait préparé lui-même, ce qui convenait parfaitement pour votre mise en scène. Mais vous avez oublié votre gourde, et il vous a fallu retourner la chercher. La nature morte au serpent que vous aviez réussi à créer avait fait tellement peur aux témoins qu'ils s'étaient évanouis, si bien que vous avez réussi à subtiliser l'indice s-sans problème. Cependant, vous étiez inquiet. La jeune fille ne vous préoccupait pas beaucoup : elle ne pouvait pas retourner à Baskakovka. Mais il y avait Tioulpanov. Il risquait malgré tout de se pencher sur le procès-verbal du chef de la police et de remarquer la disparition de la gourde. Vous avez alors trouvé une manière habile de vous débarrasser du témoin sans prendre aucun risque. Vous avez conduit Tioulpanov directement vers le trou où habitait le serpent apprivoisé par vous et vous l'avez poussé à…

Antoine Maximilianovitch interrompit l'accusateur.

– Un instant, monsieur ! Vous venez de dire que le serpent était inoffensif. Si je suis le monstre que vous décrivez, votre assistant ne risquait rien en mettant sa main dans le trou.

– L'exemple de Mme Baskakov vous avait donné l'occasion de vous assurer que la peur tuait une personne émotive plus sûrement que le couteau. Tioulpanov ne doutait pas une seconde de l'effet mortel de la morsure et croyait dur comme fer à la paralysie respiratoire. Encore un peu, et il se serait étouffé pour de vrai.

Le secrétaire de gouvernement porta sa main à sa poitrine et prit une profonde inspiration. Seigneur, quel bonheur c'était que de respirer, simplement respirer !

Il y avait là une autre personne parfaitement heureuse : l'idiot. Assis par terre, il caressait affectueusement la besace qui enflait et ondulait. Le reptile de l'Extrême-Orient venait de trouver un nouvel ami bien plus fidèle que celui qu'il avait perdu.

Anissi ne douta pas une seconde que Fandorine eût raison. Il demanda :

– Mais à quoi lui servait de tuer Mme Baskakov ? Qu'est-ce qu'il gagnait avec sa mort ?

– Il y avait un intérêt immédiat. En tant que président de l'Assemblée du district, Blinov a été le premier au courant de la construction d'une ligne de chemin de fer et a compris que Baskakovka deviendrait une mine d'or. La situation de ce monsieur était désespérée. J'ai appris au secrétariat que l'Assemblée de Pakhrinsk était suspectée d'avoir détourné des fonds publics à grande échelle et qu'une inspection allait avoir lieu. Ça sentait le tribunal et la prison. M. Blinov avait terriblement besoin d'argent pour couvrir sa dette. Il a donc mis au point un p-plan habile, très habile. C'est que les circonstances lui étaient si favorables, n'est-ce pas, Antoine

Maximilianovitch ? Le fils unique de Mme Baskakov avait été tué. De chagrin, la propriétaire avait développé une maladie du cœur, et elle avait perdu la tête. C'est sans doute elle qui s'est mise à répandre l'idée que la Guivre viendrait chercher la dernière des Baskakov. Peu de temps avant, Petrov avait déniché cette vieille légende. Vous saviez que Barbara Ilinitchna avait hérité de Baskakovka. La jeune fille partageait vos idées sur la nécessité de se mettre au service du bien public, et il ne vous a pas été difficile de lui faire rédiger un testament en faveur de l'Assemblée.

Antoine Maximilianovitch tenta de parer cette nouvelle attaque :

– Remarquez : de l'Assemblée, et non en ma faveur à moi !

– Même Tioulpanov a compris que le répartiteur des biens immobiliers de l'État pouvait s'enrichir grâce à la location des lopins.

Anissi fit la moue en entendant ce « même » et Eraste Pétrovitch ajouta :

– Il ne s'agit plus en l'occurrence de pots-de-vin de cinq ou de dix mille, comme vous le supposiez dans votre lettre, Tioulpanov, mais de sommes beaucoup plus importantes. La location de datchas risque de rapporter aux entrepreneurs pas loin de deux cent mille roubles de bénéfice annuel : vous pensez bien qu'ils n'auraient pas hésité à donner un bakchich. Je crains que cette mode de la villégiature ne corrompe définitivement les autorités des régions aux alentours de Moscou. La perspective de faire fortune sans effort est trop tentante.

Fandorine sortit son mouchoir et se frotta le visage, faisant disparaître ses rides ; peu à peu, sa peau terreuse redevint blanche.

– Trois meurtres, Blinov. Tel est le bilan de votre

mystification. Pour tuer la malheureuse Mme Baskakov, il a suffi de lui montrer votre serpent exotique. Mais avec Barbara Ilinitchna, il vous a fallu vous salir les mains. Une serviette enroulée, exactement, Tioulpanov. Apparemment, là, votre version du crime est exacte. C'était une idée courageuse que de faire de l'enquêteur moscovite un témoin. Vous avez laissé la Guivre se promener un peu sous la fenêtre, apportant une confirmation supplémentaire à la version « surnaturelle »... Comment s'appelle votre copine ? demanda le conseiller de collège en indiquant la besace qui bougeait dans tous les sens.

Antoine Maximilianovitch avait manifestement compris qu'il ne servait à rien de nier les faits. Ses lèvres se tordirent dans un rictus.

– Victoria... Suis-je en état d'arrestation ?

Fandorine se détourna et dit à mi-voix :

– C'est comme vous voudrez.

Tioulpanov crut avoir mal entendu : il ne s'attendait pas du tout à cela. Le président du Conseil avala sa salive, cligna des yeux. Puis il salua en inclinant légèrement le buste :

– Je vous remercie.

Il saisit son fusil par la bandoulière et s'en alla sans hâte. Sur le chemin, il cueillit une fleur, la sentit. Quelques pas plus loin, les hautes herbes qui dépassaient la taille d'un homme se refermèrent derrière lui.

– Il risque de s'enfuir ? demanda Anissi.

– Où ? Sur les routes ? Pour parcourir notre mère la Russie avec une besace en demandant l'aumône ? Non, ce n'est pas du tout dans les habitudes de ce monsieur. Et en plus, avec le risque de se faire prendre et d'être condamné au bagne à perpétuité. Laissons à Antoine Maximilianovitch cinq minutes et évitons au Conseil d'être compromis en tant qu'institution. Les accidents de chasse ne sont pas rares, hélas.

Fandorine se frotta la joue, marquée par des piqûres de moustiques, et dit d'un air dégoûté :

– Vivement qu'on retourne à Moscou ! Ces séjours en plein air ne me plaisent pas du tout. Les moustiques d'ici, on dirait des piranhas.

– Chef… dit Anissi.

Et il s'arrêta à mi-phrase.

– Qu'y a-t-il encore ?

– À propos d'Angeline, la fille de Kracheninnikov. C'est une jeune fille très bien. Elle a vécu un cauchemar et elle est seule au monde à présent. Si elle reste ici, elle est perdue. C'est trop affreux. Ne peut-on pas faire quelque chose pour elle ?

– D'accord. Prenons cette jeune fille très bien avec nous.

Dans les broussailles, on entendit un coup de feu. Un rapide écho parcourut les marais.

Les épaules d'Anissi tressaillirent. Il se signa trois fois. L'idiot, quant à lui, sembla apprécier ce lointain bruit de crécelle. Tout en caressant sa besace, qu'il ne quittait plus des yeux, il cria :

– Poum-poum-poum !

Et il partit d'un éclat de rire joyeux.

0,1 POUR CENT

Cette nouvelle est dédiée
à Patricia Highsmith

Moscov, 1890

1

L'assemblée trimestrielle des institutions judiciaires qui se déroula en présence de Son Excellence ressemblait parfaitement à toutes les manifestations de ce genre, toutes ces cérémonies où l'on dresse les bilans, bref elle rappelait un ballet ennuyeux et solennel dans le genre de *Giselle*, d'Adolphe Adam.

Le procureur du tribunal fut le premier à exécuter son adagio en déplorant les effroyables statistiques des crimes graves dans la capitale : sept meurtres rien que pendant les trois derniers mois.

Ensuite, le chef de la police criminelle et celui de la police de sûreté dansèrent leur pas de deux optimiste : certes, la criminalité augmentait, mais tous les meurtriers avaient été arrêtés et les organes de la police n'étaient pas responsables des tares de la société.

Son Excellence le général gouverneur commença à somnoler pendant l'exposé du procureur. Pendant celui du chef de la police criminelle, sa tête s'inclina sur sa poitrine, sa perruque glissa sur le côté. Lorsque le colonel de la Sûreté prit la parole, il ronflait déjà. Vladimir Andreïevitch était âgé : plus de quatre-vingts ans.

Lorsque le chef de tous les juges d'instruction moscovites, un homme débordant d'énergie, éleva sa voix puissante par excès de zèle, le prince se mit à mâchouiller dans son sommeil. Aussitôt, un vieillard en livrée avec des galons sortit sa tête de derrière le rideau et menaça le colonel du doigt. C'était le valet de chambre de Son Excellence, le tout-puissant Frol Vedichtchev. Le chef de la Sûreté passa immédiatement de son puissant *forte* à un *pianissimo* léger ; quant aux orateurs suivants, c'est tout juste s'ils ne chuchotaient pas.

Eraste Pétrovitch avait fait exprès de s'installer près de la fenêtre. Il regardait les voitures descendre la rue de Tver, suivait des yeux les nuages légers et vaporeux qui flottaient dans le ciel, et écoutait les gouttes printanières tomber sur le rebord. Les discours n'intéressaient absolument pas le conseiller d'État. Il connaissait les faits, pouvait prédire les opinions au mot près. Toutefois, lorsque le chef de la police, M. Schubert, prit la parole, Fandorine y prêta l'oreille un instant, tournant la tête vers la tribune non pour entendre son allocution, mais pour observer l'orateur. Celui-ci venait d'être nommé à Moscou.

Pour le moment, on ne pouvait être sûr que d'une chose : Schubert était un homme du monde, courtois. Cependant, Fandorine, qui dans sa vie avait vu un grand nombre de fonctionnaires, comprit immédiatement que celui-ci ne tiendrait pas longtemps à ce poste. Ce général semblait onctueux, fuyant, et manquait de fermeté. Autant de qualités qui rendaient la carrière plus facile à Pétersbourg qu'à Moscou.

L'ayant observé pendant un moment, le conseiller d'État s'en désintéressa et se tourna de nouveau vers la fenêtre.

Tout se déroulait comme prévu. Le prince, lui aussi, répondit aux attentes de ses subordonnés, qui ne cessaient de s'étonner de cette étonnante qualité de Son Excellence : comme toujours, à l'instant même où le dernier orateur avait refermé la bouche, le général gouverneur s'éveillait. Il ouvrit les yeux, promena un regard pétillant sur les murs de la salle revêtus de marbre blanc et prononça, d'un air de reproche, sa phrase habituelle :

– Eh bien, mes chers messieurs, il faudra faire un effort. Il y a trop de désordre. Bon, Dieu est miséricordieux. Je remercie tout le monde. Vous pouvez disposer.

Dans le couloir, le chef de la police s'approcha de Fandorine, qui sortait le dernier, et lui dit avec un délicieux sourire :

– Vous n'êtes pas venu chasser dimanche dernier, Eraste Pétrovitch, dommage !

Il s'agissait d'une grande chasse organisée par le gouverneur, qui ouvrait traditionnellement la saison de printemps. Toute la haute société moscovite prenait part à cette sortie, mais Fandorine refusait ce genre de réjouissances.

– Je n'aime pas ça, dit-il. Pourquoi tuerais-je des êtres vivants qui ne m'ont fait aucun mal ?

– Je sais que vous avez des opinions originales, dit Son Excellence, dont le sourire se fit encore plus sympathique. Mais ce n'est pas pour les coqs de bruyère que j'ai regretté votre absence. Avez-vous entendu parler de l'accident ?

– Le décès du prince Borovski ? Oui, on m'en a parlé. Homicide involontaire à la suite d'une imprudence, n'est-ce pas ?

Le général baissa la tête et la voix :

– Involontaire ?

– Pourquoi, il y a des doutes ?

Prenant le conseiller d'État par le bras, Schubert l'entraîna près de la fenêtre.

– C'est pour cette raison que je me permets de vous déranger… Voyez-vous, on a découvert de nouvelles circonstances… Afin de ne pas vous faire perdre votre temps, faisons ainsi : vous me racontez ce que vous savez sur la mort de Borovski et moi, je compléterai.

Fandorine tenta de se souvenir des récits qu'il avait entendus dans la bouche de ceux qui avaient pris part à cette chasse.

– Quand les rabatteurs ont fait partir les coqs de bruyère (il y a un terme spécial pour ça, je ne m'en souviens plus), le jeune homme qui se tenait à côté de Borovski a visé trop bas et, par inadvertance, a planté une cartouche à plombs dans la nuque du malheureux. Je crois que le nom de ce tireur infortuné est Koulebiakine : ai-je bien retenu ? (Le chef de la police confirma.) Qu'y a-t-il d'autre ? On m'a dit que ce Koulebiakine était sérieusement éméché après un déjeuner au champagne. C'est sans doute ce qui explique une erreur aussi énorme. Pourquoi donc vous intéresser à une histoire triste, mais absolument banale ? Quelles sont ces nouvelles circonstances ?

– Un témoin s'est présenté.

Le général poussa un profond soupir. Il semblait dépité par la tournure que prenait cette histoire.

– Il est venu avant-hier, reprit-il. Car, le jour de l'accident, on n'avait même pas appelé la police. Tout était clair, les invités faisaient partie de la haute société et, après tout, le chef de la police était présent !

Schubert rit et se frotta la tempe, l'air gêné.

– Je crois que je n'ai pas été à la hauteur. Je viens de la garde, je n'ai jamais travaillé dans la police auparavant. Je me suis contenté de demander à M. Koulebiakine de ne pas quitter son hôtel en attendant la fin de l'enquête.

– Il vit donc à l'hôtel ?

– Au Dusseaux. Il est de Pétersbourg, de passage à Moscou pour régler des questions financières. Il est le neveu et l'unique héritier d'Ivan Dmitrievitch

Koulebiakine, l'industriel. Comme vous l'avez sans doute appris par les journaux, son oncle est mort il y a quinze jours, et le jeune homme hérite d'une fortune colossale. Il est célibataire, bien de sa personne et fabuleusement riche. Naturellement, à Moscou, on a fait un cirque inimaginable autour de lui : il était invité à des soirées, à des bals, dans des salons, et on a organisé à son intention une véritable foire aux jeunes filles. Il va de soi qu'il était invité à la chasse. Il vit sur un grand pied. Il a loué une chambre avec une fontaine, à cinquante roubles la nuit, il dépense à droite et à gauche. C'est naturel : une fortune pareille. Dimanche, il était éméché dès le matin, on vous a dit la vérité. D'ailleurs, pendant qu'on plaçait les chasseurs deux par deux, je l'ai vu boire à sa gourde…

– Pourquoi vous arrêtez-vous ? C-continuez.

– Naturellement, personne n'a pu imaginer qu'il y avait préméditation. En effet : Koulebiakine, dans sa situation, à quoi bon ? Par intérêt ? C'est franchement risible. Vengeance personnelle ? Mais il avait rencontré le prince une demi-heure avant la tragédie. J'ai fait mon enquête : c'est le baron Norfeldt qui les a présentés. Aussitôt, ils se sont rendu compte qu'ils étaient tous les deux amateurs passionnés de théâtre, une conversation animée s'est nouée et ils ont demandé eux-mêmes qu'on les place ensemble. Non, cela ne peut pas être une vengeance personnelle. Et pourtant…

Le général fit une pause : deux fonctionnaires de la chancellerie passaient devant eux. Ils saluèrent Eraste Pétrovitch et s'inclinèrent en silence devant le chef de la police. Enfin, ce dernier put continuer.

– Hier, un chasseur est venu chez le chef de la police de la ville de Zvenigorod, un dénommé (Schubert consulta son carnet) Antip Sapryka, qui a déclaré qu'il avait vu de ses propres yeux ce qui s'était passé.

M. Koulebiakine dit avoir pressé la détente trop tôt en levant son fusil. Ce chasseur affirme que le geste de Koulebiakine ne laissait aucun doute : il a planté le canon sur la nuque du prince et il a tiré. Le chef de la police a vérifié : depuis l'endroit où se trouvait ce chasseur, on pouvait en effet observer la scène. Naturellement, le témoignage d'un Sapryka ne pèse pas lourd face à la parole d'un jeune homme aussi brillant, mais d'un autre côté, pour quelle raison ce chasseur calomnierait-il Koulebiakine ? C'est un moujik d'un certain âge, de mœurs sobres, et il a une excellente réputation. Il travaille dans le domaine du général gouverneur depuis presque trente ans.

– Cela devient sérieux, reconnut le conseiller d'État. Il faut une enquête détaillée.

– C'est bien ce que je dis. Ce n'est pas un coq de bruyère qu'on a tiré, mais le prince Borovksi. Quel homme c'était ! À présent, la moitié des dames moscovites sont en deuil.

– Je sais, Borovski avait une réputation de don Juan. C'est p-peut-être un crime passionnel ? Une histoire d'amour, un triangle fatal, un drame de la jalousie ?

Le chef de la police leva les bras au ciel.

– Tout à fait possible. Mais Borovski avait des goûts raffinés, il ne frayait jamais avec des soubrettes ou des demi-mondaines. Et il était toujours très délicat dans ses liaisons, jamais il n'aurait compromis une dame. Un vrai gentleman. Comment voulez-vous que je m'y prenne ? Mes bourriques ne franchiront même pas le seuil de ces maisons ! Bien sûr, on peut passer par les domestiques, nos limiers savent faire ça. Mais il y a le risque de faire beaucoup de bruit pour un résultat nul. L'intrusion dans la vie privée des familles respectables, la juste colère des dames et de leurs époux… (Schubert frissonna.) Non merci. Tandis que vous, vous êtes chez vous dans ce milieu. Vous pouvez agir avec tact, discrètement. Je serais vraiment heureux de vous voir vous charger de cette affaire. Je vous assure, Eraste Pétrovitch, pour vous ce n'est pas grand-chose et pour moi ce sera un immense soulagement.

Il n'eut pas de mal à convaincre le conseiller d'État. La tâche semblait captivante, quoique simple.

2

Naturellement, il commença par se rendre au district de Zvenigorod pour interroger le chasseur.

La conversation se déroula sur les lieux du crime : c'était plus simple ainsi, et aucune oreille indiscrète ne pouvait les surprendre.

Antip Sapryka, un moujik imposant dans la cinquantaine, expliqua posément :

– Le jeune barine ivre se tenait là-bas. L'autre, le grand moustachu, juste devant. Dès que les nôtres ont commencé à faire du bruit et que les coqs de bruyère se sont envolés, le jeune a fait un pas en arrière, comme ça, et je le vois qui vise avec son fusil directement dans la nuque du plus âgé. Le grand, lui, ne s'en doute pas, il tend le cou et guette les coqs de bruyère. J'ai voulu lui crier : « Monsieur, levez votre fusil ! », mais à cet instant il a tiré. C'était fini. J'étais tout glacé. Quel malheur, que je me suis dit. Tronche imbibée, mains tordues ! Qu'a-t-il fait ! Seulement, je me suis aperçu qu'il n'était pas si ivre que ça. Il a regardé partout autour de lui, très prudent. Il ne m'avait pas vu, je me tenais derrière le sapin. Il y avait un bruit d'enfer, tout le monde tirait et lui, l'assassin, il s'est accroupi et il a bougé le mort dans tous les sens, et c'est seulement après qu'il a appelé. Tout s'est passé comme ça, Votre Excellence. Je vous le dis comme à confesse.

On voyait qu'il disait vrai.

Fandorine ne lui posa qu'une question :

– Pourquoi n'avez-vous pas fait de déclaration tout de suite, pourquoi avez-vous attendu le lendemain ?

Le chasseur baissa la tête et poussa un gémissement.

– Ben, c'est que ça fait peur. C'est une affaire de nobles. Je n'avais pas intérêt à m'en mêler. Lui, il a un fusil Meffert à mille roubles, des bottes vernies, une montre de gousset avec une chaîne en or. Il me livrera à ses avocats et j'irai au bagne à sa place. Je n'aurais pas été le dénoncer si le pope ne m'y avait pas obligé. Imbécile que je suis, j'ai été me confesser au père Constantin, je lui ai raconté ce que j'avais vu. Et lui, il me dit : « Ne te charge pas d'un péché, Antip. Honte à toi. Va en ville demain matin et moi, je vais prier pour toi. » Et j'y suis allé... L'enfroqué m'a eu. À présent, il doit le regretter lui-même.

– On ne peut tout de même pas laisser un meurtre impuni, dit Fandorine d'un air distrait en réfléchissant à la stratégie qu'il allait choisir.

À présent, il pouvait rencontrer Koulebiakine.

Le riche héritier avait en effet une fontaine dans sa chambre d'hôtel. Cette belle fleur en marbre avec une nymphe nue se trouvait au milieu du salon et produisait un murmure continu dont Fandorine se lassa au bout de deux minutes.

L'habitant de ce magnifique palais lui fit une impression désagréable : un jeune homme brun à la physionomie avenante, d'une trentaine d'années, fané avant l'âge.

Avec le représentant des autorités, Athanase Koulebiakine se montra décontracté et même insolent, surtout qu'on ne lui avait pas encore fait part du témoignage de Sapryka.

– Oui, désolé. J'ai trébuché sur un terrain plat et le fusil m'est tombé des mains. J'avais abusé du cognac, voilà. Avez-vous eu l'occasion de goûter du Martell quarante ans d'âge ? C'est du charbon ardent ! On a l'impression de planer sur un nuage, tout est plongé dans une brume délicieuse.

Assis dans son fauteuil, jambes croisées, l'assassin balançait son pied chaussé d'une pantoufle brodée, n'essayant même pas de simuler un choc ou une émotion quelconque.

– Que peut-on y faire ? J'ai joué de malchance. C'est le destin, le *fatum*. L'hiver dernier, à la chasse chez le grand-duc, le comte Vrede a troué lui aussi le cavalier de la garde Saltykov. Vous n'avez pas lu cette histoire ? Le comte a été condamné par son curé à faire pénitence. Moi aussi, j'irai me confesser, évidemment. (Koulebiakine se signa d'un grand geste.) J'allumerai dix cierges de quinze kilos chacun. Et je ne me limiterai pas à cela, parole de gentleman. On raconte que le défunt avait beau être prince, il n'avait pas un grand revenu. Je m'apprête à offrir à la veuve vingt ou trente mille roubles pour la dédommager de ce tragique malentendu. D'après vous, acceptera-t-elle ? Je pense que oui. Bien sûr, il y a son orgueil d'aristocrate et tout le tralala, mais c'est tout de même une somme. Sa situation ne lui permet pas de faire la fine bouche…

Fandorine l'interrompit au milieu d'une phrase, ce qui fit l'effet d'une douche froide :

– Il y a un témoin qui vous a vu viser la nuque du prince avant de tirer.

Il croisa les doigts, observant la réaction de son interlocuteur.

Koulebiakine s'étrangla, cligna des yeux, cessa de balancer son pied, se redressa dans son fauteuil.

– Un témoin ? demanda-t-il, tendu. Ce n'est pas possible.

Eraste Pétrovitch dut constater qu'il était inquiet, mais pas outre mesure.

– Un des chasseurs, qui se tenait à une dizaine de pas à votre g-gauche, sous un arbre.

Le suspect se rejeta sur le dossier du fauteuil et agita sa main d'un air insouciant.

– Ah, il y a de quoi s'inquiéter ! Il devait être ivre, votre chasseur, il a eu une vision. Ou encore, il a appris que j'étais riche et il veut me faire chanter. Quelle idée ! Et pour quelle raison aurais-je vidé deux canons de plombs dans la tête d'un homme que je connais à peine ?

Le conseiller d'État n'avait rien à répondre.

D'après les quelques renseignements qu'il avait réussi à glaner, le crime passionnel semblait exclu. Il ne s'agissait pas du tout de ce genre de personnalité. Le jeune homme ne fuyait nullement les plaisirs de la chair, mais préférait l'amour-marchandise à l'amour-passion et, d'après les rumeurs, avait une idée tout ce qu'il y a de plus cynique du beau sexe. Des gens comme ça ne tuaient pas par jalousie ni pour venger l'honneur d'une femme.

En un mot, la rencontre dans le bel appartement à la fontaine n'apportait aucun élément nouveau à l'enquête.

Hormis la conviction absolue que Koulebiakine mentait, à la différence du chasseur. Il n'avait pas tué le prince par hasard, mais avec préméditation, de sang-froid.

Mais pour quelle raison, en effet ?

Dans quel cas un homme en tue-t-il un autre volontairement ? Ainsi que le disait feu Xavier Grouchine, le premier maître d'Eraste Pétrovitch dans les affaires policières, il fallait qu'il y ait « passion, intérêt, vengeance ou danger ». Mais Fandorine avait beau chercher, il ne trouvait pas la moindre présence d'aucun de ces motifs.

Il existe des hommes dégénérés qui prennent plaisir à tuer, surtout s'ils peuvent le faire impunément. Ce genre de maladie mentale frappe deux types humains : ceux qui ont versé beaucoup de sang à la guerre et ceux qui depuis la petite enfance aiment faire souffrir. Or, Athanase Koulebiakine n'avait jamais servi sous les drapeaux, sans parler de guerre. Et, selon les renseignements fournis par la police de Saint-Pétersbourg en réponse à ses questions détaillées et classées par rubriques, le jeune homme n'avait jamais manifesté de pulsions sadiques. La justice connaissait bien Koulebiakine, noceur invétéré, qui avait déjà signé des lettres de créance sans provision et avait fait de la prison pour dettes. Mais il ne fouettait pas les prostituées, ne frappait pas ses domestiques et n'avait jamais été mêlé à un accident mortel auparavant. Le juge d'instruction moscovite, vieil ami d'Eraste Pétrovitch, interrogea même ses camarades de lycée, mais en vain : petit, Koulebiakine ne torturait pas les chats ; il n'avait jamais pendu de chien ni fait cuire des rats à petit feu. C'était un enfant espiègle, capable de vous bourrer le mou. En quatrième, il avait réussi à coller le professeur de dessin à sa chaise. Mais on ne lui avait jamais remarqué aucune cruauté pathologique.

Fandorine comprit qu'il devrait s'occuper de cette affaire sérieusement, et que pour cela il lui faudrait se rendre à Saint-Pétersbourg.

3

Après deux jours à la capitale, la biographie de Koulebiakine ne présentait plus de secret pour le conseiller d'État.

À dire vrai, celle-ci était sans grand intérêt. Le jeune homme, renvoyé pour piètres résultats et mauvaise conduite, n'avait pas terminé le lycée. Il avait ensuite travaillé sans succès dans six institutions différentes où il était chaque fois admis sur la recommandation de son oncle qui ne désespérait pas de transformer ce polisson en un bon membre de la société. Il ne pouvait se fixer nulle part et fut régulièrement jeté dehors à la suite d'un scandale. À la fin, Koulebiakine senior avait capitulé, cessant de s'occuper de son neveu. Ces derniers temps, il avait même fait savoir qu'il songeait à modifier son testament pour léguer son immense fortune à des œuvres de bienfaisance. Cela dit, il n'avait pas semblé pressé de mettre sa menace à exécution, car n'étant pas âgé il avait l'intention de vivre encore longtemps.

Mais le sort en avait décidé autrement. Une quinzaine de jours auparavant, il avait dîné au yacht-club avec un groupe d'amis. Soudain, il s'était senti mal, avait perdu connaissance et était décédé sur le chemin de l'hôpital. Le décès avait été provoqué par une crise cardiaque.

Voyons, voyons, se dit Eraste Pétrovitch. Et il se mit à creuser plus profond.

Il découvrit une circonstance inexplicable : on n'avait pas pratiqué d'autopsie. Compte tenu de la fin subite du milliardaire, c'était pour le moins étrange.

Puis, en lisant le procès-verbal dressé par l'agent de police, il apprit que parmi les compagnons de bouteille du millionnaire il y avait un certain Dr Boukvine, médecin connu, professeur et sommité en cardiologie. Il avait tenté de venir en aide à l'agonisant et, lorsque Koulebiakine senior eut rendu l'âme, avait constaté tous les signes d'une rupture d'anévrisme. On pouvait donc parfaitement comprendre le policier qui avait décidé d'autoriser l'enterrement sans autopsie : dans aucune morgue on n'aurait fait une expertise plus sûre.

Or, le fonctionnaire venu de Moscou se permit de mettre en doute cette expertise. Avec l'autorisation du procureur, il ordonna d'ouvrir la tombe et d'exhumer le corps.

Et alors ? L'expertise du médecin légiste permit de découvrir dans les tissus du défunt une dose anormalement élevée d'acide prussique.

Il avait été empoisonné !

Un télégramme fut immédiatement envoyé à Schubert, le chef de la police :

Koulebiakine doit rester assigné à résidence. J'ai l'intention de tenter une expérience. Fandorine.

4

Ainsi, une semaine avant le coup de feu d'Athanase Koulebiakine qui avait coûté la vie au prince Borovski, un autre assassinat avait eu lieu, dont l'héritier tirait un avantage immédiat.

L'acide prussique à haute dose est un poison violent qui agit vite. Dans la mesure où l'oncle s'était senti mal à la fin d'un dîner entre amis qui s'était prolongé, il était difficile de supposer que son neveu l'avait empoisonné avant, chez lui par exemple. Il apparut d'ailleurs que, depuis belle lurette, le jeune homme dévoyé était interdit d'entrée chez son oncle. Athanase n'était pas présent au restaurant. Il avait un alibi solide : trois jours avant la mort de son oncle, il s'était retrouvé derrière les barreaux, ses créanciers ayant réussi à le faire jeter en prison. Dieu sait combien de temps il y aurait passé, car son oncle n'avait pas l'intention de le racheter.

Eraste Pétrovitch avait justement besoin de monter une expérience pour élucider ce mystère.

Il décida de reconstituer cette malheureuse soirée dans les moindres détails, de sonder le cœur du professeur Boukvine et des autres connaissances du défunt, d'étudier le comportement du personnel. Le conseiller d'État soupçonnait particulièrement ce dernier. N'avait-il pas été acheté ? Il est facile pour un maître queux, et plus encore pour un serveur, de jeter du poison dans un plat ou un verre de vin.

S'il s'avérait que Koulebiakine avait tué son oncle, fût-ce par personne interposée, alors Fandorine pourrait formuler son idée sur le motif du second meurtre, celui de la partie de chasse : un motif sans doute un peu compliqué, mais pas tout à fait fantastique. Des cas de ce genre se présentaient quelquefois en criminologie et il avait déjà rencontré dans sa pratique d'enquêteur des histoires encore plus extraordinaires.

Un homme qui a réussi un crime habilement monté peut éprouver un sentiment de toute-puissance, de supériorité sur le troupeau humain qu'il juge pitoyable, obtus, docile. Il a alors l'impression de diriger secrètement le monde en faiseur de destins clandestin, et jouit de ce pouvoir illimité purement imaginaire. C'est une sensation très forte qui a constamment besoin d'être alimentée. Je peux faire tout ce que je veux, la loi est impuissante contre moi, se dit le maniaque. Et il dépose une machine infernale au milieu de la foule, sachant qu'on ne le trouvera jamais, car on se lancera à la recherche de terroristes. Ou bien, à un raout, il verse du poison dans un des verres sur le plateau, avec un sourire méphistophélique, uniquement pour voir qui sera choisi par le *fatum*.

Sans doute, pour quelqu'un qui se trouve dans cette position démente, abattre en plein jour à bout portant un homme presque inconnu, un prince de surcroît, et s'en sortir indemne, présentait un plaisir vertigineux. En effet, à moins de prouver la préméditation, le meurtrier n'encourait guère de châtiment. On frémissait rien qu'en pensant à la distraction qu'il se choisirait la prochaine fois.

L'accident de chasse n'offrait aucune prise à l'instruction. Il était facile de prévoir le verdict : après avoir entendu l'accusé et l'unique témoin, on déciderait de classer l'affaire sans suite faute de preuves, appliquant au prévenu la formule juridique inoffensive : « Demeure suspect ». Ou encore, très probablement, Koulebiakine exigerait d'être jugé par la cour d'assises et ces beaux parleurs d'avocats lui obtiendraient l'acquittement.

Non, c'est seulement ici, à Saint-Pétersbourg, que Fandorine avait une chance de démasquer le criminel, et il décida de la saisir.

Étant donné les résultats de l'exhumation, et les conclusions graves qui s'imposaient, aucune des trois personnes ayant participé au dîner fatidique n'avait osé refuser son invitation. Pourtant, tous étaient des gens importants, occupés.

Frank, directeur de banque, annula une réunion du comité. Lioubouchkine, conseiller secret, déplaça une mission. Le professeur Boukvine arriva spécialement de Moscou. Il vivait sur deux maisons et sur deux villes, donnant des consultations et réalisant des opérations à tour de rôle dans chacune des deux capitales.

Naturellement, on fit venir le même cuisinier et le même serveur.

Ils s'assirent. Fandorine prit la place du défunt. Tout se déroulait très lentement, Eraste Pétrovitch ayant insisté pour reconstituer le dîner dans le moindre détail, et les trois hommes se disputaient sans cesse.

– Non, permettez, Excellence, disait le banquier, je me rappelle parfaitement que vous avez d'abord fini le bortsch et seulement ensuite goûté la tourte.

Un agent placé à la cuisine observait les gestes du cuisinier, qui devait préparer exactement les mêmes plats.

Un autre agent suivait le serveur comme une ombre.

Le conseiller d'État pensait que le plus facile était

de verser du poison dans la liqueur de sorbier : son goût amer masquait celui du poison. Mais les témoins affirmèrent tous comme un seul homme que Koulebiakine n'avait pas pris d'alcool.

Ils reconstituèrent le contenu des propos de table, mais là non plus, il n'y avait rien à quoi s'accrocher. Le dîner était donné en l'honneur de Boukvine, qui avait l'intention d'adhérer au club. Les membres du comité directeur, Frank et Lioubouchkine, connaissaient le docteur depuis très longtemps, le président le voyait pour la première fois. Ils avaient parlé voiles et modèles de yachts, vins, santé (chose inévitable dès lors qu'il y a un médecin à table), évoqué l'emprunt russe en France. Il n'y avait eu ni dispute ni discussion.

Eraste Pétrovitch observait attentivement, écoutait et perdait de plus en plus contenance. Était-il possible que son expérience ne donnât aucun résultat ?

Ce fut le docteur qui lui asséna le coup de grâce, au moment où le serveur apportait un plat de fruits secs et le posait devant Fandorine en disant :

– Monsieur en avait demandé, avant l'esturgeon.

Le professeur frappa du plat de la main sur la table en s'écriant :

– Vous dites un empoisonnement à l'acide prussique ? (Tous tressaillirent.) Mais bien sûr ! Ah, quelle erreur impardonnable pour un médecin qui a trente ans d'expérience ! Les symptômes sont tellement semblables : une douleur aiguë ici, vertige, nausée, puis respiration difficile, souffle court, douloureux et, bientôt, l'arrêt cardiaque. Étant donné que pendant le repas, Ivan Dmitrievitch s'était plaint de son angine de poitrine… Bon, cela ne sert à rien de me justifier, je me suis trompé dans ma conclusion, je le reconnais. Cela peut arriver à tout le monde. Ce n'est pas de ça qu'il s'agit ! Messieurs, il n'y a pas eu d'empoisonneur !

Vous vous rappelez que notre défunt président avait commandé des abricots ?

– Oui, c'était dans son habitude, répondit le banquier. Avant les plats chauds, Ivan Dmitrievitch exigeait toujours des abricots secs. Il les mettait à côté de lui et les mangeait à sa manière un peu spéciale : uniquement les noyaux, après les avoir décortiqués, tandis qu'il laissait la chair.

– Exactement, confirma le serveur. Nous lui connaissions en effet cette habitude. Il en prenait au moins trois livres par repas, si on compte le poids des fruits entiers. Les noyaux seuls pesaient moins, naturellement.

– Excusez-moi, quel rapport avec notre affaire ? demanda Fandorine en dévisageant le grand cardiologue avec étonnement.

Le médecin se mit à rire :

– Un rapport direct. Savez-vous, mon cher monsieur, que les noyaux d'abricot contiennent de l'acide prussique ? En toute petite quantité, si bien qu'il est difficile de s'empoisonner avec, il faut pour cela avaler plusieurs centaines de noyaux. Mais parfois, très rarement, on tombe sur des noyaux anormaux qui en contiennent une quantité beaucoup plus élevée. Je le sais, car pendant la guerre contre les Turcs, un de nos aides-soignants s'est gravement intoxiqué en mangeant trop de noyaux, on l'a sauvé in extremis. S'il avait eu le cœur moins solide, il y serait passé.

– C'est juste ! s'écria le conseiller secret en levant les mains au ciel. Vous vous rappelez, messieurs ? Après avoir avalé un noyau, il avait fait la grimace en disant : « Ce qu'il est amer, pouah ! »

Le conseiller d'État rentrait à Moscou bredouille. Sa conviction quant à la culpabilité de Koulebiakine avait été bien ébranlée. Il n'y avait ni indice ni piste.

Apparemment, il n'avait rien à voir avec la mort de son oncle. Peut-être qu'après tout il avait tué Borovski sans préméditation ? Le chasseur avait dit qu'il avait d'abord reculé et examiné le cadavre et que c'est seulement après qu'il avait appelé. Et alors ? Cela pouvait être le comportement d'un homme ivre complètement hébété ou au contraire d'un homme en état de choc. Dans ce genre d'états, on peut agir de manière très étrange, surtout vu de l'extérieur…

C'était un compartiment à deux places.

En face de Fandorine se trouvait un homme corpulent avec une barbiche. Au début de leur voyage, il s'était présenté, mais Eraste Pétrovitch n'avait pas retenu son nom, car il avait l'esprit ailleurs et était dépité. Un professeur adjoint ou un privat-docent.

Ce professeur adjoint, ou privat-docent, était triste, lui aussi, il soupirait sans cesse en silence. Mais, à la fin, il céda à la tentation bien russe de s'ouvrir à un compagnon de hasard.

Il s'adressa à Fandorine en ces termes :

– Je vois que vous aussi, vous êtes d'humeur plutôt mélancolique ?

5

Quatre semaines plus tôt, dans ce même compartiment, se déroulait une conversation qui avait commencé de la même manière.

Deux hommes qui ne se connaissaient pas se rendaient de Moscou à Pétersbourg. Tous les deux tiraient une mine maussade. Au début, ils se taisaient. Puis le plus âgé des voyageurs regarda soudain son compagnon et lui dit :

– Eh, mon cher monsieur, à votre visage je vois bien que vous en avez gros sur le cœur. Voulez-vous un peu de ce breuvage revigorant ?

Il avait ouvert sa sacoche où un petit compartiment bien pratique était réservé à chaque chose : affaires de toilette, petits verres, petites brosses, fioles de toutes sortes parmi lesquelles il s'était même trouvé une gourde avec du cognac. On voyait bien que c'était un homme ordonné, bien organisé et qu'il avait l'habitude de voyager.

Le jeune accepta volontiers. Ils burent un premier verre sans manger (« a cappella », selon l'expression du plus âgé), un deuxième avec une rondelle de citron, un troisième avec du chocolat, un quatrième en fumant un cigare. Ils s'aperçurent alors que la gourde était vide.

Ivre, non pas à cause de la quantité de cognac, mais

pour avoir expédié ce rituel à la vitesse record, le plus âgé demanda soudain :

– Dites, avez-vous déjà eu envie de tuer un homme ? Une envie féroce, à en avoir les doigts qui tremblent, à grincer des dents…

Le jeune tressaillit, regarda son compagnon de bouteille avec angoisse :

– Comme c'est étrange que vous en parliez maintenant… J'y pensais justement…

Il s'arrêta.

Le plus âgé poursuivit ses épanchements sans accorder grande attention à ses propos.

– Je vais vous raconter…

Il se pencha sur la table, son visage lisse se convulsionna.

– Je dois le raconter à quelqu'un. Cela me brûle de l'intérieur.

Et il se mit à raconter fiévreusement, en sautant du coq à l'âne :

– Seigneur, comme je le hais ! Cette tête idiote, avenante, ce regard de conquérant ! Comment a-t-elle pu ! Elle si chaste, elle qui a une âme si sensible !

Il n'y avait rien de spécialement captivant dans son récit : une histoire ordinaire d'homme mûr qui avait eu la bêtise d'épouser une jeune demoiselle dont il était fou amoureux. Naturellement, au bout de quelque temps elle s'était éprise d'un autre, un beau mondain de Moscou qui avait la réputation d'être un croqueur de cœurs.

– Elle n'y est pour rien, affirmait le plus âgé, cherchant à convaincre son auditeur qui l'écoutait avec une attention soutenue. C'est lui qui est coupable, ce Satan, ce séducteur. S'il pouvait crever… Ou si je trouvais le moyen de le tuer de mes propres mains, ce serait encore mieux. Mais en échappant à la loi ! bredouilla le passager sans se rendre compte que son visage était inondé de larmes.

Là, le jeune homme coupa l'ennuyeuse confession du cocu.

– Écoutez, dit-il en se tournant en direction de la porte et en baissant la voix. C'est le destin qui nous a réunis. Vous pouvez vous débarrasser de votre offenseur. Et il ne vous arrivera rien. Parole d'honneur.

– Pourquoi vous moquez-vous d'un homme devenu fou de chagrin ? demanda son compagnon d'un air tragique. C'est cruel !

– Je ne me moque pas ! (Le jeune était si ému qu'il contenait à peine un tremblement nerveux). Écoutez-moi sans m'interrompre ! C'est moi qui tuerai l'homme qui a séduit votre femme. En contrepartie, vous tuerez celui qui m'empêche de vivre, moi ! Mon oncle, un Gobseck avare et sans cœur ! Nous nous aiderons l'un l'autre. Vous récupérerez votre femme et moi, je serai riche.

– Vous dites ça sous l'effet du cognac, mais après, une fois les vapeurs d'alcool dissipées, vous ferez marche arrière, remarqua le plus âgé après réflexion. Qu'est-ce que l'appât des richesses auprès des souffrances d'un cœur offensé ? Si encore vous étiez en train de mourir de faim, mais non, vous voyagez en première classe, vous avez un diamant à votre épingle à cravate.

Le jeune homme sortit l'épingle, la jeta sur la table, en colère.

– C'est de la pacotille, une vie à crédit ! Demain, ce diamant sera déposé au mont-de-piété, ou bien je me retrouverai en prison. Croyez-moi, je ne suis pas ivre. Et si je vous donne ma parole, je ne reculerai pas. En tuant votre ennemi, j'imaginerai que j'ai devant moi mon cher oncle. Et vous, vous n'avez qu'à imaginer que mon oncle est votre offenseur. Seulement, attendez ! dit-il, pris soudain de doute.

Son regard glissa sur la figure pacifique de son interlocuteur.

– Êtes-vous capable de tuer ?

– Je n'ai pas le choix. Sans cela je deviendrais fou ou je me suiciderais. J'aime votre idée.

L'homme plus âgé se calmait de minute en minute, sa voix se fit plus ferme.

– Ce sera un double crime parfait. Quelque chose de ce genre est décrit dans un roman américain, je ne me souviens plus de son titre. Aucun motif, aucun lien entre le meurtrier et sa victime. Le prince ne vous connaît pas, votre oncle ne me connaît pas. Même si on soupçonne l'un de nous deux, il sera impossible de prouver la préméditation. La probabilité de l'échec est de 0,1 pour cent : il faudrait un concours de circonstances particulièrement malheureux. Dans ces conditions, je suis prêt à prendre le risque.

En guise de réponse, le jeune lui serra la main. Ce fut une poignée de main bien forte.

– Eh bien, parlez-moi de votre oncle. (L'homme plus âgé ouvrit un calepin.) Son mode de vie, ses habitudes. Alimentaires, surtout. Je suis médecin, le plus facile pour moi est de recourir au poison. Qu'est-ce qu'il aime manger ?

– Le diable seul le sait. Non, attendez. Le vieil imbécile adore les noyaux d'abricot. Faute de casse-noix, il les croque avec ses dents. Ça me donne la nausée de le voir ouvrir le noyau et envoyer son contenu dans sa bouche avec ses doigts boudinés…

6

Le privat-docent (et non professeur adjoint) tortura longtemps Fandorine en lui racontant les intrigues qu'il subissait à la faculté de théologie. Eraste Pétrovitch faisait semblant d'écouter en égrenant son chapelet chinois.

Deux heures ou presque de ce récit dramatique valurent au conseiller d'État un moment de somnolence. Il s'endormit un bref instant, mais aussitôt, un bruit sec le réveilla : son chapelet avait glissé de sa main, tombant par terre.

Il dut se pencher sous la petite table, tâter le sol malpropre.

– Diantre, je n'y vois rien ! jura Fandorine. Ne pourriez-vous pas me passer vos allumettes ?

Comment ce maudit chapelet avait-il fait pour tomber dans le coin opposé ? Ses perles vertes brillaient faiblement.

– Regardez, une épingle à cravate, dit Fandorine en montrant sa trouvaille à son compagnon de route. C'est un passager qui l'a perdue. Il faut la remettre au chef de voiture.

– Faites voir…

Le privat-docent saisit le bijou, le tourna entre ses doigts, le regarda à la lumière.

– Non, il n'est pas question de le confier au chef de

voiture. C'est un vrai diamant, il vaut au moins cinq cents roubles. Le chef de voiture est un escroc, il le volera. Faisons autre chose, dit-il en rendant l'épingle au conseiller d'État. Sur cette ligne, on a coutume de noter les noms des passagers de première classe sur un registre spécial qui est gardé par le chef de train. Justement pour le cas où l'on découvrirait dans un compartiment un objet perdu ou oublié. En janvier, j'ai fait tomber par terre un dossier avec mes cours et je ne m'en suis rendu compte qu'à la maison. Je pensais qu'il était perdu, mais que pensez-vous ? On me l'a restitué. D'après les règles du chemin de fer, la liste des passagers est conservée durant un mois.

– Vous me conseillez donc de la remettre au chef de train ? demanda Eraste Pétrovitch en réprimant un bâillement.

– Nullement. L'homme est faible.

Le théologien leva le doigt, faisant comprendre qu'il était bien placé pour connaître la nature humaine.

– Il est bien dit : « Ne nous soumets pas à la tentation. » Demandez au chef de train à consulter son journal de bord et relevez le nom des passagers qui ont voyagé dans notre compartiment ce dernier mois. Qu'on vous fasse une liste. Et c'est la police qui se chargera de contacter ces gens.

– Vous avez raison. C'est ce que je vais faire, répondit Fandorine dans un soupir.

– Et ce sera là une action noble, véritablement chrétienne. Pas du tout comme notre cher adjoint du recteur qui, figurez-vous, m'a convoqué pour me dire…

Le privat-docent avait repris son interminable monologue.

LE FIVE O'CLOCK À BRISTOL

Cette nouvelle est dédiée
à Agatha Christie

Bristol, 1891

Le football, ce jeu dont les amis britanniques de Fandorine lui avaient rebattu les oreilles, n'avait en réalité aucun intérêt. Ce n'était pas un sport, mais une manière de lutte des classes : une foule de gens en tricot rouge se jetait sur une autre foule en tricot blanc, et à cause de quoi ? D'un ballon en cuir de porc ! Une vraie compétition sportive, que ce soit la boxe, le lawn-tennis ou la course cycliste, est l'héritière des tournois médiévaux. Pendant le match de football, en revanche, chacun pouvait se faire attaquer par deux ou trois personnes à la fois. C'était tout sauf chevaleresque ! Et les spectateurs étaient à l'avenant. Ils hurlaient, gesticulaient, sautaient sur les bancs. On aurait dit des Papous et non des Britanniques.

Persuadé que ce jeu n'avait aucun avenir, Eraste Pétrovitch quitta le stade sans avoir su si l'équipe locale réussirait à faire partie de la Ligue occidentale, dont il ne savait par ailleurs strictement rien.

En réalité, ce ne fut pas le jeu qui démoralisa le fonctionnaire moscovite en vadrouille, mais le sentiment de solitude absolue, irrémédiable qui s'empara de lui au milieu de cette multitude humaine.

Naturellement, il avait l'habitude de vivre en solitaire, mais trop, c'était trop : un pays étranger, une ville inconnue, l'écroulement de toute son existence passée, un flou total quant à son avenir et, en plus, ce sentiment humiliant d'être sans le sou, sentiment dont Fandorine s'était déshabitué.

Eh oui, il n'aurait pas dû défier les autorités. Deux mois auparavant, il était une personne influente et frôlait l'avancement au poste de chef de la police de Moscou, et à présent, il n'était plus personne. À trente-cinq ans, il devait repartir à zéro.

Il ne faisait pas de doute pour lui que cette vie nouvelle, il allait la commencer dans le Nouveau Monde. Cela allait de soi. Encore fallait-il y arriver, et ce n'était guère facile !

En attendant, le conseiller d'État en disgrâce restait à Bristol, d'où partaient pour New York des bateaux de la compagnie City-Line. Cela faisait plus de quinze jours qu'il attendait son serviteur japonais.

Il avait dû quitter Moscou en toute hâte, sans même attendre que sa demande de démission soit agréée. Il n'avait aucune chance de toucher son salaire ni les récompenses qui lui étaient dues, or il n'avait amassé aucun pécule durant les années de son travail. Il possédait juste une petite maison rue Saint-Nikita, maison que Massa était justement chargé de vendre. Cet argent suffirait pour deux ans, et pendant ce temps il pourrait apprendre un nouveau métier. Par exemple, celui d'ingénieur.

Une autre voie, plus simple, vers l'indépendance financière passait par Wiesbaden ou Monte-Carlo. Il aurait suffi à Fandorine, avec sa chance phénoménale aux « games of chance », de passer une journée à jouer à la roulette pour n'avoir plus jamais à gagner sa croûte. Une seule chose le gênait : le sentiment que ce serait malhonnête. Eraste Pétrovitch avait un peu honte de son don exceptionnel, il essayait de ne l'utiliser que dans les cas de nécessité extrême, et n'avait nulle intention de se faire maquereau de la Fortune.

Aussi en était-il réduit à circuler en omnibus, à ne fumer que la moitié d'un cigare à la fois et, au lieu de vivre au Royal Hotel, à louer une chambre avec pension (déjeuner et thé) pour une livre deux shillings et six pence par semaine.

Il est vrai que le quartier était tout à fait convenable, en fait le meilleur de la ville. Situé sur une colline, il abritait des hôtels particuliers sans intérêt aucun pour ce qui était de leur architecture, mais entourés de magnifiques jardins. Au bout d'une semaine, l'ex-conseiller d'État avait la nausée à force de se promener dans les allées ratissées et de contempler l'unique monument de la ville : un pont de cent cinquante mètres de long suspendu au-dessus de l'Avon.

C'était le début d'avril. Les arbres arboraient de petites feuilles fraîches et brillantes, les gazons étaient d'un vert insoutenable. En se promenant au milieu de cette magnificence, Eraste Pétrovitch tirait une tête de novembre.

L'unique consolation de l'exilé, c'était le thé qu'il prenait tous les jours avec sa logeuse, Mlle Palmer.

Pourtant, lorsqu'ils s'étaient rencontrés la première fois, il l'avait trouvée complètement gâteuse.

Une petite vieille toute maigre, semblable à une poupée de porcelaine, lui avait ouvert la porte. En apprenant que le visiteur venait pour louer une chambre, ayant lu son annonce dans le *Western Daily Press*, elle avait arrangé ses petites lunettes et, toisant ce grand brun de ses yeux bleu clair, avait demandé après hésitation :

« Jouez-vous de l'harmonica, monsieur ? »

Fandorine, qui s'était déjà habitué aux bizarreries des Anglais, avait secoué la tête en signe de négation. Et la dame de poursuivre son interrogatoire :

« Vous avez sans doute pris part à la défense de Khartoum ? »

Eraste Pétrovitch s'était raclé la gorge pour surmonter son irritation croissante (il avait tout de même une dame en face de lui !), et avait remarqué avec une certaine réserve :

« Si vous louez la chambre uniquement aux d-défenseurs de Khartoum et aux joueurs d'harmonica, vous auriez dû l'indiquer dans l'annonce. »

Il était certain de repartir bredouille. À deux reprises déjà, en apprenant qu'il était étranger, les propriétaires avaient refusé de lui louer la chambre, or les maisons qu'il avait visitées auparavant étaient plus modestes : celle-ci, entourée d'un parc, avec un portail en fer forgé surmonté d'armoiries où était représenté un ours massif coiffé d'une couronne de comte, était somptueuse. Il n'aurait même pas dû monter jusqu'à cet aristocratique Clifton.

« Bienvenue, monsieur, avait dit alors la vieille dame en le laissant entrer. Vous venez de Russie, je suppose ? J'aurais dû m'en douter. Vous êtes officier ou fonctionnaire militaire ? »

Jusque-là, Eraste Pétrovitch était persuadé qu'il parlait l'anglais sans accent. Il se sentit décontenancé.

« C'est à ma prononciation que vous l'avez deviné ?

– Non, monsieur. À l'expression de votre visage et à votre façon de vous tenir. Vous savez, j'étais infirmière à Sébastopol et j'y ai vu nombre de vos compatriotes. Un capitaine prisonnier m'a même fait la cour. Cela s'explique sans doute par le fait qu'il n'y avait pas d'autres femmes, ajouta-t-elle, modeste. De toute façon, cela n'a eu aucune conséquence. »

Ce souvenir avait fait rosir légèrement les joues fanées

de la vieille dame et, grâce à ce capitaine anonyme qui, quarante ans auparavant, avait flirté avec l'Anglaise, Fandorine réussit enfin à trouver un toit.

« Je n'occupe que ce petit bâtiment dans l'hôtel particulier de lord Berkeley, il n'y a même pas de remise. Mais vous n'avez pas beaucoup de bagages, n'est-ce pas ? » s'était enquise la perspicace vieille dame.

Avec le temps, il découvrit que Mlle Palmer était extraordinairement observatrice et clairvoyante. Il comprit également les étranges questions qu'elle avait posées le jour de leur rencontre.

C'est tout récemment qu'elle s'était décidée à prendre un locataire, et elle avait eu deux expériences malheureuses. Le premier passait sa journée à jouer de l'harmonica, le second, qui avait assisté à un massacre à Khartoum en 1885, souffrait de cauchemars. Chaque nuit, des cris terribles retentissaient dans la maison : « A bas Issa ! » et « Allah Akbar ! » Pour échapper aux couteaux recourbés, le malheureux reniait le Christ, encore et encore.

Chaque après-midi, de cinq à six, Mlle Palmer offrait du thé à son locataire. La vénérable boisson, déjà pas très forte, était coupée de lait, ce qui achevait de la gâter ; quant aux crackers, ils s'émiettaient et collaient aux dents. En revanche, la conversation de la vieille dame était délicieuse. Eraste Pétrovitch faisait tout pour ne jamais manquer ce moment.

Dès les premiers jours, sa logeuse lui narra son histoire.

Elle avait connu un sort triste et beau qui, hélas, n'échoit que trop fréquemment aux femmes véritablement nobles.

Janet Palmer ne se souvenait pas de ses parents, on pouvait même dire qu'elle ne les avait pas connus. Son père, officier subalterne dans les dragons, était tombé à Waterloo. Il venait de se marier, sa veuve n'avait que dix-huit ans. Elle était enceinte et la terrible nouvelle avait provoqué un accouchement prématuré. On n'avait pas réussi à sauver la parturiente. Tout le monde prédisait une mort rapide à la fillette née dans des circonstances aussi tristes, mais la petite s'était accrochée à la vie. Le colonel lord Berkeley, chef du régiment où servait feu son père, l'avait adoptée et élevée avec ses propres enfants. Janet était si reconnaissante à son bienfaiteur que, lorsque celui-ci, victime d'une attaque d'apoplexie, s'était retrouvé paralysé, elle était restée auprès de lui afin de rendre sa fin moins pénible : après tout, la gratitude imposait bien des devoirs !

La « fin » s'était étalée sur vingt ans. L'homme qui aimait Janet avait d'abord admiré son sacrifice et lui avait promis d'attendre aussi longtemps qu'il le faudrait. Mais la patience a ses limites. Lorsque le vieux lord mourut enfin et que Mlle Palmer recouvra sa liberté, il était trop tard.

Le comte lui avait légué une bonne part de sa fortune, mais ses enfants légitimes avaient entrepris de contester le testament en entamant un procès. Sans doute n'auraient-ils pas gagné, car les dernières volontés du défunt avaient été rédigées selon les règles, mais l'héritière avait d'elle-même renoncé à cette fortune, considérant qu'elle n'avait pas mérité une telle récompense. Après tout, elle n'avait fait qu'accomplir son devoir.

Le fils aîné du défunt, l'actuel lord Berkeley, l'avait alors dédommagée en mettant à sa disposition, à vie, un bâtiment de la maison familiale.

Quarante ans avaient passé depuis. Le lord, comme jadis son père, avait perdu la raison à la suite d'une attaque ; il se mourait quelque part dans les pièces reculées de l'hôtel particulier, tandis que ses descendants ignoraient pourquoi un des bâtiments était occupé par une vieille totalement inutile.

« Qui aurait pu croire que je vivrais si longtemps ? disait la vieille dame en soupirant. Mon père a coûté cher à la Couronne, le pauvre garçon : sa vie s'est arrêtée avant ses vingt-deux ans, et sa fille, elle, touche une pension depuis trois quarts de siècle ! »

Tant que Mlle Palmer vivait aux frais du colonel, sa pension d'orpheline s'accumulait à la banque et, aujourd'hui, les intérêts de ce petit capital lui suffisaient tant bien que mal pour joindre les deux bouts, étant donné ses besoins microscopiques et sa prodigieuse ingéniosité en matière d'économies. Son seul souci était l'hostilité des habitants de la grande maison ! Ils avaient essayé de la déloger par tous les moyens, rendant son existence insupportable.

Ils ne pouvaient l'empêcher de se promener dans le jardin (dont elle avait la jouissance, selon les documents), mais ils lui avaient interdit de passer par le portail, si bien qu'elle devait sortir dans la rue par le petit portillon de derrière. Ils l'avaient obligée à se séparer de son chat, qui vivait avec elle depuis quinze ans. Ils lui avaient imposé également d'autres contraintes.

Tout cela avait fait germer un projet : Mlle Palmer allait trouver une source de revenus complémentaire afin d'acheter une petite maison à la campagne non loin d'Exmoor pour regarder la mer tous les matins.

C'est à cette fin qu'elle avait publié une petite annonce dans le *Western Daily Press*. Même si elle n'avait pas eu beaucoup de chance avec ses premiers locataires et n'avait réussi à économiser que trente livres, c'est-à-dire un dixième de la somme requise, elle ne perdait pas l'espoir.

Son moral d'acier et sa capacité à faire des projets

à l'âge de soixante-quinze ans inspiraient à Fandorine une grande admiration, à laquelle vint s'ajouter bientôt – après rencontre avec ses voisins – une profonde compassion.

Il les croisa en sortant se promener dans le jardin, qui était impeccablement propre, avec de petits sentiers pavés, des statues de marbre et de jolies tonnelles.

Eraste Pétrovitch se tenait devant un saule couvert de fleurs blanches duveteuses, en proie à des émotions que seul peut éprouver un Russe en exil. Le sorbier et le bouleau provoquent les mêmes sentiments, mais on peut les voir toute l'année, tandis que cette variété de saules ne peut être reconnue par un citadin qu'en début de printemps. La nostalgie égratigna son âme d'autant plus intensément.

C'est justement à cause de ce sentiment chanté par les poètes mais au fond très désagréable que Fandorine leva ses yeux baignés de larmes sur un groupe de personnes qui s'approchaient de lui et leur sourit même, comme pour s'excuser d'être aussi bêtement sentimental.

Probablement son sourire avait-il été perçu comme une tentative de faire connaissance. Toute la nombreuse compagnie – des personnes des deux sexes et d'âges différents – s'arrêta pour le considérer avec une sorte de froid étonnement.

– Ah, dit bien fort un monsieur âgé aux joues rondes. Ce doit être le nouvel *occupant*[1] de l'annexe.

– *Indeed*, répondit un autre gentleman qui, à juger d'après son col, appartenait à la gent ecclésiastique mais, pour tout le reste, était le portrait craché du premier en plus petit et moins ravagé par les ans.

Les informations que lui avait communiquées

1. En français dans le texte.

Mlle Palmer suffisaient pour comprendre qui était qui. Le frère aîné était Daniel Linn, l'héritier du vieux lord Berkeley. Le pasteur, le père Matthieu Linn, le fils cadet. La femme brune à la mine aigrie et deux adolescents tout aussi bougons qui formaient le flanc droit de cette armée étaient l'épouse et les fils de lord Daniel, la blonde qui faisait une tête de carême et deux fillettes qui avaient l'air de s'ennuyer à mourir sur le flanc gauche, la famille du pasteur.

Tous les Linn (tel était le nom héraldique des lords Berkeley) s'étaient réunis dans leur nid familial pour fêter les quatre-vingts ans du patriarche. Il ne manquait à cette promenade familiale que le troisième frère, le très respecté Tobias Linn, que Mlle Palmer appelait *the black sheep of the family*[1].

– Quelqu'un doit mettre fin à cela, dit lady Linn en considérant Eraste Pétrovitch avec horreur. Il n'y avait pourtant vraiment pas de quoi avoir peur. Un gentleman élégant, tiré à quatre épingles, avec une violette pâle à la boutonnière et une canne de bambou à la main.

Il promena son regard au-dessus de toute cette assemblée, montrant ainsi que son sourire ne leur était pas adressé à eux, mais au soleil de printemps, et il voulut passer son chemin, mais à cet instant, derrière les buissons, apparut le dernier membre de la famille, avec à ses côtés un compagnon fort exotique que Mlle Palmer avait en effet mentionné dans ses récits.

La raison pour laquelle le plus jeune des frères était resté célibataire et avait terminé son service au grade de capitaine seulement se devinait sans même que l'on eût besoin de faire appel aux procédés de déduction. La brebis galeuse de cette famille aristocratique avait en effet un air piteux : ses yeux étaient troubles, une

1. « La brebis galeuse de la famille ».

résille de vaisseaux rouges recouvrait ses joues, rondes comme chez ses frères ; des cendres de cigare parsemaient sa redingote.

Cependant, Fandorine contemplait non pas Tobias Linn, mais la bête somptueuse que ce respecté monsieur tenait en laisse. C'était un léopard d'Afrique. Le majordome avait raconté à Mlle Palmer que le capitaine ne se séparait jamais du prédateur et l'emmenait partout avec lui. Elle avait également appris que, la nuit, la bête restait dehors, attachée à la tonnelle avec une chaîne. Aussi avait-elle cessé de se promener. Elle soupçonnait qu'on avait fait venir cet Africain féroce à Berkeley House à la seule fin de faire mourir de peur l'habitante de l'annexe.

Mais Eraste Pétrovitch ne trouva pas le léopard effrayant. Certes, l'animal avait le regard fixe d'un meurtrier-né, une démarche souple, et le bout d'un croc pointu brilla comme par hasard sous sa lèvre molle, mais la beauté de cet énorme chat jaune et noir faisait oublier le danger. Un large collier en velours rouge orné de strass et une chaîne en or que le capitaine serrait dans sa main complétaient ce magnifique tableau.

– Admire, Tobias, dit lord Daniel en montrant Fandorine du menton. Elle a transformé notre jardin en une cour de passage.

Le plus jeune des frères eut un rictus mauvais et émit un étrange sifflement : les poils du léopard se hérissèrent, le fauve baissa la tête, de petites lumières brillèrent dans ses yeux dirigés sur Eraste Pétrovitch.

Les nièces et les neveux du capitaine firent un bond en arrière et les deux ladies reculèrent aussi, par précaution.

– Scalpeur n'aime pas voir des étrangers rôder autour de la maison, maugréa Tobias Linn entre ses dents. Il n'y a pas longtemps, il a scalpé un voleur qui avait pénétré dans la maison.

Il siffla encore une fois. La bête frappa nerveusement le sol avec sa queue et montra ses crocs.

– Cessez de provoquer cet animal ! lança le capitaine avec un incroyable aplomb. Vous êtes tous témoins, ce type n'a pas arrêté de titiller Scalpeur !

À quoi le pasteur fit remarquer avec une férocité pas très chrétienne :

– Tu ne risques pas d'avoir des ennuis avec la loi si Scalpeur écorche cet insolent. Après tout, personne ne l'a invité dans notre jardin.

Lorsqu'il y a plusieurs adversaires, il faut se concentrer sur le plus fort. C'est pourquoi Eraste Pétrovitch n'accorda pas la moindre attention au capitaine ni au prêtre, et se tourna vers la bête.

L'homme qui avait appris à Fandorine à maîtriser n'importe quel adversaire lui disait : « Si tu es menacé par un animal, un tigre ou un serpent, fais-lui comprendre tout de suite que tu ne lui veux aucun mal, mais que tu n'as pas peur. Ne bouge pas, concentre toute ton énergie Ki dans ton regard. Si ta réserve de Ki est médiocre, tu mourras. Si tu as assez de force, la bête reculera. »

Pendant trente secondes, Eraste Pétrovitch mit à l'épreuve son énergie en fixant le chat sauvage. Apparemment, sa provision de Ki était suffisante : le léopard s'assit, plissa les yeux et bâilla, bien que son maître sifflât sans discontinuer, telle une bouilloire sur le feu.

En conformité avec les règles du combat, une fois l'adversaire le plus fort vaincu, les autres se firent petits.

– Vous êtes dompteur de cirque, c'est ça ? demanda le capitaine avec mépris, mais sans défi.

– Quelque chose dans ce genre.

Fandorine fit un pas en avant, si bien que le pasteur dut s'écarter et le capitaine tirer son compagnon de côté.

Après cet incident, il était impossible d'imaginer des relations de voisinage civilisées avec les Linn. En les croisant dans le jardin, Eraste Pétrovitch ne les saluait pas, mais cédait le passage en silence s'il s'agissait d'une dame.

En revanche, il rendait visite au léopard, la nuit.

Il restait devant la tonnelle en fer forgé, à aspirer les parfums du printemps. Les yeux phosphorescents de la bête transperçaient l'obscurité, tantôt jaunes, tantôt verts. Eraste Pétrovitch ne la caressait pas – c'eût été trop familier –, mais parfois il lui disait : « Minou, minou », et le léopard se mettait à ronronner comme un chat.

Par une belle nuit étoilée, chose rare à Bristol, Fandorine et Scalpeur restèrent la tête en l'air, chacun saisi par la nostalgie de sa patrie. Pour le léopard, c'était compréhensible : on sait combien les étoiles de la savane sont éclatantes. En revanche, Eraste Pétrovitch, fils des cieux pâles du Nord, n'avait pas grand-chose à regretter. Mais c'était le ciel étoilé qui voulait cela : en le regardant, on a toujours un petit pincement au cœur. Peut-être venons-nous en effet de quelque planète lointaine ?

Cette idée était amusante et, en se promenant dans le jardin obscur, Fandorine réfléchit encore un moment aux autres univers.

La lune se cacha derrière un petit nuage, la lumière des étoiles se fit encore plus éclatante, surtout la Grande Ourse, qu'il vaut mieux observer au printemps.

Eraste Pétrovitch demeurait figé, la tête en l'air.

Soudain, pas très loin de lui, une voix zézayante dit :

– *There she waits for me, under the Bear*[1].

En se retournant, le rêveur aperçut dans l'ombre profonde d'un buisson un très vieux gentleman en fauteuil roulant. Il était emmitouflé dans un plaid et portait sur la tête un bonnet de laine.

C'est cette coiffure qui permit à Fandorine de deviner qu'il avait devant lui lord Berkeley en personne. Un jour, Eraste Pétrovitch avait aperçu ce bonnet à une des fenêtres de la grande maison, et Mlle Palmer avait dit :

« Voici le pauvre comte. Il regarde par la fenêtre. Que peut-il faire d'autre ? Jadis, il avait une voix de tonnerre, il frappait du pied comme ça – la terre tremblait. Aujourd'hui, il est enchaîné à son fauteuil et il ne se sépare jamais de son valet… »

En effet, il entendit une voix douce dans l'obscurité :

– Bonsoir, monsieur. (Fandorine vit briller le galon d'une livrée.) Je m'appelle Jim. Chaque fois qu'il y a une nuit étoilée, Sa Grâce a une insomnie. Il n'y a rien à faire.

Eraste Pétrovitch les salua tous les deux en s'inclinant légèrement. Il voulut dire quelque chose d'agréable au vieillard, mais le paralytique ne le regardait pas : il avait les yeux rivés sur la Grande Ourse.

– *Oh, yes, right under*, marmonnèrent ses lèvres anémiques.

Le vieux lord bougea, le plaid glissa de ses épaules et Fandorine vit qu'il était attaché au dossier et aux accoudoirs avec des sangles.

Sans doute par précaution, pour éviter qu'il ne tombe ?

Fandorine avait beau inviter sa nouvelle amie à descendre dans le jardin le soir pour faire connaissance

1. En anglais dans le texte : « Là-bas, elle m'attend sous l'ourse. »

avec Scalpeur, Mlle Palmer poussait des « Oh ! » et des « Ah ! », et levait les yeux au ciel. Il ne pouvait y avoir qu'une explication à son attitude : elle aimait bien se faire peur. La vieille dame n'était ni craintive ni impressionnable, et faisait preuve d'une intelligence fine comme une lame de rasoir. Eraste Pétrovitch avait eu l'occasion de s'en assurer dès le premier jeudi.

C'est que le jeudi, le majordome de Berkeley House, M. Pursley, les rejoignait pour le thé. Ils se connaissaient depuis quarante ans et naguère Pursley passait à l'annexe presque tous les jours, mais à cause des tensions entre les habitants de la grande maison et Mlle Palmer, il avait restreint ses visites afin de montrer sa loyauté à l'égard de ses employeurs. Le jeudi, le majordome avait son jour de congé. Il remettait toutes les affaires à son remplaçant, enfilait une veste et ne se mêlait plus de la marche de la maison. Le matin, il lisait le journal et fumait la pipe dans le jardin, à midi il allait déjeuner dans un pub et dans l'après-midi il venait prendre le thé à l'annexe en toute légitimité.

M. Pursley et Mlle Palmer s'amusaient de la façon suivante : lui lisait *The Standard* à haute voix, généralement les chroniques criminelles, elle émettait son jugement. Le majordome tombait invariablement d'accord avec la vieille dame et passait à l'article suivant.

Par exemple, lors de leur première réunion, ils avaient eu pour objet de discussion un article au titre accrocheur :

LA MORT DANS UN CLOAQUE

Dick Stylet a été retrouvé.
Mais où est donc l'inspecteur O'Leary ?

Lors du nettoyage annuel des égouts sous la rue d'Oxford, les ouvriers ont découvert un cadavre d'homme enchaîné à l'échelle dans le conduit souterrain. D'après l'état du corps, le décès a été causé par la faim.

Le visage du défunt a été rongé par les rats, mais les tatouages et la cicatrice à la gorge ont permis d'établir son identité : il s'agit du tristement célèbre Dick Stylet, qui avait égorgé trois personnes à Whitechapel. L'inspecteur O'Leary, le meilleur enquêteur de Scotland Yard, qui suivait le meurtrier à la trace, a disparu il y a trois semaines. La police était persuadée que Stylet avait réussi à assassiner l'homme qui le poursuivait et à enterrer son corps ou à le jeter dans la Tamise, mais la découverte d'aujourd'hui contredit cette version et permet d'espérer que le vaillant inspecteur est toujours en vie. En tout cas, les menottes découvertes dans le souterrain malodorant appartiennent à O'Leary.

On n'a pas trouvé sur le cadavre le poignard auquel Dick doit son terrible surnom. Celui-ci aurait permis au prisonnier de se libérer en ouvrant le mécanisme avec la lame. Il paraît raisonnable de supposer que l'inspecteur qui avait arrêté le malfrat avait pris soin de le désarmer. On reconstitue facilement le déroulement des faits. O'Leary a arrêté et enchaîné le scélérat à l'échelle, après quoi il s'est absenté pour ne plus jamais revenir. Privé de la possibilité de bouger ou d'appeler au secours, Dick a souffert une longue agonie de deux, voire trois semaines. Il pouvait étancher sa soif : juste à ses pieds se déversaient des eaux usées, breuvage infect, mais capable de satisfaire les besoins du corps.

Cependant, si les circonstances de la mort de Stylet sont plus ou moins claires, certaines questions demeurent à ce jour sans réponse. Pourquoi l'inspecteur O'Leary, qui a la réputation d'un fonctionnaire rigoureux et respectueux de la loi, a-t-il condamné son prisonnier à une mort aussi atroce ? Et surtout : où est l'inspecteur O'Leary lui-même ?

Le public aura-t-il des réponses à ces questions ou resteront-elles un mystère comme la récente affaire de Jack l'Éventreur ?

– Comment peut-on comparer ? s'indigna M. Pursley en reposant le journal. Je ne suis pas un limier, mais je peux deviner ce qui s'est passé. D'après son nom, cet O'Leary est irlandais, ce qui signifie qu'il aime bien lever le coude. Il a attrapé le bandit dans les égouts, l'a désarmé, l'a menotté, et il est allé fêter la chose après avoir attaché le gars à l'échelle pour qu'il ne s'enfuie pas. Je connais les Irlandais et leur façon de faire la fête. Vous vous rappelez Peter O'Reylli, mademoiselle Palmer ? Notre ancien laquais ? J'imagine que cet inspecteur, lui aussi, boit semaine après semaine, sans discontinuer. Et si, à un moment, il s'est rendu compte de ce qu'il avait fait, il s'est planqué. Tout le mystère est là.

– Elle est bien, votre version, reconnut Mlle Palmer en servant le thé. Et vous, que pensez-vous, monsieur ? Cette affaire vous semble-t-elle aussi mystérieuse que celle de Jack l'Éventreur ?

Pour Eraste Pétrovitch, l'affaire de Jack l'Éventreur

ne présentait aucun mystère, mais il se garda de le dire. Il avait également son hypothèse concernant la disparition de l'inspecteur (ce n'était pas bien compliqué), mais à quoi bon brasser l'air pour rien ? Il se contenta de dire :

– Je connais un peu le monde de la police. Un vieux limier n'ira jamais faire la fête tant qu'il n'aura pas conduit le criminel au poste et établi le procès-verbal. Sa prime et son avancement en dépendent.

– Alors, je donne ma langue au chat, dit M. Pursley. C'est une énigme insoluble. À moins que Mlle Palmer n'y arrive.

Eraste Pétrovitch répondit par un sourire poli : il pensa que c'était une blague.

Quelle ne fut pas sa surprise lorsque la vieille dame objecta en trempant un morceau de biscuit dans son thé :

– Il n'y a là aucune énigme. L'absence du stylet explique justement tout.

Fandorine, qui pensait exactement la même chose, la considéra avec curiosité.

– Plus la puanteur, ajouta-t-il à mi-voix.

– Plus la puanteur, acquiesça Mlle Palmer. J'imagine l'horrible odeur qui règne dans ce cloaque ! Les policiers ont dû se boucher le nez avec leur mouchoir. Sinon, ils auraient compris qu'il y a dans ce tunnel deux cadavres en décomposition et non un seul.

Le majordome poussa un cri :

– Pourquoi deux ? Est-ce possible ?

– Voici comment les choses se sont passées, poursuivit la vieille dame. L'inspecteur a poursuivi le criminel jusque dans les égouts. Ils se sont battus et O'Leary l'a emporté. Pour souffler, il a enchaîné son prisonnier à l'échelle. Et c'est alors que chacun des deux a commis une erreur fatale. L'inspecteur n'a pas fouillé immédiatement Dick, et n'a pas découvert le couteau que celui-ci avait caché. Quant à Dick, il a manqué de cervelle pour comprendre les conséquences de ce qu'il s'apprêtait à faire.

– Qu'a-t-il donc fait ? demanda M. Pursley, qui faisait un effort pour deviner.

– Il a sorti son stylet et a poignardé le policier. L'inspecteur a chancelé et il est tombé dans les eaux usées, trop loin pour que l'enchaîné puisse l'atteindre. Le pauvre Irlandais y repose toujours. Peut-être que son corps a juste été déporté de quelques mètres, jusqu'au premier tournant.

– Brillante déduction ! déclara Fandorine.

Il inclina la tête, plein d'admiration. Le majordome, quant à lui, se retira en toute hâte : il s'apprêtait à communiquer cette découverte sensationnelle au *Standard*.

Dans la quatrième semaine de son séjour à Bristol, un mardi, en rentrant de sa promenade à cinq heures tapantes, Eraste Pétrovitch crut avoir perdu le compte des jours : étant donné le rythme monotone de sa vie, cela n'aurait rien eu d'étonnant.

Dans l'entrée, il aperçut les galoches en cuir de M. Pursley, puis il entendit dans le salon la voix nourrie et légèrement rauque du majordome. Cela ne pouvait signifier qu'une chose : on était jeudi et non mardi.

Cependant, en jetant un coup d'œil dans le salon, il vit que le majordome portait sa livrée, qu'il se tenait debout et que la table était dressée pour deux personnes seulement.

Une phrase bien étrange parvint à ses oreilles.

– Par-dessus le marché, cela résoudrait votre problème ! Vous pourriez vous acheter votre maison à Exmoor. Mille livres, ce n'est pas de la blague !

On pouvait donc en conclure que :

On n'était pas jeudi. Et d'un.

Il s'était passé quelque chose d'exceptionnel. Et de deux.

Il fallait monter dans la chambre sans attirer l'attention de la vieille dame. Et de trois.

Mais la logeuse avait aperçu Fandorine et l'invita à table. Lorsqu'il répondit qu'il ne voulait pas troubler leur conversation, M. Pursley dit quelque chose d'encore plus étrange :

– Ce serait ridicule d'en faire un mystère alors que ce soir ce sera annoncé en première page du *Western Daily Press* !

Et il raconta la chose suivante.

La veille au soir, lord Berkeley avait disparu. Le domestique qui le gardait s'était absenté quelques instants et, à son retour, il avait découvert le fauteuil vide : le vieillard avait réussi à se détacher. On licencia le laquais écervelé sans indemnité, mais cela ne changeait rien au problème. Il était absolument évident que Sa Grâce était sortie de la maison et s'était perdue, comme cela arrive aux vieillards gâteux. Le fils de l'épicier qui avait sa boutique dans une rue voisine avait vu le comte marcher en direction de Clifton Wood Road en pantoufles et robe de chambre. D'après le gamin, « il clopinait même très vite ». Malheureusement, le garçon était lui-même pressé et n'en avait parlé que le lendemain matin. Entre-temps, on avait cherché l'aristocrate dans le jardin, le grenier et la cave. À présent, il était évident qu'il fallait élargir la zone de recherches.

Les fils du comte ainsi que M. Pursley avec ses aides étaient épuisés. Il était raisonnable de supposer que le vieillard avait emprunté un itinéraire de sa vie précédente. Or, on ne l'avait vu ni à la banque où il avait travaillé comme gérant avant son attaque, ni chez ses vieux amis. La police avait pris le relais : en vain. La famille affolée avait promis une récompense de mille livres sterling.

– À celui qui retrouvera le vieillard ? demanda Fandorine. C'est généreux.

– Pas le vieillard, la serviette ! dit le majordome avec un soupir. C'est à cause de la serviette qu'ils sont devenus fous. Voyez, monsieur, le vieux gentleman a réussi non seulement à se détacher de son fauteuil, mais aussi, par je ne sais quel miracle, à trouver la clé du secrétaire dans le cabinet de lord Daniel. D'ailleurs, ce n'est pas si étonnant : il connaît toutes les cachettes de la maison. Dans ce secrétaire, au côté de l'argent, des papiers de valeur et autres documents importants, se trouvait une serviette en maroquin qui contenait le testament de lord Berkeley et, surtout, le bijou familial des Berkeley, la rivière de diamants appelée « Voie lactée ». Le grand-père de notre lord, le premier comte Berkeley, l'a rapportée d'Inde. Elle est toujours gardée sous clé, on ne la sort que pour le mariage du fils aîné. Moi, j'ai pu la voir deux fois dans ma vie : en 1841 au cou de lady Berkeley et en 1870 lorsque lord Daniel s'est marié. Il est difficile d'évaluer cette relique, mais au moment de la crise ferroviaire, comme nous avions des ennuis financiers, la banque Barclays offrait cent mille livres pour prendre en dépôt ce bijou. Naturellement, nous avions refusé.

– Est-on sûr que c'est le vieillard qui a la serviette ? demanda Eraste Pétrovitch. Et si…

– C'est sûr, c'est sûr ! s'écria le majordome.

Le seul fait qu'il se fût permis d'interrompre son interlocuteur témoignait déjà de l'extrême émotion dans laquelle il se trouvait. Le fils de l'épicier avait remarqué que lord Berkeley serrait un « sac gris-roux » sous le bras. Ce petit ignorant désignait ainsi la vieille serviette en maroquin.

Mlle Palmer plissa les yeux d'un air méditatif, puis s'enquit :

– Avez-vous rendu visite à cette femme, à Bath ?

– Bien sûr. C'est la première chose que j'ai faite ! J'y suis allé moi-même. Mais cela n'a rien donné. Déjà à l'époque ce n'était pas vraiment une lady, et aujourd'hui elle a encore grossi. Ses bras, on dirait des jambons.

– Elle a été grossière avec vous ? demanda Mlle Palmer en hochant la tête d'un air compatissant.

– Elle m'a jeté en bas de l'escalier ! Elle est forte comme un débardeur. Et le pire, c'est que Monsieur n'était pas chez elle. J'ai fait la tournée de ses voisins, et la police a cherché en vain des témoins sur le chemin de Bristol à Bath. Personne n'avait vu un vieillard en robe de chambre avec une serviette sous le bras.

Fandorine s'étonna :

– À ma connaissance, Bath est à une quinzaine de miles de Bristol. Un homme âgé qui ne quitte pas son fauteuil roulant pouvait-il aller si loin ?

– Ah, mais c'est la tête de Monsieur qui a flanché, ses jambes le portent bien. C'est pour cela qu'on l'attachait à son fauteuil, il est trop turbulent. En plus, on peut aller jusqu'à la gare en omnibus et, après, en train jusqu'à Bath.

– Et c'est donc sur cet itinéraire que la police a interrogé les témoins ? demanda Mlle Palmer d'un air de reproche.

– Bien sûr ! Il n'y a pas trente-six façons de se rendre à Bath.

– Mais en ce qui concerne lord Berkeley, c'est exclu, trancha-t-elle. Premièrement, il y a vingt-huit ans, lorsqu'il est sorti de chez lui pour la dernière fois, l'omnibus n'existait pas encore. Deuxièmement, il ne prenait jamais le train pour aller chez cette femme. Il s'y rendait à cheval ou en dog-cart : vous vous rappelez, il avait une charmante voiture à deux places laquée noir ? Dites à la police de le chercher sur la route quelque part entre Brislington et Caynsham ou encore au-delà de Saltford. Là-bas, il y a au bord de la route une grande quantité de buissons, de bosquets et de petits bois.

Le majordome se gratta le favori :

– Eh bien, j'ai l'habitude de me fier à votre intuition. Je m'en vais donner un télégramme à Dodd, l'inspecteur en chef. Cependant, croyez-moi : nous ne reverrons plus le vieux comte vivant. Le malheureux gît quelque part la gorge tranchée. Quant à la rivière de diamants, elle réapparaîtra un jour ou l'autre chez un receleur. Ou, bien pire : on risque de la défaire pour vendre les pierres au détail. Et ce sera la fin de la « Voie lactée ».

– Non, cela ne rime à rien, dit Mlle Palmer d'un air pensif une fois le majordome parti. La zone de recherches est trop vaste. Le temps que la police la passe au peigne fin, le pauvre Jeffrey attrapera une pneumonie : les nuits sont froides et il n'a que sa robe de chambre sur le dos. Il est vrai qu'il ne m'a jamais aimée et, enfant, j'ai eu à souffrir de ses offenses...

Elle semblait hésiter.

– Il faudrait que je traverse le jardin et, là-bas, il y a cette horrible bête... Encore que Mlle Flame soit peut-être bien pire qu'un léopard. Et si elle me jette en bas de l'escalier ? D'un autre côté, je suis tellement redevable au père de Jeffrey... Et cela fait si longtemps que je n'ai pas pris le train… Que me conseillez-vous, monsieur Fandorine ?

– Avant que je me permette de d-donner des conseils, je voudrais préciser certaines choses. Si je comprends bien, Mlle Flame et « cette femme » mentionnée tout à l'heure sont une seule et même personne ? Une ancienne maîtresse de lord Berkeley ou quelque chose dans ce genre ? Et elle vit à Bath.

– Exactement. L'histoire est parfaitement triviale, à l'exception du finale. Prenez une tasse de thé et mangez un cracker pendant que je vous parle de la femme de Bath. Ce sera bref.

Eraste Pétrovitch refusa poliment les biscuits, remua son thé avec une petite cuillère et s'apprêta à écouter.

– Il est arrivé à Jeffrey ce qui arrive fréquemment aux quinquagénaires qui ont mené une vie ennuyeuse et raisonnable. C'était un homme très à cheval sur les principes et en même temps assez grossier, qualités qui voisinent souvent chez les personnes jouissant d'une belle situation. Toujours sûr d'avoir raison, paroissien exemplaire, président d'une société de lutte contre la dégradation des mœurs, etc. Puis, un beau jour, il a eu une attaque, comme son père en son temps, mais plutôt bénigne, si bien qu'il s'est rétabli assez vite. Pourtant, il a changé. Je suppose que, pour la première fois, il s'était rendu compte qu'il était mortel et qu'il avait plus ou moins raté sa vie. Nous autres femmes, nous supportons généralement mieux ce genre de découvertes, fit remarquer Mlle Palmer avec un petit sourire triste. Il est vrai aussi qu'à cinquante ans nous avons bien moins de chances de « perdre la tête ». C'est exactement ce qui est arrivé à notre lord : il a perdu la tête, on ne le tenait plus.

– Le démon de midi, comme on dit chez nous, commenta Fandorine.

– Exactement. Une jeune fille en fleurs nommée Molly Flame se produisait dans un cirque à la station balnéaire de Bath : elle faisait des tours de magie, mettait sa tête dans la gueule du lion et, surtout, charmait le public en dansant merveilleusement sur une corde. Je ne l'ai pas vue moi-même, mais on m'a raconté que le succès de ce numéro tenait non pas tant aux « pas » raffinés qu'au pantalon moulant de la danseuse. (La vieille dame baissa les yeux chastement.) Pour aller vite, M. Berkeley, cette incarnation de la vertu, a perdu la tête. Au début, il essayait de sauver les apparences, mais, à la fin, il a dépassé toutes les limites : il la comblait de cadeaux et de fleurs, achetait toutes les places dans la salle afin de profiter seul du spectacle et ainsi de suite. Heureusement, à l'époque, lady Berkeley était encore en vie, sans quoi il aurait sans doute épousé sa saltimbanque. Mais il a trouvé mieux dans le genre scandaleux. Un beau jour, il a réuni les membres de sa famille pour déclarer qu'il aimait Mlle Flame plus que la vie et que, ne pouvant pas s'unir à elle dans l'existence terrestre, il désirait ne point être séparé d'elle après la mort. Vous imaginez la scène ! La pauvre lady a dû respirer les sels par quatre fois. Mais le pire, Jeffrey le réservait pour la fin. Le notaire a lu le testament selon lequel Mlle Flame devait être enterrée dans le caveau familial à côté du comte. Si les héritiers ne respectaient pas la volonté du défunt, tous les biens hormis ceux qui constituaient le majorat reviendraient au Fonds impérial des veuves et des orphelins. En plus des comptes personnels de lord Berkeley entrait dans cette catégorie la « Voie lactée », trésor principal de la famille.

– Je vous remercie. C'est très curieux.

Eraste Pétrovitch accepta qu'elle lui serve une

– J'hésite à dépenser un shilling, dit Mlle Palmer dans un soupir, sans cela j'aurais bien aimé apporter mon obole à l'œuvre du Bien, et par la même occasion, j'aurais tenté ma chance. Cinq cents livres ! Cela aurait résolu mes problèmes d'un coup…

– Je pense que faire le Bien en jouant sur la cupidité et d'autres bas instincts est un sacrilège, dit Fandorine.

Il n'avait pas complètement surmonté la tentation. Lui-même n'aurait pas refusé cinq cents livres en ce moment.

– Je me permettrai de vous contredire, mon cher Eraste, dit sa compagne qui, déjà dans l'omnibus, avait demandé à son chevalier servant si elle pouvait l'appeler par son prénom. Le Bien doit apprendre à être une marchandise et à vivre selon les lois du marché. L'une des erreurs profondes de notre civilisation consiste à penser que l'avantage du Bien sur le Mal n'a plus besoin d'être prouvé. Satan n'est pas un disciple dévoyé de Dieu. Il s'agit de deux corporations égales en force et en droits. Je suis au monde depuis longtemps et je suis arrivée à la conclusion que le Bien perd sur tous les plans parce qu'il ne sait pas se présenter ou, si vous voulez, ne sait pas se vendre. Rien ne garantit la victoire de Dieu sur Satan, ni celle du Bien sur le Mal. Espérer en Dieu dans les moments difficiles est une position absolument irresponsable et infantile.

– Chez nous, on dit « Espère en Dieu, et débrouille-toi par toi-même », acquiesça Fandorine.

Mlle Palmer abonda dans son sens :

– Un peuple qui a inventé pareille maxime a un grand avenir devant lui. Pourquoi notre monde est-il si souvent horrible ? Pourquoi y a-t-il tant de crimes ? Parce que le Mal se vend bien mieux. L'homme vient au monde et, des deux côtés, on lui propose des marchandises au choix : tu peux être honnête ou escroc, fidèle en amour ou débauché, vivre selon les lois de la justice ou celles de la méchanceté. Satan sait attirer ses clients, il les convainc qu'il est bien plus avantageux d'être escroc et salaud et bien plus agréable d'être un débauché. Il faut que Dieu, lui, arrête de s'enorgueillir de sa bonne foi et qu'il se mette au commerce, à moins que notre sort lui soit absolument indifférent. Le gage de la victoire du Bien sur le Mal, c'est la publicité réussie, le joli emballage et les bonus pour les clients fidèles.

Fandorine rit et baisa la main de sa dame. Mlle Palmer lui inspirait une admiration sans bornes.

– Allons-y, il est temps.

Ils montèrent dans une voiture de seconde classe. Quarante minutes plus tard, ils étaient arrivés à Bath.

La maison où vivait l'ancienne passion de lord Berkeley se trouvait dans une impasse à peine éclairée par un unique lampadaire à gaz.

Après avoir regardé les murs aveugles des autres maisons, Mlle Palmer fit remarquer :

– À la place de M. Pursley, je ne ferais pas trop confiance aux voisins. Jeffrey aurait pu passer inaperçu, surtout s'il est arrivé avant l'aube, au crépuscule.

Elle hocha la tête, leva son parapluie – il pleuvinait – et avança courageusement en essayant de ne pas glisser sur le trottoir humide.

– À l'attaque !

Ainsi qu'il fallait s'y attendre d'après l'aspect extérieur du logis, Mlle Flame n'avait pas de domestiques. Ce fut elle-même qui leur ouvrit la porte.

Une femme de haute stature et forte, aux cheveux grisonnants dépeignés, se tenait sur le seuil, toisant les intrus d'un air menaçant. Derrière son dos, on voyait un escalier étroit et raide qui menait au premier étage.

– Que voulez-vous ? demanda-t-elle d'une voix grave.

Sans doute, jeune, avait-elle été ravissante : une de ces beautés plantureuses qui vous ravissent sur les toiles de Fragonard. Mais, avec les années, son charmant embonpoint avait pris des proportions imposantes tandis que le duvet sur sa lèvre supérieure, plutôt séduisant à l'époque, s'était mué en une vraie moustache. Il n'était pas difficile d'imaginer cette amazone aux épaules larges précipiter le pauvre M. Pursley en bas de l'escalier de ses mains puissantes. Le plus étonnant était qu'elle lui eût permis de monter.

– Ah, je sais ! s'écria-t-elle, les poings aux côtés. Vous venez encore pour ce crétin de Jeff ? On peut m'avoir une fois, mais pas deux ! « Deux mots en tête à tête au sujet d'une affaire importante qui vous concerne directement ! » C'est ce qu'il m'avait dit, ce vieil orang-outan avec des favoris. Vous pouvez toujours courir ! Ne me mêlez pas à vos sales histoires ! Allez au diable ! Je ne le répéterai pas deux fois !

On sentait bien que, chez cette femme, les paroles étaient suivies d'actions. Eraste Pétrovitch n'avait plus qu'à recourir à son énergie Ki, de même que dans le cas du léopard : il n'allait tout de même pas se battre avec une représentante du sexe faible.

Il la regarda fixement dans les yeux, essayant de concentrer toute sa force intérieure. Comme il s'agissait malgré tout d'une dame, il n'oublia pas de composer un léger sourire, après quoi il recourut à la persuasion verbale.

– Je suis absolument désolé de cette intrusion. Mais Mlle Palmer a fait un long voyage, elle est fatiguée et trempée par la pluie. Lui permettrez-vous de se reposer un peu avant que nous repartions ?

Soit l'énergie Ki avait joué son rôle, soit la maîtresse des lieux était moins féroce qu'elle n'en avait l'air, ou pour une autre raison encore, en tout cas Mlle Flame dit soudain, sans détourner le regard d'Eraste Pétrovitch :

– D'accord. Vous pouvez monter un instant. Je vous servirai un grog, mais n'espérez pas plus.

Et elle monta la première. Ses pas d'éléphant résonnèrent dans l'escalier.

Mlle Palmer, quant à elle, mit beaucoup plus de temps à monter. Probablement la vieille dame faisait-elle exprès de jouer les impotentes.

– Comme j'ai eu raison de vous emmener avec moi, dit-elle dans un souffle. Un brun aux yeux bleus ne laisse jamais indifférente une femme de ce genre.

Ils se retrouvèrent dans un petit salon. Mlle Flame n'y était pas : sans doute était-elle allée préparer le grog. Les visiteurs eurent le temps d'examiner les lieux. Les murs de la pièce étaient couverts de vieilles affiches représentant Mlle Flame dans divers spectacles : elle montait à cheval, marchait sur une corde, mettait sa tête dans la gueule d'un lion et même s'envolait, propulsée par un canon. Il y avait là également un portrait peint à l'huile, très mauvais, mais expressif, qui rappelait bien davantage Rubens que Fragonard. En tout cas, Mlle Flame y était représentée en Bethsabée. Ses formes opulentes, peut-être un peu exagérées par l'artiste, étaient impressionnantes.

– Voilà comment était donc l'amour fatal du pauvre Jeffrey, fit remarquer Mlle Palmer en considérant la toile. Eh bien, elle a changé. À présent, on devrait plutôt parler d'un vieil amour, « *old Flame* ».

Ce calembour fit sourire Fandorine.

La maîtresse de maison revint. Elle apportait un carafon de grog et trois petits verres. Elle avait eu le temps de se pomponner : on voyait bien qu'elle s'y connaissait en déguisements express. À présent, elle portait une vaste cape brodée de fils d'or ; un turban de soie aux couleurs chatoyantes ornait sa tête.

– Molly Flame, c'est votre pseudonyme d'artiste ? demanda Eraste Pétrovitch, suivant la règle d'or de l'interrogatoire d'enquête : il fallait commencer par une question à laquelle la personne aurait du plaisir à répondre. C'est beau, ajouta-t-il.

– C'est moi qui l'ai trouvé, se vanta la dame en vidant son verre d'un trait pour le remplir aussitôt. Pendant dix-sept ans, mon nom était connu dans tout le Sud-Ouest, depuis Gloucester jusqu'à Weymouth et depuis Falmouth jusqu'à Salisbury ! N'était ce lion qui m'a mordue en 69… Avec des tours de magie, on ne va pas très loin.

– Comment « mordue ? » demanda Fandorine d'un air horrifié. Mon Dieu !

Elle s'approcha d'une affiche et montra le lion du doigt.

– C'est lui. Il s'appelait Chaka. Il fallait voir ses dents, on aurait dit des couteaux de boucher. C'était de ma faute : j'avais oublié de retirer une épingle à cheveux. Il s'était piqué. J'ai bien failli y laisser ma peau. Regardez.

La vieille artiste baissa la tête, releva son turban. De longs et profonds sillons marquaient son cou et sa nuque.

Eraste Pétrovitch sifflota, Mlle Palmer poussa des « Oh ! » et des « Ah ! », et une conversation à bâtons rompus s'engagea.

Au bout d'une heure ou une heure et demie, après leur avoir narré ses moments de gloire et apporté un troisième carafon de grog, elle en arriva à l'histoire de lord Berkeley, sans doute l'épisode le plus marquant de sa carrière de dompteuse de lions et de cœurs. Elle conta par le menu toutes les folies commises par le comte amoureux, puis aborda enfin ce jour fatal où le malheureux s'était écroulé sur son seuil, terrassé par une crise d'apoplexie.

– À la fin, il était devenu complètement fou. Il avait de ces idées ! Un jour il est venu me voir, ses yeux brillaient. « M'aimeras-tu jusqu'au tombeau ? » Et moi : « Naturellement. » Pouvais-je dire autre chose, alors que ses lèvres tremblaient et qu'il avait les larmes aux yeux ? « J'ai pensé à tout. On ne nous séparera jamais. Nous reposerons côte à côte, comme Roméo et Juliette. » Et de me raconter des histoires à dormir debout à propos de son testament et de la Voie lactée. Bref, il délirait, quoi. Sur ce, il a sorti un pistolet ! Je vous le jure ! J'ai eu les jetons ! « N'aie pas peur, qu'il me dit. Je sais que les femmes craignent les coups de feu. Le pistolet, c'est pour moi, toi, je t'ai préparé du poison. » Et en effet, il m'a donné une fiole. Bon, je ne me suis pas laissé impressionner plus que ça, j'ai toujours été une fille maligne. Il ne sert à rien de discuter avec un fou. « D'accord, je vais le boire, ton poison. Mais toi, tu ne peux pas te tuer. Les testaments des suicidés sont automatiquement annulés. » C'était un ami juriste qui me l'avait dit il y a longtemps, j'y ai pensé à ce moment-là. Je lui ai pris son poison, je l'ai bu d'un coup et paf ! j'ai jeté la fiole contre la cheminée, elle a volé en mille éclats.

– Comment, vous l'avez bu ? s'écria Mlle Palmer en portant une main à son cœur.

– Comme ça, répondit l'artiste.

Elle prit un verre dans le buffet, y versa du grog et le vida d'un coup. Puis elle leur montra que tout le contenu du verre s'était déversé dans un tube transparent fixé sur le côté et caché astucieusement dans sa manche.

– Un tour de passe-passe élémentaire. J'avais débuté avec des trucs de ce genre à l'âge de quinze ans, je n'étais alors qu'une gamine idiote. Bref, j'ai bu le poison, j'ai chancelé, les larmes ont jailli de mes yeux. J'avais un talent, vous n'avez pas idée ! Une fois, Sarah Bernhardt elle-même est venue à un de mes spectacles : elle s'est levée pour applaudir ! Je vous le jure ! C'était quand je me produisais dans l'attraction « L'étoile du sérail »...

– Et lord Berkeley, alors ? demanda Mlle Palmer prudemment, pour lui faire reprendre le fil de la conversation.

– Je lui ai dit d'une manière terriblement touchante : « Va, mon bien-aimé ! Vis ! Je t'attendrai, tu ne pourras plus me perdre ! » Le vieil idiot a éclaté en sanglots. Il m'a crié : « Tu n'auras pas longtemps à attendre ! », et il est sorti en courant, sans même me regarder mourir. Il est passé à côté de quelque chose : je savais rendre l'âme de manière magistrale ! Vous voulez que je vous montre ?

– T-tout à l'heure, pria Eraste Pétrovitch. Mais, dites-moi, que pouviez-vous escompter ? Vous n'aviez pas peur qu'il revienne ?

– Bien sûr que j'avais peur ! Ma décision était prise : j'en avais ma claque, j'allais faire mes malles. On ne me reverrait plus à Bath. Il y avait longtemps qu'on me proposait un engagement à Glasgow, j'avais l'intention de m'y enfuir. Seulement, le pauvre idiot n'est pas allé bien loin. Une fois dans la rue, il s'est effondré. Un coup de sang. Je ne l'avais jamais aimé, mais il me faisait tellement pitié ! J'ai passé une semaine à pleurer ! (En le disant, Mlle Flame avait les larmes aux yeux.) Jamais personne ne m'a aimée comme lui, ni avant ni après.

Et elle éclata en sanglots. Ils ne réussirent plus à lui tirer un mot.

– Vous savez, j'aurai passé ma vie à me persuader du bien-fondé des vérités banales, dit Mlle Palmer lorsque, sortis de chez Molly Flame, ils pressèrent le pas pour attraper le dernier train. Depuis notre petite enfance, on nous sert sur un plateau toute la sagesse de l'humanité. Chaque jour, nous entendons : « Les eaux tranquilles sont profondes », « Tant que nous sommes en vie, il y a de l'espoir », « Chaque nuage a son envers argenté », et ainsi de suite, mais c'est jeter des perles aux cochons que nous offrir ça ! Tant qu'on n'aura pas trébuché soi-même sur la pierre où des millions de personnes avaient achoppé avant nous, on ne comprendra ni n'apprendra rien. En revanche, une fois qu'on a fait sa petite découverte, on a envie de crier au monde entier : « Braves gens ! Écoutez-moi tous ! Savez-vous que les amis véritables se reconnaissent à l'épreuve du malheur ? Je viens de le découvrir ! » Ou encore : « Comme vous vous trompez ! Sachez donc que tout ce qui luit n'est pas or ! » Mais il est inutile de crier, vous userez vos cordes vocales pour rien. Eh bien, mon cher Eraste, je vais de découverte en découverte. Par exemple, je viens de comprendre que le diable n'est pas aussi terrible qu'il en a l'air. La redoutable Mlle Flame est en fait une personne plutôt agréable, vous ne trouvez pas ? Il ne faut jamais se fier aux réputations, surtout lorsqu'elles sont mauvaises.

– Il est difficile de ranger ça parmi les banalités, dit Fandorine avec un sourire. C'est une idée tout à fait originale.

– Non, non ! protesta Mlle Palmer. Je ne suis pas capable d'idées originales. Je suis une vieille femme tout à fait ordinaire et banale, un recueil de trivialités ambulant. Soixante-seize ans de solitude m'ont permis de tester sur moi-même tous les adages existants et de me convaincre de leur absolue vérité. À l'exception, naturellement, des banalités de l'amour : je n'ai pas connu cette facette de la vie.

– Je ne suis pas certain qu'il faille le regretter.

La vieille dame le regarda avec pitié.

– Vous le dites avec amertume. Je ne puis croire cependant que vous manquiez d'amour féminin. Au contraire, on a dû trop vous gâter, et il paraît que c'est dangereux. Mais vous savez ce que je vais vous dire ? Il vaut mieux encaisser cent coups du sort plutôt que passer sa vie à fuir son destin. Voilà, je viens de dire une banalité de plus. Que pensez-vous donc du récit de Mlle Flame ?

– Lord Berkeley n'est pas allé chez elle.

– C'est bien ce que je crois aussi.

Ils marchaient lentement dans la rue en regardant le ciel de temps à autre. La pluie s'était arrêtée, des étoiles brillaient dans la voûte dégagée.

Après un assez long silence, Mlle Palmer dit :

– Je crois savoir où il faut chercher Jeffrey.

– Et moi, il me manque un détail…

Fandorine aida la vieille dame à enjamber une flaque et il poursuivit :

– Si seulement vous pouviez me dire… Attention, ne marchez pas dedans ! Un chien est passé par là…

– Merci ! Vous dire quoi ?

– Il y a un ours là-bas ?

– Oui, un énorme.

Elle fit un geste de dépit :

– Et moi qui voulais vous faire la surprise. Alors, on y va ?

– C-carrément ? Ne risquons-nous pas de nous faire arrêter pour ce genre d'initiative ? Je pense qu'il serait plus prudent d'avertir la police.

– Je vous propose que nous nous présentions au poste de police de Brislington, pour voir l'inspecteur.

– Donc, c'est à Brislington ?

C'est ainsi que s'appelait la petite ville située entre Bath et Bristol.

Ils aperçurent enfin le bâtiment de la gare, éclairé par des lumières électriques.

– À quoi sert d'aller chez l'inspecteur ? s'étonna Fandorine. Il est tard, vous êtes fatiguée. Nous pouvons téléphoner de la gare.

– Ah, ce que je suis bête ! J'oublie toujours ces conquêtes du progrès. Vous me montrerez comment faire pour parler dans le combiné ?

C'est Eraste Pétrovitch qui dut s'expliquer avec l'opératrice : Mlle Palmer n'avait pas osé aborder une demoiselle inconnue en lui lançant un « Allô ! La centrale ? » qui lui paraissait bien familier. En revanche, les instructions qu'elle donna à l'inspecteur de police furent claires et précises :

– Comment, vous ne connaissez pas le caveau de famille des lords Berkeley ? Ah, il n'y a pas longtemps que vous êtes en poste ici. C'est très simple, jeune homme. Vous entrez dans le cimetière par la porte centrale, avancez jusqu'à la stèle, tournez à droite. Au bout de l'allée, vous verrez un mausolée. Il est impossible de le confondre avec autre chose : sur le toit, vous verrez une grande sculpture d'ours coiffé d'une couronne de comte.

À peine furent-ils rentrés, à peine Mlle Palmer eut-elle défait les rubans de son chapeau et Fandorine eut-il suspendu son képi à un crochet qu'on frappa à la porte. C'était le majordome.

– On l'a trouvé ! Trouvé ! s'écria-t-il tout excité. L'inspecteur de Brislington a téléphoné ! Il est sain et sauf ! On l'a découvert dans le caveau de famille, il y dormait tranquillement. Pour se protéger du froid, il s'était couvert avec des couronnes de fleurs prises sur des tombes voisines. On le ramène ici !

– Et l'inspecteur, a-t-il dit que c'est moi qui lui ai té-lé-pho-né ? demanda Mlle Palmer en savourant le mot nouveau.

– Oui, mais je doute que vous touchiez la récompense. La serviette a été retrouvée, le lord l'avait utilisée comme oreiller, mais la rivière de diamants a disparu.

– Et le testament aussi ?

– Le testament est là. Il ne manque que le collier. Je suppose que la famille aurait préféré le contraire.

M. Pursley devait se trouver dans un état de grande exaltation pour se permettre pareille plaisanterie.

– Mais que dites-vous donc de Monsieur le comte ! ajouta-t-il. Vingt-quatre heures sans boire ni manger, à dormir sur des pierres nues, et aucune séquelle ! Il est en fer !

Tous les trois observèrent le retour du père prodigue par la fenêtre : il avait été formellement interdit aux domestiques de descendre dans le jardin au moment de l'arrivée du vieux comte.

Toute la famille était réunie, même les enfants, alors qu'il était minuit passé.

Lord Daniel, l'héritier du titre, marchait de long en large en se tordant les mains. Le père Matthieu priait, les paupières closes. Tobias fumait le cigare en toussotant. Les femmes des deux frères susurraient quelque chose à l'oreille des enfants : sans doute leur donnaient-elles les dernières recommandations. En guise d'accompagnement, un hurlement angoissé retentit au fond du jardin : Scalpeur le léopard désapprouvait ce tapage nocturne.

Enfin, la calèche pénétra dans la cour. L'inspecteur, flanqué d'un subalterne, aida lord Berkeley, enveloppé dans une pèlerine de policier, à descendre, en prenant mille précautions.

Le fils aîné se précipita vers son père avec un plaid, le cadet avança le fauteuil, le benjamin remercia brièvement les serviteurs de la loi et s'empressa de les mettre à la porte. Manifestement, la famille n'avait pas besoin de témoins supplémentaires.

– Quelle chance que vous soyez en vie, papa ! s'écria lord Daniel.

Le pasteur se débattait avec le fauteuil : il arrangea le coussin, ajusta des rouages.

– Asseyez-vous, papa ! C'est votre fauteuil préféré, vous y serez très bien !

Lord Berkeley jetait des regards affolés alentour. Il refusa de s'asseoir dans le fauteuil et tenta même de reculer vers le portail : on le retint par les épaules.

– J'ai ordonné qu'on vous prépare la meilleure chambre à coucher, roucoulait lady Linn. Elle est bien plus grande et claire que la vôtre. Ah, cher papa, vous pourrez vous y reposer si bien ! Venez, entrons dans la maison. Regardez comme tout le monde est heureux de vous retrouver. Allez, ne vous obstinez pas.

– Molly est là-bas ? marmonna le comte.

Tout le monde se regarda, ne sachant manifestement que répondre.

– Je sais, Molly m'attend au paradis, et moi, on m'a emmené au purgatoire, se plaignit le malade en regardant avec dégoût sa famille, les murs sinistres de Berkeley House et la cour sombre. Ce n'est pas juste. Le purgatoire n'existe que chez les catholiques et moi, je suis de confession anglicane. C'est une erreur ! Ramenez-moi au cimetière !

Tous se ruèrent alors sur le malheureux lord pour essayer de l'asseoir dans le fauteuil, mais il opposa une résistance farouche à sa famille.

Lady Linn fit signe à la femme du pasteur, qui poussa les enfants vers le vieillard. Ils se précipitèrent vers l'aïeul et se jetèrent dans ses bras à tour de rôle.

– Grand-père chéri !

– Papi adoré !

– Nous étions si inquiets !

– Tu nous as tellement manqué !

Le comte rentra la tête dans les épaules et se boucha les oreilles.

Ce fut alors lord Daniel qui prit les choses en main. Il fit taire les enfants, les écarta et, prenant son père par les épaules, le secoua de belle manière en criant :

– Pour l'amour du ciel ! Qu'as-tu fait de la « Voie lactée » ?

Cette mesure énergique fit son effet. Lord Berkeley regarda son fils aîné. Il répondit même, en articulant parfaitement :

– Ne le sais-tu pas ? Elle est là.

Il montra le ciel où brillait en effet la Voie lactée.

Lord Daniel poussa une sorte de rugissement. Le cadet le repoussa.

– C'est mal de se moquer de ceux qui vous aiment tant, dit le pasteur avec un ton de gentil reproche. Vous voulez aller au paradis ?

– Chez Molly ? demanda le comte.

Et d'acquiescer de la tête.

– Je vais vous aider. Savez-vous ce que c'est ?

Matthieu Linn sortit un missel de poche.

– C'est un psautier. Si vous mettez votre main

dessus et que vous dites la vérité, toute la vérité et rien que la vérité, votre place au paradis vous est assurée. Vous comprenez ?

Lord Berkeley haussa les épaules avec impatience :

– Qu'y a-t-il donc à comprendre ?

Et il posa sa main sur le livre.

Un grand silence se fit dans la cour.

– Dites-nous qui a sorti la rivière de diamants de cette serviette ? Je veux dire, des pierres brillantes sur un fil ? (La voix du pasteur fléchit d'émotion.) Quelqu'un s'est-il approché de vous ? Quelqu'un vous a-t-il adressé la parole ? Essayez de vous rappeler. Cela vous assurera une place merveilleuse au paradis.

Lord Berkeley contempla longuement son fils en plissant le front.

– Il va se rappeler ! murmura M. Pursley en serrant le coude de Fandorine. Allez, mon vieux ! Allez !

Dans la cour, Sa Grâce poussa un soupir et dit au pasteur d'un air compatissant :

– Vous a-t-on déjà dit, monsieur, que vous aviez un visage extrêmement désagréable ? Fourbe, hypocrite et méchant. À votre place, je me laisserais pousser la barbe, ça se verrait moins.

– Diable ! Bon sang ! C'est une perte de temps ! hurla Tobias Linn en crachant par terre.

Il jeta son cigare avec colère : une cascade d'étincelles s'envola du pavage.

– Le c-capitaine a raison. Le vieux ne dira rien, remarqua Eraste Pétrovitch.

– Parce qu'il ne sait pas où est le collier, ajouta Mlle Palmer.

Le majordome les regarda.

– Vous voulez dire que la rivière de diamants a été dérobée pendant que le comte dormait dans le caveau ?

– Nous voulons dire que le collier n'était pas dans la serviette.

Mlle Palmer s'éloigna de la fenêtre.

– Je n'ai pas le cœur de les regarder torturer ce malheureux Jeffrey. Dites-moi plutôt, monsieur Pursley, le laquais Jim, celui qui a été licencié, a-t-il déjà quitté les lieux ?

– Non, je lui ai permis de rester dans la guérite jusqu'à samedi. Il est très coupable, bien sûr, mais il n'est pas bon de frapper celui qui est à terre. Ce crétin n'a pas où aller, il n'a pas un sou. Samedi, son frère viendra le chercher pour l'emmener travailler dans sa forge. De toute façon, après ce qui est arrivé, il ne trouvera jamais une bonne place.

– S'il n'a pas de travail, il n'a pas à se lever tôt, conclut Mlle Palmer. Eraste, peut-être que vous accepteriez de le réveiller pour lui parler ?

– J-je m'apprêtais à le faire un peu plus tard. Mais vous avez raison. Dans le jardin, il ne va plus rien se passer d'intéressant.

Eraste Pétrovitch sorti, Mlle Palmer fit à son ami une proposition tout à fait extravagante, à savoir : prendre un thé. Il était deux heures du matin. Il fallait bien tuer le temps.

Ils n'avaient pas encore terminé leur première tasse que Fandorine était déjà de retour.

Il n'y avait plus personne dans la cour. La famille avait réussi à conduire le vieillard gâteux dans la maison. Pourtant, Berkeley House ne s'était pas plongée dans le noir pour autant : les fenêtres du grand salon restaient éclairées. Manifestement, il s'y tenait un conseil de famille extraordinaire.

– Lequel des trois, alors ? demanda la maîtresse des lieux en se tournant vers Eraste Pétrovitch d'un mouvement vif.

– C'est sans surprise, répondit ce dernier, laconique, en prenant une chaise.

Mlle Palmer se montra dépitée :

– Dommage. J'espérais que ce soit le cadet. Jeffrey a raison : il est encore plus repoussant que les autres.

Le majordome, hébété, tournait la tête dans tous les sens, essayant de percer le sens de cet échange énigmatique.

– Non, non, ne me racontez pas ! dit la vieille dame, arrêtant Fandorine. Je voudrais deviner toute seule. Il a confié quelque mission à Jim pour l'éloigner, c'est cela ?

– Non, cela aurait été trop gros. Il a fait semblant de croiser le laquais par hasard, lorsque celui-ci portait au comte son lait du soir, et l'a poussé. Le temps que Jim se change, qu'on fasse chauffer un nouveau pot de lait à la cuisine, une demi-heure était passée. C'était amplement suffisant.

– Suffisant pour quoi ? s'écria M. Pursley, complètement perdu. Je n'y comprends rien ! De qui parlez-vous ?

– Du capitaine, bien évidemment.

Mlle Palmer versa du thé à Fandorine.

– Je le soupçonnais depuis le début. Venir pour l'anniversaire de son père sans escompter quelque gain ? Cela ne ressemblait pas du tout à Tobias. En plus, il avait perdu une grosse somme au jeu, il est criblé de dettes.

On entendit un petit tintement fin et régulier : la cuillère dans la main du majordome heurtait la tasse.

– Le respecté lord Linn aurait dépouillé sa propre famille ? Mais c'est tout simplement impossible !

– Pourquoi donc ? (Mlle Palmer prit la cuillère de la main du majordome et la posa sur la nappe.) Il savait certainement où se trouvait la clé du secrétaire. Il a sorti la serviette, caché la rivière de diamants. Puis il s'est débarrassé du domestique, a détaché son père du fauteuil et l'a conduit dans le jardin. Il a dû lui susurrer quelque chose comme « Molly vous attend », et le malheureux est allé au rendez-vous. Il n'a sans doute pas été difficile de fourrer la serviette sous le bras du vieux, qui était habitué à la porter du temps où il travaillait à la banque.

– Non ! Vous vous trompez ! s'écria M. Pursley, qui bondit, renversant presque sa chaise. Je vous donne toujours raison, mais là, vous êtes dans l'erreur ! Si l'un des membres de la famille avait réellement participé à cet enlèvement, il aurait pris soin de faire disparaître, en premier lieu, le testament honteux ! Or le testament est là !

– Ne cassez pas mes meubles, Piter. Des chaises comme ça, on n'en fait plus de nos jours. À quoi servait de détruire le testament, puisqu'une copie a été déposée chez le notaire ?

Le majordome s'affaissa lourdement sur la chaise, on aurait dit un ballon dégonflé.

– Mon Dieu, quelle époque… dit-il sourdement. Le monde a vu toutes sortes de choses, mais voler la relique familiale en rejetant la faute sur son père ? Où va l'Angleterre ? Le pire, c'est que ce crime restera impuni. Où chercher la « Voie lactée » à présent ? Tobias Linn ne le dira certainement pas…

Mlle Palmer caressa le bras de son vieil ami.

– Ne désespérez pas. On retrouvera le collier. Le capitaine ne s'est pas absenté, depuis hier, n'est-ce pas ? Je suis persuadée que la « Voie lactée » se trouve dans le seul endroit où personne n'oserait mettre son nez à l'exception de Tobias lui-même.

Elle se tourna vers Fandorine, qui grignotait un

biscuit avec appétit. Chose étrange, il commençait à apprécier ces morceaux de pâte trop cuite.

– Cher Eraste, je crains que cette tâche ne soit au-dessus de mes forces. Il faut le courage de Lancelot et la force d'Hercule.

– Je n'ai eu besoin ni de l'un ni de l'autre, répondit Fandorine en s'essuyant la bouche avec une serviette. Il m'a suffi de gratter Scalpeur derrière l'oreille et il m'a gentiment p-permis de lui retirer son collier. Vous avez parfaitement raison. La rivière de diamants se trouvait à l'intérieur.

Il sortit de sa poche intérieure le bijou qui brillait d'étincelles irisées et le posa sur la table.

– J'ai rendu visite à mon ami à mon retour de la guérite.

À l'ombre de la théière, loin de la lumière de la lampe, le collier faisait piètre impression. Les pierres ne brillaient pas, ne chatoyaient pas. Elles ressemblaient à des bouts de verre facettés.

– Dites-leur que vous venez de la découvrir dans l'herbe près de la tonnelle de fonte, conseilla Fandorine en poussant la parure vers le majordome. Elle a dû tomber de la serviette au moment où lord Berkeley avait pris la fuite. D'ailleurs, on ne vous posera aucune question : la famille sera trop heureuse de l'avoir retrouvée. À l'exception du capitaine, bien sûr, qui va croire qu'il n'avait pas bien refermé le collier du fauve. Cependant, il se fait tard. Mlle Palmer doit être épuisée. Moi aussi, je ferais bien un petit somme…

Le lendemain, tandis que Mlle Palmer et son locataire déjeunaient – un peu plus tard que d'ordinaire –, le majordome vint en visite officielle : il portait sa livrée des grands jours, le bicorne et des gants blancs.

– Tout s'est passé exactement comme vous l'avez prédit, monsieur. Tobias Linn a exprimé son bonheur plus fort que les autres ! On a déclaré que j'avais sauvé l'honneur de la famille – ce que je ne mérite absolument pas – et on m'a offert ce chèque de mille livres sterling que je remets à mon tour à celle… ou plutôt à celui… Bref, à ceux auxquels il revient de plein droit. Le porteur du chèque pourra toucher la somme.

Il s'inclina et posa sur la table une étroite bande de papier avec des filigranes.

– La récompense revient à Mlle Palmer sans aucun doute, dit Eraste Pétrovitch en fronçant les sourcils. C'est elle qui a trouvé la clé de l'énigme, je n'ai été qu'un exécutant.

Il apparut alors que la vieille dame était parfaitement capable de se fâcher.

– Quelles bêtises ! s'écria-t-elle en devenant toute rouge. C'est vous qui avez réussi à faire parler Mlle Flame. Et pour le caveau de famille, vous avez trouvé la solution en même temps que moi. En ce qui concerne le collier, vous l'avez récupéré avant même que je ne formule ma version ! Si vous voulez m'offenser en me faisant l'aumône, eh bien sachez que j'ai vécu toute ma vie en ne comptant que sur moi-même, et que je ne l'ai jamais regretté !

Ils se regardaient droit dans les yeux et on voyait bien qu'aucun des deux ne céderait.

– Il arrive que des personnes intelligentes soient bien pires que les gens simples. Il leur faut alors un simplet comme moi pour les aider, intervint M. Pursley. Partagez cet argent et n'en parlons plus. Cinq cents livres vous suffiront, mademoiselle Palmer, pour acheter une maison au bord de la mer. Et vous, monsieur, ne faites pas le fier : vous les avez gagnées honnêtement.

– « Parfois, les personnes intelligentes sont bien pis que les gens simples. Il leur faut alors un simplet pour les aider ! » répéta Mlle Palmer avec étonnement. Quelle banalité merveilleuse ! Je la retiens.

Fandorine s'étonna aussi, pour une autre raison. Cinq cents livres sterling ! C'était presque le salaire annuel qu'il touchait au service de l'État. Une somme importante, qu'il avait gagnée sans se donner beaucoup de peine. Ainsi donc, la déduction pouvait devenir un gagne-pain ?

AVANT
LA FIN DU MONDE

Cette nouvelle est dédiée
à Umberto Eco

Bogomilovo, 1897

À propos de rêves

Les gens courageux font souvent des cauchemars. Si à l'état de veille ils ont l'habitude de refouler leur peur grâce à un effort de volonté, la nuit, lorsqu'ils relâchent le contrôle, les sous-sols verrouillés de leur mémoire laissent échapper des visions si effroyables que ces téméraires se réveillent ruisselants de sueurs froides.

Fandorine avait trois cauchemars récurrents qui le hantaient d'année en année : une main arrachée avec une alliance au doigt ; un visage de jeune fille coupé en deux, la première moitié blanche, angélique, la seconde noire, diabolique ; enfin, un troisième, apparu plus tard, sans doute le plus terrible.

C'était chaque fois la même chose : d'abord, un voile laiteux trouble, tempête de neige ou brume épaisse. Ensuite, une surface tachetée transparaissait sous ce fond blanc, se transformant peu à peu en une pièce d'étoffe grossière. À chaque instant la visibilité devenait meilleure, comme si une main tournait l'objectif pour régler la netteté de l'image.

Sur un bout de toile écrue dont il percevait chaque fibre se trouvait un bébé soigneusement langé. Son visage poupin était calme et détendu. Le soleil éclairait ses traits insouciants, ses cils fermés étaient teintés d'or. Un joli cristal de neige duveteux reposait sur le bout retroussé de son nez, et ne fondait pas. Eraste Pétrovitch tendait la main pour le faire partir et c'est alors qu'un énorme ver gras sortait de la narine minuscule…

Il s'éveillait en sursaut, ses doigts tremblants cherchant et ne trouvant pas les allumettes sur sa table de chevet.

Fandorine s'asseyait sur son lit, allumait un cigare et chassait Ephialtès, le démon des mauvais rêves, en recourant à l'unique méthode efficace : il s'obligeait à se remémorer tout ce qui s'était réellement passé.

Il regardait le bout de son cigare rougeoyer dans le noir et, à la place du point lumineux, apparaissaient une rivière toute blanche bordée de forêts argentées, une terre noire gelée sous laquelle retentissait un doux chœur d'anges…

C'est seulement au petit matin qu'il parvenait à se calmer, à s'endormir. Pas toujours, d'ailleurs.

Bon anniversaire, monsieur Kouznetsov

Au début, tout allait bien, c'en était même ennuyeux. Eraste Pétrovitch avait fêté ses quarante et un ans dans la solitude la plus absolue. Assis dans le compartiment d'un train rapide, il regardait par la fenêtre. Dehors, il n'y avait rien : une absence totale de paysage, un champ blanc nu et un ciel de la même couleur. La Russie, janvier. On pouvait peindre tout ce qu'on voulait sur cette toile : la tempête de neige finirait par tout effacer.

Fandorine était tout seul car, selon une règle russe stupide, qu'il avait eu le temps d'oublier durant ses années de vie à l'étranger, les domestiques n'avaient pas le droit de voyager en première classe. Il aurait dû dire en achetant son billet que Massa était non pas son valet, mais par exemple un vicomte japonais ! Il se serait moins ennuyé. C'était sa maudite honnêteté qui l'avait perdu, une séquelle de son passage aux États-Unis, dont il avait du mal à se débarrasser. C'était d'autant plus ridicule qu'il voyageait sous une fausse identité, celle d'Eraste Kouznetsov, marchand ».

Pauvre Massa, ballotté sur une banquette dure avec des compagnons de route qui écarquillaient les yeux devant sa physionomie asiatique en lui posant des questions sur la vie en Chine, car le Japon, ils n'en avaient jamais entendu parler.

Eraste Pétrovitch sortit un mouchoir en soie représentant deux lutteurs de sumo qui se choquaient avec leurs gros ventres. Le matin, Massa avait offert cet objet magnifique à son maître, en s'inclinant devant lui. Dieu seul savait où il l'avait trouvé et combien de temps il l'avait gardé en attendant la grande occasion.

Le deuxième cadeau, un voyage dans son pays natal, Fandorine se l'était offert lui-même. Levant son verre, il le fit tinter contre la vitre, trinquant avec le paysage d'hiver. Ce faisant, il dit :

– Bon anniversaire, monsieur Kouznetsov.

Il avait choisi ce nom russe parmi les plus répandus pour ne pas se faire remarquer. Il avait également veillé à ce que son apparence réponde à la moyenne statistique, toujours pour passer inaperçu mais aussi parce que son voyage était justement consacré à la science des statistiques. Mais expliquons d'abord sa discrétion, les statistiques viendront ensuite.

La dernière visite du conseiller d'État à la retraite au pays de sa naissance, en mai de l'année précédente, avait achevé de gâcher ses relations avec les autorités moscovites. Au point que l'on avait envoyé aux policiers de tous les coins de l'empire la description du fonctionnaire en disgrâce. Non pas pour l'arrêter, car il n'y avait à cela aucune raison légale, mais pour le surveiller en douce. Défenseur acharné de la vie privée, Fandorine était révolté par l'idée même de filature et, qui plus est, tout le monde connaît les coups tordus dont est capable le pouvoir en Russie lorsqu'il se sent offensé. De la surveillance à l'arrestation, le pas est vite franchi.

C'est pourquoi le visiteur non désiré avait changé sa tenue vestimentaire, remplaçant la redingote par une chemise russe, coiffant une casquette au lieu d'un chapeau ou d'un képi, chaussant des bottes en forme de bouteilles. Il s'était fait pousser la barbe, ce qui rendait son visage moins repérable, masquant son signe particulier le plus frappant : ses tempes blanches. Il était apparu que, si la moustache d'Eraste Pétrovitch était toujours d'un noir de jais, sa barbe grisonnait fortement. Il n'était pas facile de reconnaître le dandy Fandorine dans le barbu vieillissant Kouznetsov.

Sans doute, après ses aventures moscovites de l'année dernière, il eût été bien plus raisonnable de ne pas se montrer dans sa ville natale pendant une année ou deux. Mais Fandorine refusait tout compromis de ce genre. Il considérait qu'il avait autant le droit de se déplacer partout en Russie que le grand-duc ou l'empereur lui-même. Si les circonstances, ou, comme aujourd'hui, l'intérêt scientifique, exigeaient sa présence dans sa patrie, ces augustes personnes n'avaient rien à dire. Qu'elles portassent la couronne n'y changeait rien. Les souverains avaient plus de devoirs que les autres. Lorsqu'on vit dans un palais, qu'on mange dans de la vaisselle d'or et qu'on est servi par l'empire tout entier, on doit reconnaître ses responsabilités. Hélas, il y avait peu de chances que notre Russie ait un jour un souverain capable d'admettre que le pouvoir est un chemin de croix et la couronne, une couronne d'épines.

Des idées de ce genre traversaient souvent l'esprit d'Eraste Pétrovitch et, chaque fois, elles avaient sur lui un effet démoralisant. Ceux de ses compatriotes qui pensaient comme lui voulaient la révolution et se disaient socialistes. Fandorine, lui, ne croyait pas aux vertus de la révolution, et il ressentait un dégoût insurmontable pour toutes les théories qui spéculaient sur les concepts de « peuple », de « nation », de « classe » et de « masses ». Quelle idée : classer les gens selon tel ou tel critère extérieur ! Réduire l'homme, ce sommet de la création, fait à l'image de Dieu, un univers en soi, à une fonction sociale, au rôle d'une fourmi dans une fourmilière !

Et c'est pour cela qu'à présent, un dénommé Eraste Pétrovitch Kouznetsov, brebis galeuse, parcourait la vaste plaine russe, regardait le paysage blanc, plus maussade de kilomètre en kilomètre, et se rongeait les sangs tout à fait à la russe et pas du tout comme un Américain.

Un Américain essayait toujours de trouver une raison d'être optimiste, surtout le jour de son anniversaire.

Peut-être pourrait-il se distraire en lisant ?

Fandorine ouvrit le livre qu'il avait emporté avec lui : *La Sonate à Kreutzer.* Mais bientôt, il le reposa. La direction qu'avait prise depuis quelques années le génie de Tolstoï l'agaçait prodigieusement.

Il y avait une étagère sur laquelle se trouvaient quelques volumes prévus pour les voyageurs de première classe. Des lectures pieuses et édifiantes, car cet itinéraire était généralement choisi par les pèlerins qui se rendaient dans les lieux saints du Nord. L'attention du passager mélancolique fut attirée par une brochure, « Noms et fêtes », où il trouva de brèves vies de saints avec les jours de leur commémoration et des commentaires amusants à propos de noms chrétiens. Une lecture parfaite pour un jour d'anniversaire.

Aussi étrange que cela puisse paraître, Fandorine n'avait jamais cherché à savoir en l'honneur de quel saint on l'avait affublé d'un prénom aussi peu courant. Il se mit à lire, allant d'étonnement en étonnement.

Saint Eraste avait vécu au Ier siècle de notre ère et fait partie des soixante-dix apôtres appelés par Jésus pour servir Dieu, au côté des douze premiers. Il n'était pas juif mais grec, ce qui était assez exotique pour cette première période du christianisme. Il provenait d'une famille noble et occupait un poste important à Corinthe. Cependant, répondant à l'appel de son cœur, il avait tout abandonné pour suivre saint Paul, allant avec lui de ville en ville. Il était ensuite devenu évêque en Palestine ou en Macédoine. On ne connaissait pratiquement rien de la vie de ce personnage presque mythique de l'Antiquité. Selon une des versions, palestinienne, Eraste avait vécu très longtemps et s'était éteint paisiblement. Selon une autre, macédonienne, il avait ceint la couronne du martyr à l'époque des persécutions sous Néron.

Fandorine donna d'abord sa prédilection au finale palestinien. Mais, à la réflexion… Il reposa le livre, haussa les épaules : après tout, chacune des deux variantes avait ses avantages.

Voici ce qu'il put lire au sujet de son nom : en grec, *erastos* signifie « bien-aimé ». Il y avait deux types d'Eraste : ceux d'hiver et ceux d'été, selon leur date de naissance. Les premiers avaient le caractère inquiet et indépendant, n'espéraient qu'en eux-mêmes et s'engageaient dans des sentiers rocailleux. Les seconds étaient souvent de bonne humeur, ne prenaient rien à cœur, leur existence était insouciante et agréable.

Fandorine envia ses homonymes nés l'été et réfléchit encore un peu à son prénom.

Il était peu probable que son père l'eût appelé ainsi en l'honneur d'Eraste de Corinthe. Son défunt géniteur était loin d'être pieux et ne respectait pas les traditions de l'Église. Plus vraisemblablement l'avait-il prénommé de la sorte par chagrin, ne pardonnant pas à son fils d'avoir causé la mort de sa mère, qui avait succombé à la fièvre puerpérale. La malheureuse s'appelait Lise, comme l'héroïne du livre de Karamzine, et le veuf inconsolable avait donné à son fils le prénom d'Eraste, personnage qui, dans *Pauvre Lise*, causait la perte de la jeune femme. Cela revenait à le maudire : vingt ans plus tard, l'ombre cruelle de la nouvelle de Karamzine allait s'abattre sur le jeune Fandorine une fois de plus. Sa femme s'appellerait Lise et mourrait, elle aussi, par sa faute…

Le train avait fini de traverser la plaine et s'était engagé dans une forêt de sapins. La nuit tombait, mais Fandorine était toujours très loin d'un optimisme à l'américaine.

Il mobilisa alors toute sa volonté pour chasser la mélancolie. Il s'interdit d'évoquer l'avenir incertain de sa patrie et ses chers disparus, obligeant sa pensée à s'élever vers les sommets étincelants du Progrès. Fandorine était convaincu que la Russie ne pourrait être sauvée que grâce à l'avancée rapide de la science et à une prompte évolution sociale. C'était son seul espoir.

Il commença à faire le plan détaillé de son expédition, ce qui eut pour effet de lui remonter immédiatement le moral.

CCS : un champion

Le but de son voyage était directement lié à la question des statistiques, la reine des sciences humaines. Depuis quelque temps, Fandorine se passionnait pour cette sphère du savoir.

Alors qu'il était en mission à New York, il avait fait un tour, par pure curiosité, au congrès de la Société internationale de statistique qui se déroulait sous la devise : « Statistics, the Champion of Progress ». Et comme par un fait exprès, ce jour-là, un conférencier de Saint-Pétersbourg, un dénommé Troïnitski, conseiller secret, y faisait justement son exposé. Son Excellence avait parlé du recensement de la population qui se préparait en Russie, le premier de toute l'histoire russe. Le sujet de sa communication était extrêmement intéressant, l'ampleur et les difficultés de la tâche étaient à peine imaginables. Eraste Pétrovitch avait écouté son exposé jusqu'au bout, était intervenu dans la discussion et avait jugé utile de se présenter ensuite au conférencier.

Cet homme lui avait fait une forte impression. Il ne ressemblait pas du tout à une Excellence russe ordinaire : il n'y avait pas de végétation abondante sur son visage, aucune morgue dans ses manières, pas de grandiloquence dans ses propos. Il était énergique, moderne, laconique. Même sur sa carte de visite il n'y avait pas un mot de trop. Son grade de général n'y figurait pas, comme s'il s'agissait d'une chose superflue, seule sa fonction y était inscrite : Directeur du CCS (Comité central aux statistiques). Fandorine avait même pensé : Si on utilise des abréviations chez nous, c'est que la Russie entre dans le XXe siècle, où la rapidité et la précision seront les qualités les plus appréciées.

Eraste Pétrovitch avait retiré de l'exposé et de sa conversation avec le conseiller secret un grand nombre de renseignements passionnants.

Le recensement de tous les sujets de l'empire (cent millions d'âmes selon des calculs très approximatifs) serait réalisé en une seule journée, le 28 janvier 1897. Pour mener à bien cette tâche titanesque, les recenseurs devraient préalablement visiter chaque maison afin de préparer des listes et d'expliquer à la population le sens de cette démarche. Cent trente-cinq mille personnes, statisticiens et aides bénévoles, recrutés parmi les intellectuels, les paysans sachant lire et écrire, les militaires retraités et le clergé prendraient part à ce travail préliminaire qui s'étendrait sur plusieurs semaines.

Ensuite, en l'espace de vingt-quatre heures, les listes de recensement seraient remplies et envoyées au CCS. Ce champion du progrès traiterait les données selon les méthodes de calcul les plus récentes. Les tabulateurs Hollerith mis au point par les Américains permettraient de trier et de classer les renseignements concernant les cent millions de personnes selon les différentes rubriques de l'enquête : confession, sexe, âge, situation familiale, métier, etc.

Il était facile de croire dans ce triomphe du progrès en étant à New York au quinzième étage de Bowling Green, le gratte-ciel où se tenait ce congrès de savants, mais à peine Eraste Pétrovitch fermait-il les yeux pour ressusciter dans son souvenir les vastes plaines de sa patrie et les visages renfrognés de ses habitants qu'il se mettait à douter. N'était-ce pas de la poudre aux yeux ?

Il avait écrit à un de ses vieux amis pétersbourgeois qui, de par son travail, était au courant de tous les grands projets de l'État, pour lui demander son avis. La réponse avait été plutôt sceptique : oui, d'importants subsides avaient été alloués à ce projet. Le travail avait commencé et avançait à grands pas, mais les perspectives semblaient incertaines. Par exemple, on ne voyait pas bien comment recenser les habitants des villages du Caucase, peuplés à moitié de bandits, ou les nomades de l'Asie centrale, ou encore les schismatiques d'outre-Volga et de Sterjenets qui interprétaient chaque initiative du pouvoir comme la fin du monde et l'avènement de l'Antéchrist.

Après avoir lu ces remarques sur les schismatiques, Fandorine s'était décidé une bonne fois pour toutes à se rendre dans le nord de la Russie. Il avait envie d'observer de ses propres yeux le heurt entre le XXe et le XVIIe siècle, il voulait voir cette Russie d'avant Pierre le Grand entrer sur les cartes perforées.

La civilisation américaine avait donné au monde une autre grande invention : le tourisme culturel. Armés de vouchers inventés par Cook, d'un guide de voyage, d'une baignoire en caoutchouc et de pastilles désinfectantes, les Yankees téméraires prenaient d'assaut les contreforts des Andes ou du Kilimandjaro et les déserts australiens. Le touriste Eraste Kouznetsov avait choisi un itinéraire non moins exotique, mais bien plus confortable : en train, il se rendrait de Saint-Pétersbourg à Iaroslavl, puis à Vologda et de là, en traîneau, enveloppé dans une peau d'ours douillette, par une route des postes bien dégagée, jusqu'à Sterjenets, chef-lieu de district. De là, il prendrait la direction que lui indiquerait le président de la commission statistique locale, pour lequel le voyageur avait une lettre de recommandation.

Le don Quichotte de Sterjenets

Il n'eut pas besoin de présenter sa lettre de recommandation (très circonstanciée, émanant justement de l'ami qui était « au courant des grands projets de l'État »). Le principal statisticien du district fut si heureux de recevoir un homme venu de la capitale qu'il n'y jeta même pas un coup d'œil.

Aloïs Stépanovitch Kokhanovski était lui-même de Pétersbourg. C'est pour obéir à l'appel de son cœur qu'il était venu s'enterrer dans ce trou perdu un an auparavant. Très jeune, il citait sans arrêt des poèmes de Nekrassov, ce chantre de la Russie paysanne, et pensait que les assemblées rurales allaient révolutionner la Russie.

La ville de Sterjenets était toute petite, en fait pas une vraie ville, plutôt un bourg moyen. Il n'y avait pas un seul bâtiment en pierre, même l'église était en bois.

En écoutant cet enthousiaste vanter les vertus proprement révolutionnaires du recensement, Eraste Pétrovitch se persuada que dans son Massachusetts il avait complètement perdu le fil de la vie russe et que l'image qu'il avait de son pays natal devait changer.

– Le recensement, c'est un premier pas vers la civilisation non pas pour une couche de la société, mais pour toute la masse du peuple ! disait le statisticien avec passion en agitant sa cuillère à thé. La Russie offre des possibilités immenses, illimitées. Qui ne craint pas le travail peut y réaliser des choses grandioses ! Dans quel autre pays aurait-on confié une tâche de cette envergure à un jeune de mon âge ? Notre district est plus vaste que la Belgique. Si on le mesure d'un bout à l'autre, ça fait cinq cents kilomètres. Et, comme on dit, les yeux ont peur, mais les mains agissent. Nous recenserons bien tout le monde ! Les paysans, les païens, les moines dans leurs couvents ! Chaque petit bonhomme, soyez tranquille. Bien sûr, les espaces sont immenses et les routes affreuses, mais si on s'y prend intelligemment, on y arrivera. Tous les villages se trouvent au bord de rivières, ce qui est très astucieux, croyez-moi. L'été, on peut y accéder en barque et, l'hiver, c'est encore plus simple : on y va en traîneau, ça roule tout seul !

Fandorine fut heureux d'observer cet enthousiaste et sa jeune épouse qui buvait ses paroles. Il finit même par admirer son physique : ce grand escogriffe avec sa barbiche pointue ressemblait à s'y méprendre à don Alonso Quijada, à ceci près qu'il portait un pince-nez.

– Et les vieux-croyants ? demanda Eraste Pétrovitch. N'y aura-t-il pas de p-problèmes avec eux ?

– Si, bien sûr, répondit l'hidalgo de Sterjenets, légèrement dégrisé. C'est une difficulté réelle. Demain, je compte prendre la Vyga – c'est une rivière qui se jette dans la mer Blanche non loin d'Oust-Vyjsk. Je ne la descendrai pas, je la remonterai. Tous nos schismatiques vivent là-bas… J'y suis déjà allé en décembre, sans grand succès, il faut que j'y retourne.

Il tritura sa barbiche d'un air dépité, mais il n'était visiblement pas de ceux qui se laissent facilement abattre.

– Ah, vous auriez vu les gens là-bas ! Ils ont un cœur d'or ! Comme dans le poème de Nekrassov :

« Cœur libre, sauvé malgré l'esclavage, de l'or, de l'or pur : le cœur du peuple ! » Des personnages du folklore, tous des preux légendaires. (Kokhanovski sourit d'un air embarrassé.) Il est vrai que pour eux, je suis le Dragon qu'ils doivent combattre. Là-bas, je n'ai pas réussi à recruter un seul recenseur. Mais cette fois-ci, j'ai tout prévu, vous verrez par vous-même. Vous m'avez bien dit que vous souhaitiez m'accompagner, n'est-ce pas ?

– Si vous me le permettez, répondit Fandorine. Avec mon serviteur. Il ne vous gênera pas, bien au contraire.

– Mais naturellement, je serai très heureux. J'aurais bien pris aussi ma petite Sonia, elle en rêve, ajouta le statisticien en regardant sa femme avec tendresse. Mais les schismatiques ne l'apprécieront pas.

Son propos se passait de commentaire : il allait de soi que la petite Sonia aux cheveux courts, avec des lunettes, qui fumait cigarette sur cigarette, n'aurait pas été bien accueillie par les vieux-croyants.

– Qu'est-ce qui vous fait espérer que votre deuxième voyage se passera mieux ? demanda Fandorine.

– Deux raisons, absolument infaillibles, déclara Aloïs Stépanovitch, tout fier. Premièrement, l'administration du chef-lieu du gouvernement m'a remis des cartables à distribuer aux recenseurs. Ils sont bon marché, en percaline, mais pour un paysan, c'est quelque chose ! Deuxièmement, j'aurai avec moi un homme qui sait parler aux paysans. Il s'agit de Léon Sokratovitch Kryjov, un relégué. Il a été nommé provisoirement adjoint du président de la commission statistique. Une personnalité extraordinaire, merveilleuse !

suis descendu aux enfers
our voir une beauté
ui n'existe pas au paradis.
is, y a-t-il au monde
a satori *plus raffiné ?*

on Sokratovitch, il dit en observant cette
es lumineuses :
g, il y en a assez, de ces feux de joie !
ux yeux.

r grand bourg de vieux-croyants, Denis-
tué à cinquante kilomètres. En partant de
'aube, ils avaient parcouru deux tiers du
di.
ander son avis au chef de l'expédition,
ra soudain :
une halte.
ea le cheval vers la rive.
nt, sans un geste de trop, il coupa plu-
hes et alluma un feu. Tout le monde but
hum préparé dans un pot commun, en
acun mangea ses propres réserves : le
des sandwiches au fromage peu appé-
n adjoint, des espèces de torchons bruns
nde d'élan fumée au feu de bois ; quant
et Massa, ils mangèrent des rouleaux au
isson cru.
repas, ils fumèrent : Kryjov du gros gris
é, Kokhanovski une cigarette, Fandorine le
sa sa pipe japonaise en os.
première fois, une sorte de conversation
e noua.
vous venez pour quoi ? demanda l'ancien

Sur la rivière

La personnalité extraordinaire de M. Kryjov se voyait tout de suite : à son mâle visage tanné par le vent, à ses yeux tranquilles, à l'adresse avec laquelle il dirigeait comme si de rien n'était les deux attelages, celui de devant, où il était assis lui-même et celui de derrière où s'était installé Kokhanovski avec ses cartables, ses encriers, ses listes de recensement et autre paperasserie. Le statisticien n'avait pas réussi à maîtriser sa jument alezane rétive et, au deuxième kilomètre, Kryjov lui avait pris les rênes pour les attacher à l'arrière de son traîneau. La jument s'était aussitôt calmée et s'était mise à trotter tranquillement sans même tendre les rênes. Les animaux sentent avec qui on peut se permettre de faire des caprices. Manifestement, Léon Sokratovitch n'était pas de ceux-là.

En revanche, l'adjectif « merveilleux » parut à Fandorine inadéquat pour qualifier l'adjoint du président. Comme le traîneau de Kokhanovski était surchargé, le « touriste » et son domestique s'étaient installés dans celui de devant et Eraste Pétrovitch eut tout le loisir de regarder cet homme de près.

Kryjov avait la cinquantaine. À juger d'après son physique, c'était un paysan ordinaire : il portait une pelisse courte en peau de mouton retournée nouée d'une ceinture, des bottes de feutre, une barbe grise hirsute, à la mode villageoise, et avait de grosses mains aux ongles cassés. Toutefois, il ne jouait pas les moujiks, n'imitait pas le parler paysan et s'exprimait comme un habitant de la capitale. À la différence des intellectuels, il n'avait pas de grandes illusions sur ce peuple russe que les philosophes avaient qualifié de déifère. Lorsque Fandorine lui demanda comment il comptait s'y prendre pour convaincre les schismatiques de ne pas s'opposer au recensement, l'adjoint du président envoya par terre un crachat brunâtre, teinté de gros gris.

– Les « convaincre » ! C'est peine perdue ! Je vais leur faire peur : si vous résistez, les Cosaques, ils sauront vous compter, eux ! Ils n'ont jamais vu de Cosaque vivant, d'ailleurs il n'y en a pas dans notre région. Leur frayeur n'en sera que plus grande ! Le moujik est bête. Ces ours mal léchés, il faut les traîner vers la lumière par la peau du cou et les faire avancer à coups de bâton par-dessus le marché !

Et de fouetter le jeune cheval à poils longs qui tirait sans peine leur traîneau et ses trois passagers. Il alluma une nouvelle cigarette, cracha de nouveau.

Cependant, Léon Sokratovitch préférait garder le silence, n'essayait pas de se rendre agréable. Il n'avait regardé Fandorine et Massa qu'une fois, tout au début, très attentivement, et depuis il n'avait plus tourné la tête dans leur direction. Aloïs Stépanovitch avait donc un peu exagéré en le qualifiant de « merveilleux ».

La journée était maussade, humide, particulièrement douce. Le traîneau avançait sur la neige dure et épaisse mieux que sur une route. En se préparant pour partir dans le Nord, Eraste Pétrovitch s'attendait à devoir affronter les grands froids, or il tombait en plein dégel. Le thermomètre affichait quatre degrés au-dessus de

zéro, des gouttes
sous la neige, on v
vertes : la glace.

Le Japonais, qu
vêtements en laine
feutre avec des ca
un bonnet en fourr
gouttes. Enfin, n'y
offrant ses cheveux
au vent qui lui sou

Kryjov, qui appar
derrière lui, se retou
sur la tête de Massa

– Dites à votre K
sa tête stupide. Sur
c'est fait.

– Monsieur, je n'
le serviteur en japon
J'ai très chaud et je
emporté mon éventail

Pour se consoler, i
composa un poème tr

Mourir de
Parmi les
Un supplice

La rivière enneigée s
Les branches couvertes
verre et, lorsque le sole
nuages, des lumières iri
si on avait fait bouger le
immense lustre.

Le Japonais sensible à
en composant un quintil

J
F
Ç
L
U

Quant à L
orgie de tach

– Bon san
J'en ai mal

Le premie
sievo, était s
Sterjenets à
chemin à m

Sans den
Kryjov décl

– On fait

Et il dirig

Rapidem
sieurs bran
du thé au
revanche c
statisticien,
tissants ; s
– de la via
à Fandorin
riz et au p

Après le
très parfum
cigare, Ma

Pour la
commune

– Vous

relégué à Eraste Pétrovitch. Voulez-vous voir nos Mohicans par pure curiosité, ou pour le travail ?

– Par curiosité.

Cette réponse laconique et pas très polie sembla plaire à ce grossier personnage. Peut-être parce qu'elle était franche ?

La deuxième question fut étrange :

– Vous êtes de quelle confession ?

Fandorine haussa les épaules.

– Aucune. Ou plutôt, toutes.

– Seriez-vous un panthéiste ? demanda Kryjov avec un petit rire. D'ailleurs, cela m'est égal. Je ne crois pas au bon Dieu. Si je vous l'ai demandé, c'est qu'il y a une raison. Je voudrais vous donner un conseil. Puisque vous semblez prêt à épouser n'importe quelle religion, vous n'avez qu'à vous faire vieux-croyant le temps du voyage. Pas trop pieux, admettons, ça arrive chez les gens des villes, mais dites à tout le monde que vous venez d'une famille de vieux-croyants. Sinon votre voyage risque de tourner court. Personne n'acceptera d'adresser la parole à un « fumeur » et un « qui se signe avec trois doigts ». Cachez donc vos cigares et, en entrant dans le village, signez-vous avec deux doigts, comme les schismatiques. Vous savez y faire ? Non, pas comme ça ! Il faut rapprocher le majeur et l'index et réunir les trois autres doigts de façon que ça fasse une « trinité ». Voilà, montra-t-il.

Son conseil était sensé. Après avoir exhalé un dernier filet de fumée parfumée, Fandorine ordonna à Massa de ranger leurs ustensiles de fumeurs tout au fond de la valise.

– Et pourquoi vous adressent-ils la parole, à vous ? demanda Eraste Pétrovitch. Vous ne faites pas semblant d'être un vieux-croyant.

– Moi, c'est autre chose. J'ai été en relégation : ils

me considèrent donc comme une victime du tsar. C'est pour ça qu'ils me font confiance et tolèrent même mon gros gris.

– Moi, je les admire ! s'écria Aloïs Stépanovitch, qui, manifestement, ressentait le besoin de s'enthousiasmer en permanence. C'est le vrai christianisme russe originel. Ce qui compte, ce n'est pas le rituel, mais l'esprit. L'orthodoxie est devenue un ministère, elle sert bien davantage César que Dieu. Qu'est-ce donc que cette foi en Christ encouragée par les césars ? Tandis que les schismatiques, eux, se tiennent loin de l'État. La vraie foi doit être comme la leur : nue, persécutée, sans prêtres ! Elle ne loge pas dans les églises somptueuses ni dans les cathédrales, mais dans les âmes. Les habitants ici rejettent les popes, ils célèbrent les offices eux-mêmes, dans leurs chapelles domestiques. Leur piété repose sur un libre choix et sur le martyre qu'ils sont prêts à subir pour la défendre.

Son adjoint fit une grimace.

– Immobilisme, superstition et obstination obtuse ! Ces moujiks préféreront crever plutôt qu'apporter quelque chose de nouveau à leur vie indigente. Croyez-moi, le recensement nous vaudra des immolations.

– P-pardon ? demanda Eraste Pétrovitch.

– Oui, ils sont capables de s'immoler. Comme au XVIIe siècle, à l'époque de l'archiprêtre Avvakoum. Ici, dans ces forêts et ces monastères, plus d'un millier de personnes se sont fait brûler vives en récitant des prières et en chantant des cantiques. C'est arrivé au XVIIIe siècle, et aussi au XIXe, sous Nicolas la Trique, au moment des persécutions. Les vieux s'en souviennent. Je parcours les villages, il m'arrive d'entendre des conversations. Pour un schismatique, les listes de recensement, c'est le sceau de l'Antéchrist. Vous savez ce qu'ils disent ? Le Malin, avant la fin du monde, comptera les âmes chrétiennes afin qu'aucune ne puisse se sauver. Il y a des femmes hystériques qui marchent de village en village, qui troublent le peuple. Les unes appellent à s'immoler par le feu, les autres à s'enterrer vivants et les plus modérées à « jeûner », c'est-à-dire, à se laisser mourir de faim.

– Non, on n'en arrivera pas là ! dit Kokhanovski. Ils finiront par se calmer. La seule chose que je crains, c'est qu'ils me sabotent le recensement.

– Pour se calmer, ils se calmeront, reconnut Kryjov avec un regret manifeste. Même le bois sec ne s'enflamme pas sans étincelle. Dommage que les autorités ne nous aient pas fait ce cadeau plus tôt, à l'époque où nous cherchions à éclairer le peuple, idiots que nous étions. On aurait secoué les puces aux moujiks ! Au lieu de ça, des gens formidables ont péri pour rien. Serge Guennadievitch à lui seul valait bien tous nos sociaux-démocrates actuels.

– Qui est-ce ? s'enquit Aloïs Stépanovitch, étonné.

Fandorine regarda l'ancien relégué avec un intérêt nouveau.

La question resta sans réponse. Kryjov ne prenait pas de gants avec son supérieur.

Pour changer de sujet, Léon Sokratovitch demanda si par hasard M. Kouznetsov ne se trouvait pas à Moscou au moment où un grand nombre de personnes avaient été écrasées sur le champ de Khodynka. En apprenant que Fandorine y était en effet, il se mit à lui demander les détails.

Fandorine répondait à contrecœur : des souvenirs pénibles étaient liés pour lui à cet accident. Mais Léon Sokratovitch ne le lâchait pas. Il commentait sans cesse son récit en disant : « Bien ! Très bien ! »

– Qu'y a-t-il de bien ? s'indigna enfin Fandorine. Un millier et demi de morts, plusieurs milliers de mutilés !

– Ça fait une brèche de plus dans la nef des fous. Elle coulera plus vite, trancha Kryjov.

Cette parole de cannibale blessa profondément le principal statisticien de la province : ses yeux clairs et myopes se mirent à cligner et, soudain, il bredouilla quelque chose à propos du temps :

– Quel climat merveilleux ! Nous sommes à mille kilomètres de Moscou et il fait dix degrés de plus ! C'est incroyable ce qu'il fait doux ! Depuis une semaine déjà. Les anciens m'ont raconté qu'ils n'avaient pas vu un mois de janvier pareil depuis mille huit cent…

Kryjov l'interrompit.

– Allez, on y va, dit-il en se levant. Ce maudit dégel tombe très mal. Sur la rivière, là où il y a des courants chauds, la glace a presque fondu. Moi, je fais attention, mais imaginez un gars éméché ou quelqu'un qui ne connaît pas bien les lieux… Il risque de tomber sous la glace.

Bien sûr qu'il allait leur porter la poisse, le méchant homme.

Catastrophie

Au détour d'une falaise, la rivière rétrécit, puis s'élargit de nouveau. Le petit cheval velu prit le tournant à toute allure et bondit de côté en hennissant. Eraste Pétrovitch réussit à s'accrocher au bord du traîneau ; quant à Massa, il roula dans la neige.

Le spectacle qui s'offrit au regard des voyageurs était tout à la fois effrayant et incompréhensible, presque absurde.

Une trouée s'ouvrait dans la glace juste au-dessous de la falaise. Des eaux sombres bouillonnaient dedans. Une bride en toile sortait de l'eau. Un homme grand et maigre vêtu de noir tirait dessus de toutes ses forces. Un autre, accoutré de la même manière, mais petit et gros, se tenait derrière et le tirait par la ceinture. Cette scène rappela à Eraste Pétrovitch le conte du grand gros navet que divers personnages tirent, accrochés les uns aux autres : il ne manquait au tableau que la petite fille, le chat et la souris. Léon Sokratovitch, voyageur expérimenté, comprit immédiatement de quoi il retournait.

– Pouah ! Espèces d'ânes enfroqués ! Ils ont noyé le cheval et le traîneau !

Le gros se retourna, aperçut des gens et s'écria d'une voix plaintive en accentuant les *o* à la manière des habitants des plaines de la Volga :

– Braves gens ! Aidez-nous à tirer ! C'est une catastrophie ! Notre cheval s'est noyé ! Notre traîneau ! Tous nos biens ! Une pelisse de renard !

C'était un prêtre. À en juger d'après sa riche croix en or, sa physionomie replète, sa belle soutane de laine, il venait d'une paroisse aisée. Le deuxième se retourna aussi, bouche bée. Il était tout jeune, portait une barbiche claire couleur de blé et d'énormes bottes de feutre usées.

– Hé, toi, le diacre, tête de linotte, ne lâche pas la bride ! lui cria le gros en le frappant dans le dos avec son poing. Tire, vas-y, tire donc ! Aidez-nous, gens orthodoxes !

Fandorine voulut descendre du traîneau, mais Léon Sokratovitch l'arrêta d'un geste.

– Il y a longtemps que vous êtes tombés dans le trou ? demanda-t-il.

– Ça fait une demi-heure à peu près, répondit le diacre promptement en examinant les étrangers avec curiosité.

Kokhanovski descendit de son traîneau et commença à se lamenter.

– Père Vincent ! Comment est-ce possible ? Ah, ah ! Pourquoi vous ne bougez pas ? Il faut les aider ! C'est notre curé, le père Vincent ! Léon Sokratovitch, Eraste Pétrovitch, aidez-les à tirer !

– C'est inutile, trancha Kryjov. Le cheval s'est noyé et nous n'arriverons pas à sortir le traîneau. Tu peux lâcher ta bride, le diacre.

Le jeune ecclésiastique ne se fit pas prier et la bride disparut dans l'eau.

Le curé poussa un gémissement.

– J'avais mon coffre ! Avec mon habit, du linge en duvet de chèvre, des chemises fines ! Et la pelisse, la pelisse ! Je l'avais retirée parce que j'avais trop chaud ! C'est à cause de toi, Barnabé ! Tu allais trop vite, espèce de cosse vide ! À présent tu n'as qu'à aller chercher les affaires sous l'eau !

Et il leva la main pour frapper le diacre. Barnabé renifla et fit un pas en arrière. Il n'avait aucune envie de plonger dans l'eau glacée.

– Peine perdue, dit Léon Sokratovitch. Ici il y a un tourbillon, et un courant part du fond. C'est bien la raison pour laquelle la glace était fragile. Il faut la sentir, la glace, quand on voyage sur la rivière ! Bon, messieurs, le temps presse. Nous devons arriver à Denissievo avant la nuit.

Il tira sur la bride, éloignant le cheval de l'endroit dangereux.

– Attendez ! hurla le père Vincent. Et nous ?

Kryjov demeura impassible :

– Vous vous débrouillerez. Le village est à douze kilomètres d'ici, il ne gèle pas. Vous marcherez, ça vous réchauffera.

– C'est péché que de parler ainsi ! vociféra le curé. Vous n'avez aucun respect des serviteurs du culte ! Je ne vous admettrai pas à la communion !

– Hue ! cria Léon Sokratovitch au cheval qui piétinait sur place. Votre communion, vous pouvez vous la garder ! Je suis athée. M. Kokhanovski n'est pas très pieux non plus, Kouznetsov est un schismatique. Et celui-là, l'Asiate, il doit prier un mouton ou un chameau.

Le gentil Aloïs Stépanovitch vint en aide au prêtre.

– La religion n'y est pour rien. On n'abandonne pas quelqu'un dans le malheur ! Nous pouvons nous serrer.

– À la commission des statistiques, c'est vous le chef, répondit Kryjov, implacable. Mais ici, sur la rivière, c'est moi qui prends les décisions. Nos chevaux ne supporteront pas ce poids, c'est trop. Et nous avons un long voyage devant nous, jusqu'à la source.

Kokhanovski ne céda pas non plus. Une vive discussion s'engagea, accompagnée d'exclamations tantôt plaintives, tantôt indignées du prêtre. Le diacre, lui, se taisait. Il reniflait, tournait la tête d'un air curieux, observait les adversaires. À la différence du père Vincent, la perspective de marcher douze kilomètres ne semblait pas lui faire peur.

– Bon ! Je propose de résoudre ce problème par voie démocratique, proposa Aloïs Stépanovitch. J'espère que vous accepterez, en homme progressiste. Procédons au vote : allons-nous les prendre avec nous, oui ou non ?

– Moi, je suis pour ! hurla le curé.

– L'Église s'est prononcée contre le suffrage universel, rétorqua Kryjov. Les prêtres ne prendront donc pas part au vote. Moi, je suis contre.

Massa le soutint résolument.

– Moi aussi. Un cheval, c'est un êtle vivant, il faut avoil pitié. Cet homme est tlop glos, dit-il en montrant le père Vincent.

– Pas gros, juste fort, répliqua le prêtre, et de se lamenter : Messieurs les démocrates, vous avez donné le droit de vote à un infidèle aux yeux bridés, et nous autres vrais Russes, vous nous boudez ! Que va-t-il se passer si on vous confie notre mère la Russie !

Il tendit les bras vers Fandorine.

– Vous êtes mon seul espoir ! Peu importe que vous soyez vieux-croyant, nous servons tous le Christ !

– Al-lons, messieurs, il faut partir. Nous avons perdu beaucoup de temps, dit Eraste Pétrovitch, conciliant. Pour ne pas surcharger les chevaux, nous profiterons des traîneaux à tour de rôle. Montez dans le nôtre, mon père, et vous, père diacre, dans le deuxième.

Mettez-vous sous la pelisse d'ours, réchauffez-vous. Je marcherai à côté pendant un kilomètre ou deux et ensuite nous échangerons.

– La miséricorde parle par votre bouche, dit le prêtre qui avait presque les larmes aux yeux en se glissant sous la pelisse.

Et de changer immédiatement de ton :

– Alors, qu'est-ce qu'on attend ! Partons !

Dix minutes n'étaient pas passées que Fandorine regrettait déjà son humanisme. Il avait supporté vaillamment que le père Vincent se plaigne d'avoir à accomplir sa mission dans un district dépourvu de fidèles et peuplé de schismatiques : au moins, il pouvait glaner des informations utiles. Mais, une fois réchauffé, le représentant de l'Église officielle avait eu la brillante idée de sauver l'âme de son interlocuteur, profitant du fait que l'hérétique ne pouvait se dérober à sa compagnie.

Kryjov, l'homme au cœur sec, ne méritait pas qu'il use sa salive pour lui. Aussi s'attaqua-t-il à Eraste Pétrovitch, qu'il considérait sans doute comme le maillon le plus faible dans la chaîne des infidèles et des athées.

– Comment vous appelez-vous ? Et à quelle communauté appartenez-vous ? demanda le père Vincent d'une voix doucereuse. Vous n'êtes pas d'ici, à ce que je vois.

– Eraste Pétrovitch. Je viens de M-Moscou, répondit Fandorine et, se rappelant que les schismatiques avaient leur quartier dans la capitale, ajouta : Du faubourg de Rogoja.

– Ah, un Moscovite ! Je l'avais perçu à votre parler rude, vous prononcez les *o* comme des *a*, on dirait des aboiements de chien. Les vieux-croyants de Rogoja ne sont pas comme les nôtres, vous avez un clergé, et même votre propre évêque. Le respect des autorités, c'est bien : la moitié du chemin vers la vraie foi est déjà franchie. D'après votre visage et vos manières, aimable Eraste Pétrovitch, on voit que vous êtes un homme lettré et cultivé. Comment pouvez-vous refuser alors de vous signer avec trois doigts ? N'est-il pas écrit noir sur blanc : « Avant toute chose il convient de réunir les trois premiers doigts de la dextre, image de la sainte Trinité ? » Et laissez-moi vous interroger sur le patriarche Nikon, qui est pire que le diable pour vos coreligionnaires ? Cet homme n'a-t-il pas accompli une tâche grandiose à l'échelle de l'État en réunissant toutes les églises issues de Byzance sous la tutelle de Moscou ? Ne devons-nous pas, nous autres Slaves, lui être reconnaissants ?

Massa, repoussé dans un coin du traîneau par le bonhomme rondouillard, finit par dire en japonais :

– Prenez ma place, maître. Je vais me dégourdir les jambes.

Il descendit promptement et marcha à côté du deuxième traîneau.

Le prêtre fit le commentaire suivant :

– L'impie n'a pas supporté mes pieuses paroles. Voilà qui devrait vous mettre la puce à l'oreille. Si cet infidèle vomit mes paroles, ça veut dire que le diable, lui aussi, les abhorre. Ce qui, selon les lois de la logique, signifie qu'elles sont agréables à Dieu… Réfléchissez, donc, vous qui êtes un homme intelligent : si Dieu agrée mes propos, c'est qu'ils expriment la vérité… Je lis le doute dans votre regard ?

– N-non. Je dois juste dire quelque chose à M. Kokhanovski, marmonna Eraste Pétrovitch.

Il ralentit le pas pour marcher près du deuxième traîneau. Là aussi, on parlait de choses divines.

– Quelle beauté, regardez ! disait le diacre. Comment se fait-il qu'il existe des gens qui ne croient pas en Dieu ? J'ai déjà vu des images peintes par des artistes célèbres. Elles sont belles, il n'y a rien à dire. Mais que sont les plus belles toiles à côté de ça ? fit-il en montrant les rives, l'eau, le ciel. C'est comme une petite flaque à côté de l'océan.

– C'est juste, c'est très juste, ce que vous venez de dire ! reconnut Kokhanovski.

– Évidemment !

Et Barnabé entonna le psaume 24 de sa voix fluette :

– « À l'Éternel la terre et ce qu'elle renferme, le monde et ceux qui l'habitent ! Car Il l'a fondée sur les mers, et affermie sur les fleuves ! »

En l'entendant, Massa s'enfuit de nouveau pour rattraper le premier traîneau. N'ayant pas l'habitude de porter des bottes de feutre, il trébucha et faillit tomber. Le diacre cessa de chanter et éclata de rire : la maladresse de l'étranger l'avait mis de bonne humeur.

Enfin, le village de Denissievo apparut au loin sur le haut du rivage. Les maisons étaient grandes avec de minuscules fenêtres dans un encadrement ciselé. Les cheminées crachaient des colonnes de fumée blanche dans le ciel.

Le traîneau de devant s'arrêta soudain : Léon Sokratovitch avait tiré sur les rênes de toutes ses forces.

– Kokhanovski, vous entendez ? cria-t-il en se soulevant sur son siège. Des chiens qui hurlent. Étrange.

C'est la honte devant l'Europe

En effet, on aurait dit que tous les chiens du village s'étaient donné le mot. On n'entendait ni voix humaines, ni bruits de labeur, mais uniquement le chœur sinistre, inconsolable de la mélancolie canine.

– Qu'est-ce qu'il leur arrive ? demanda Kryjov, perplexe, en redémarrant. Sont-ils tous morts ?

Non, ils n'étaient pas tous morts.

Comme le traîneau s'approchait de l'entrée du village, une vieille femme sortit de la première maison en trottant à tout petits pas, mais à une allure folle. Elle remontait la rue sans même se retourner sur les étrangers, chose étonnante pour une habitante de ce bourg perdu.

Léon Sokratovitch l'appela :

– Hé, la vieille !

Mais la paysanne ne s'arrêta pas.

Kokhanovski sauta à terre et courut derrière elle.

– Hé, ma brave ! Nous venons du chef-lieu du district pour le recensement ! Où pouvons-nous trouver le responsable ?

En entendant le mot « recensement », la vieille femme tourna vers lui un visage convulsé de peur ou d'affliction extrême. Elle se signa avec deux doigts et marmonna « Je crache sur toi ! », puis s'engouffra dans un passage entre deux maisons.

– Qu'est-ce que c'est que cette diablerie ? bredouilla Aloïs Stépanovitch, complètement désemparé.

Fandorine regardait autour de lui avec curiosité.

Ce bourg de vieux-croyants ne ressemblait pas du tout aux villages de la Russie centrale. Les bâtisses étaient d'une taille impressionnante. Dans la région de Riazan ou d'Orel, même les ménages paysans aisés n'avaient pas d'aussi grandes maisons. Hautes, avec un premier étage parfois surélevé, elles comptaient une dizaine de fenêtres le long de la façade ; certaines arboraient toutes sortes de balcons. On ne voyait pas de clôtures : ici, les gens ne se protégeaient pas de leur voisin. On était frappé par l'aspect propret et soigné des habitations. Il n'y avait ni toits enfoncés, ni tas de détritus, ni remises vétustes de guingois. Toutes les constructions étaient de bonne qualité, solides, impeccables. À cause du long dégel, la neige avait fondu presque partout dans la rue, mais on avait jeté du sable jaune sur la gadoue, et les patins du traîneau ne s'enfonçaient pas, même s'ils grinçaient. Au centre du village, les maisons étaient encore plus luxueuses, avec un soubassement de pierre et des rideaux de dentelle aux fenêtres.

– Pourquoi ce village est si liche, maîtle ? demanda Massa.

– Parce qu'ici, il n'y a jamais eu de propriétaires terriens. En plus, les vieux-croyants ne boivent pas de vodka et ils travaillent beaucoup.

Le Japonais approuva :

– C'est une bonne leligion. Ça lessemble à la secte des Nichilen. Ses adeptes sont tlès disciplinés aussi. Legaldez : tout le monde est léuni su' la place. Ce doit êtle une fête leligieuse.

Eraste Pétrovitch tourna la tête et vit en effet une sorte de petite place noire de monde. Les gens s'attroupaient devant une maison au toit rouge, aux murs abondamment badigeonnés d'huile de lin. Un sourd brouhaha flottait, déchiré de temps en temps par un éclat de voix, lamentation ou pleur de femme.

– Les casquettes à cocarde sont là ! expliqua Kryjov en se soulevant sur son siège et en regardant par-dessus les têtes. Il s'est passé quelque chose. Hé, vous, gardiens de la vraie foi ! cria-t-il aux gens qui formaient le dernier rang. Poussez-vous ! Laissez passer les autorités !

Plusieurs personnes dans la foule se retournèrent. En voyant des citadins et un pope en soutane, elles s'écartèrent immédiatement, comme si elles craignaient de se salir. Les « autorités » descendirent du traîneau et s'engouffrèrent dans le passage.

Les visages des villageois exprimaient un mélange de méfiance et de dégoût. Lorsque l'imposant père Vincent, qui avançait en se dandinant, effleura un garçonnet blond de la manche de sa soutane, la mère saisit le gamin et le serra contre elle.

Enfin, ils se frayèrent un chemin jusqu'à la maison. Un petit groupe se tenait là, séparé de tous, comme derrière une barrière invisible : deux hommes en uniforme, deux autres vêtus à la mode citadine.

– C'est notre commissaire de police, expliqua le statisticien en montrant à Eraste Pétrovitch un homme qui essuyait sa calvitie avec un mouchoir. Et celui en uniforme noir, c'est Lebedev, le juge d'instruction… S'il est venu à Denissievo, c'est qu'il y a eu un crime, et un grave… Bonjour, Christophe Ivanovitch ! Que se passe-t-il ?

Le juge d'instruction se retourna.

– Aloïs Stépanovitch ? Vous venez pour le recensement ? Oh, vous tombez mal !

– Que s'est-il passé ?

Les officiels serrèrent la main du président, demandèrent la bénédiction au prêtre et se contentèrent d'un léger signe de tête à Eraste Pétrovitch : manifestement, l'heure n'était pas aux mondanités. Les deux hommes en civil parlaient entre eux, l'air grave. C'est à peine s'ils jetèrent un coup d'œil aux nouveaux arrivants.

Léon Sokratovitch avait disparu. Un instant plus tôt, il se trouvait là, et voilà qu'il s'était volatilisé. Fandorine le chercha des yeux dans la foule : en vain.

– Nos schismatiques ont encore frappé, raconta Lebedev d'un ton véhément. Une famille entière s'est enterrée vivante. Un couple et un bébé de huit mois… Le scandale que ça va faire ! Nous qui prétendons être un pays civilisé ! C'est la honte devant l'Europe !

Kokhanovski poussa un cri :

– Comment, enterrée vivante ? À cause du recensement ? Est-ce possible ?

– Évidemment. Ils ont peur, ces crétins. À présent, on les déterre. Nous avons déjà sorti un cadavre…

Barnabé le diacre poussa un sanglot et se signa. Quant au curé, cette nouvelle lui inspira une réaction étrange : il fit un drôle de bruit avec ses grosses lèvres rouges, gonfla ses narines d'un air guerrier, recula de quelques pas et se perdit dans la foule : on voyait seulement sa toque violette remuer au-dessus des têtes.

Mais Fandorine se souciait peu du comportement du prêtre en cet instant. À trois ans seulement du XXe siècle, dans ce village du nord-est de l'Europe, des gens s'étaient donné la mort par peur d'un recensement ! Certes, il avait entendu parler de ce genre de cas, et Kryjov l'avait averti. Pourtant, c'était incroyable.

– Il y a p-peut-être une autre raison ? demanda-t-il au juge d'instruction.

Celui-ci prit un air résigné.

– Quelle « autre raison » ? Nous avons trouvé un mot au-dessus de la mine. Vous pouvez le lire si vous voulez.

Il sortit de sa serviette une feuille soigneusement pliée.

Fandorine ne comprit pas ce que venait faire là une « mine », et il n'eut pas le temps de poser la question : le juge d'instruction avait été appelé par le commissaire.

En revanche, Léon Sokratovitch réapparut comme par magie. Il avait le visage tendu, maussade, les gestes brusques.

– J'ai fait ma petite enquête, dit-il en se frottant nerveusement les mains. J'ai parlé avec des vieux. C'est l'horreur, le Moyen Âge. À Denissievo, la nouvelle du recensement a d'abord été accueillie plutôt calmement. Le village est riche, tout le monde sait lire et écrire. Mais depuis quelques jours, sans raison, c'est une véritable calamité : on ne parle plus que de la fin du monde ! C'est sûr, qu'ils disent, et aucun doute n'est permis : il ne reste plus que quinze jours avant l'avènement de l'Antéchrist. Celui qui ne se sauvera pas par lui-même brûlera dans la géhenne ! Et c'est parti. Les uns pleurent, les autres prient, d'autres encore font leurs adieux. L'ancien du village est un gars intelligent. Il a fait le tour des maisons en disant : « Ne vous inquiétez pas, nous trouverons bien un recours contre l'Antéchrist. Le Seigneur nous enverra un signe. » Il a réussi à convaincre plusieurs personnes. Mais pas toutes. Sabbatios Khvalynov, le premier menuisier du village, a décidé d'agir. Il y a six jours, il s'est enterré dans une mine avec sa femme et son enfant. C'est une sorte de caveau sous terre, en fait un tombeau. Il a suivi l'exemple des anciens qui s'enterraient vivants à l'époque des persécutions. Ils revêtaient un linceul, descendaient dans un trou, bloquaient la sortie et restaient dans le noir à la lumière d'une chandelle, à chanter des cantiques jusqu'à ce que l'air vienne à manquer. À l'automne, dès qu'ils avaient eu vent du recensement, tous les gens de la région s'étaient mis à creuser des mines secrètes. Nos fonctionnaires malins ont cru que les schismatiques voulaient juste faire peur aux autorités, pour qu'elles renoncent à leur idée « diabolique ». Les voilà bien, à présent !

– Le menuisier et sa famille sont descendus dans la mine il y a six jours, pourquoi ne les déterre-t-on que maintenant ?

– L'ancien du village a essayé d'agir, mais les villageois l'en ont empêché. C'est un grave péché que de s'opposer au « salut ». Mais il n'avait pas envie non plus de répondre devant un tribunal. Hier il a réussi à envoyer son fils à la ville, avec ce mot d'adieu que le menuisier avait laissé. Les autorités ont accouru, mais trop tard…

Eraste Pétrovitch déplia le papier jauni couvert d'écritures à l'ancienne, semblables à celles des vieux livres.

Votre nouveau règlement et vos registres cherchent à nous faire abandonner la véritable foi chrétienne et à nous exiler loin de notre patrie, or notre patrie, c'est le Christ. Le Seigneur nous dit dans son saint Évangile : « Quiconque me confessera devant les hommes, je le confesserai aussi devant mon Père qui est dans les cieux ; mais quiconque me reniera devant les hommes, je le renierai aussi devant mon Père qui est dans les cieux. » C'est pourquoi nous vous adressons une réponse brève et définitive : nous refusons de renier Notre-Seigneur Jésus-Christ et la foi chrétienne, et nous confessons la foi que nos saints Pères ont confessée lors des saints conciles, et ce que les saints Pères et les Apôtres ont maudit et renié, nous le maudissons et le renions. Jamais nous ne pourrons obéir à vos nouvelles lois et nous désirons mourir pour le Christ.

Kokhanovski, qui lisait par-dessus l'épaule de Fandorine, poussa un cri de désespoir :

– Pourquoi renier le Christ ? Et de quel « règlement » parle-t-il ? C'est un malentendu monstrueux ! Je suis venu moi-même en décembre, je leur ai tout expliqué…

– Ce menuisier était-il un homme lettré ? demanda Eraste Pétrovitch, coupant court aux épanchements du statisticien émotif. Il cite l'Évangile en slavon d'Église et il a une écriture presque calligraphique.

– Ici, presque dans chaque maison il y a de vieux livres recopiés à la main, répondit Kryjov.

Il examinait le mot avec intérêt.

– « Jamais nous ne pourrons obéir à vos nouvelles lois. » Tiens donc ! C'est quelque chose, ça.

Un jeune policier à la dégaine virile arriva du fond de la cour. Son manteau était tout maculé de terre.

– Votre Grâce ! s'adressa-t-il au commissaire. Ça y est, nous avons sorti tout le monde. Heureusement qu'il fait doux, la terre a un peu dégelé, sinon nous en avions encore pour la nuit. Venez, je vous prie.

Les fonctionnaires avancèrent les premiers, suivis par les autres. Eraste Pétrovitch entendit derrière lui un étrange chuintement. Il se retourna et tressaillit. Toute la foule rampait à genoux. Seul Massa, complètement hébété, se tenait debout au milieu des fichus de femmes et des têtes nues des hommes. Le Japonais se retourna avec inquiétude et finit par tomber à genoux, lui aussi. Le code de politesse nippon prescrivait de ne pas se distinguer des autres, car « le clou qui dépasse, on l'enfonce d'un coup de marteau ».

Un petit moujik chauve et barbu, complètement déguenillé à la différence des autres, bougeait plus promptement que tout le monde. Ses pieds nus étaient enveloppés de deux morceaux de peau de mouton entourés de ficelles.

– Bèèè ! Bèèè ! bêla ce fou en Christ en rampant devant tout le monde. Poussez-vous, fumeurs de tabac ! Les brebis du bon Dieu vont se faire immoler ! Bèèè !

Enterrez-vous tous, frères ! Il se fera avoir, le Satan ! Il s'en reviendra bredouille, le chien !

Il brandit la lourde croix de fer qui pendait à son cou crasseux et se mit à aboyer. Fandorine fit une grimace et pressa le pas.

Des mottes de terre noires jonchaient la cour. Un groupe de moujiks renfrognés se tenait un peu plus loin tandis que les représentants de la loi et deux inconnus en civil examinaient une grande natte étalée par terre avec quelque chose dessus.

Une voix de femme aiguë s'éleva derrière eux :

– Ils sont morts dans la béatitude, ils ont sauvé leur âme ! Et nous autres pécheurs, nous allons périr !

L'un des civils, un barbu en bonnet de castor, se retourna vers elle et dit bien fort en accentuant les *o* :

– Morts dans la béatitude ? Idiote ! Viens voir un peu, avance ton nez ! Vise un peu le spectacle !

En effet, il était difficile de la croire en voyant les cadavres. L'homme avait le visage violacé, la femme mordait sa main toute rongée. Les vers avaient eu le temps d'abîmer les cadavres : merci le dégel !

Fandorine se détourna, bouleversé. Ses compagnons étaient impressionnés aussi par cette vision de cauchemar. Le diacre Barnabé pleurait à chaudes larmes. Aloïs Stépanovitch devint blanc comme neige, chancela et se serait sans doute évanoui si on ne l'avait pas soutenu.

– Regardez ! Regardez ! cria l'homme en bonnet de castor aux villageois. Vous auriez pu être à leur place ! Voilà à quoi conduisent la bêtise et l'ignorance !

Il s'étrangla de colère, se mit à tousser. Personne ne l'écoutait, d'ailleurs. Les paysans se redressèrent, s'attroupèrent en silence autour des corps.

Seul le fol en Christ tournait comme une toupie, secoué de convulsions. Il prit une motte de terre entre ses dents : saletés et écume coulaient sur ses lèvres violacées.

– Enlevez cet infirme d'ici ! fit le commissaire, agacé. Il nous empêche de travailler !

Le jeune policier voulut éloigner le malade, mais un grand vieillard chenu avec une médaille sur la poitrine (probablement l'ancien du village) retint le fonctionnaire en effleurant son épaule.

– Ne le touche pas. C'est Lavroucha, un saint homme. Il va de village en village, il prie pour les gens. Il va se calmer, ce n'est rien.

Fandorine se maîtrisa, s'approcha des défunts. Il s'accroupit, souleva la main de l'homme, comme taillée dans de la glace. Une main de menuisier aux doigts grossiers et calleux. Cette main n'aurait pas pu tracer des écritures calligraphiques.

– Qu'est-ce donc ? demanda Eraste Pétrovitch en montrant un pieu en bois assez gros et taillé au bout qui sortait de terre.

– Je ne sais pas, répondit Kryjov d'un air sombre. J'ignore comment est faite la mine à l'intérieur. Je sais seulement que la mort peut être « dure » ou « douce ». « Dure », c'est quand on s'étouffe lentement. Cette mort-là est plus vénérable. « Douce », c'est quand on est recouvert de terre tout de suite. On dirait que ceux-là ont eu une mort « douce ».

Il tressaillit en regardant les visages horribles des cadavres.

– Dans ce cas, je me demande quelle est la mort « dure » ?

Le policier était en train de fouiller la mine. On voyait que c'était un homme prompt et habile qui n'aimait pas perdre son temps. Il ramassa un bout de chandelle, une icône déchirée.

– Regardez, Votre Grâce !

Il tira de sous un tas de terre humide une feuille recouverte d'écritures, les mêmes que dans le mot d'adieu.

Le commissaire prit le papier crasseux avec une grimace. Il lut avec peine :

– « Aux temps jadis je m'étais retiré pour mon salut dans un couvent connu pour sa vieille piété... » Du délire de schismatique ! Bon, Odintsov, arrêtez de retourner les détritus ! Tout est clair comme ça, dit-il en froissant la feuille avant de la jeter par terre. Mettez les cadavres sur le traîneau, nous les transporterons en ville.

Une sourde rumeur parcourut la foule.

– Où ça en ville ? Vous allez profaner des corps chrétiens en les enterrant dans un cimetière impur ?

Soudain, le prêtre surgit on ne sait d'où.

– Vous rêvez ! cria-t-il aux schismatiques en agitant ses mains. Dans un cimetière ! Qui va vous permettre d'enterrer des suicidés en terre sanctifiée ? On les enterrera derrière l'asile.

La rumeur fit place à un silence pesant, menaçant. Les moujiks, grands et barbus, vêtus de longues chemises et de redingotes à la mode d'autrefois, avancèrent vers les fonctionnaires, épaule contre épaule.

– Nous ne vous laisserons pas emporter les corps, dit fermement l'ancien en faisant un pas en avant. Nous les enterrerons selon notre tradition, avec les honneurs.

Il s'approcha des gradés et leur dit dans un souffle :

– Vous feriez mieux de vous en aller, messieurs. Je crains le pire.

Le commissaire de police, cramoisi, brandit son poing en menaçant les vieux-croyants.

– Gare à vous ! Vous voulez que je vous envoie l'armée ? Pour mener l'enquête et faire le recensement ? Vous pouvez compter sur moi !

– Non, ce n'est pas la peine, répondit l'ancien avec

la même voix douce. Si vous avez besoin d'interroger quelqu'un, je vous l'enverrai. Et je vous trouverai des recenseurs aussi. Laissez seulement nos gens reprendre leurs esprits.

– Partons, effectivement, Piotr Loukitch, dit le juge d'instruction entre ses dents en regardant les moujiks d'un air nerveux. Vous avez vu leurs gueules ! Faites comme vous voulez, mais moi je ne passerai pas la nuit ici. Je préfère encore voyager dans le noir.

Le commissaire était lui-même pressé de quitter ce village inhospitalier, mais il ne voulait pas perdre la face.

– M. Lebedev et moi, nous partons pour Sterjenets ! Nous allons examiner votre affaire ! cria-t-il d'une voix puissante. L'agent Odintsov restera ici ! Vous devez lui obéir en tout ! En cas d'incident, tout le monde paiera !

Le juge d'instruction le poussait déjà avec son coude. Les représentants de la loi contournèrent la sinistre foule et s'en allèrent en direction de la place. Ils étaient si pressés qu'ils avaient oublié de reprendre à Fandorine le mot laissé par les suicidés, document indispensable pour l'instruction.

Soudain, le prêtre s'affola.

– Messieurs ! Prenez-moi avec vous ! J'ai été victime d'une véritable catastro… Messieurs !

Il souleva les pans de sa soutane et se précipita à la poursuite des fonctionnaires, mais la foule se referma autour de lui, se pressant devant les morts, inondant la cour…

Le père Vincent courut dans l'autre sens, espérant contourner la maison et lançant des appels désespérés pour qu'on l'attende, mais c'était trop tard : on entendit, venant de la place, un tintement de clochettes qui s'éloignait.

Un détachement sanitaire

Le père Vincent n'avait rien à craindre. Il n'y eut aucun débordement. Bien au contraire, une fois les officiels partis, la tension retomba. Les poings menaçants se desserrèrent. Des femmes se glissèrent vers les premiers rangs et le silence agressif fit place à des soupirs, des lamentations, des pleurs. Le fol en Christ ne se tordait plus, ne grignotait plus la terre : il s'était approché du bébé mort à quatre pattes et sanglotait tout doucement.

Massa faisait respirer les sels à Aloïs Stépanovitch. Ce dernier était toujours livide. Barnabé marmonnait une prière en pleurant. Kryjov aidait le policier à recouvrir les corps d'une toile écrue.

Fandorine, quant à lui, prêta l'oreille aux conversations du bonnet de castor avec l'autre inconnu qui semblait venu tout droit de la capitale, de la perspective Nevski : élégant, rasé de près, il portait des lunettes à la monture d'or et un bonnet d'astrakan en forme de chausson aux choux.

– Ah, ces grosses têtes de la capitale ! Je les avais bien prévenues pourtant ! J'avais sonné le tocsin ! On ne m'a pas écouté ! se plaignait amèrement le binoclard.

C'étaient justement ces paroles qui avaient attiré l'attention d'Eraste Pétrovitch.

– J'ai lu votre article, en effet. Je l'ai même reproduit dans mon journal, répondit le bonnet de castor, un homme d'environ trente-cinq ans, grand et de belle prestance, avec une petite barbiche blonde bien soignée. Mais vous savez très bien que chez nous, en Russie, tant que le ciel ne lui est pas tombé sur la tête, le moujik ne s'inquiète pas.

– Ce n'était pas pour les moujiks que je l'avais écrit, répondit le glabre d'un ton fielleux. Mais pour ceux qui tiennent les rênes du pouvoir. Mon nom est tout de même suffisamment connu dans les milieux scientifiques, on aurait pu prêter l'oreille aux opinions de Chechouline. Dès que les troubles ont commencé, j'ai prédit qu'à moins de prendre des mesures, on risquait une épidémie psychogène et des victimes humaines ! J'en parlais déjà au mois de septembre !

Cette conversation parut si intéressante à Fandorine qu'il crut nécessaire de s'approcher et de se présenter. La personne avec un chausson aux choux sur la tête était Chechouline, un psychiatre pétersbourgeois de renom. Le bel homme à la barbe dorée était Evpatiev, un industriel de Vologda. Eraste Pétrovitch avait entendu parler de lui à Moscou : bien que venant d'une vieille famille schismatique, il était d'opinions progressistes. Il avait obtenu une maîtrise d'économie en Angleterre, pratiquait des méthodes modernes en affaires, ne croyait pas aux superstitions et éditait même un journal très populaire dans le nord de la Russie.

– Dès que j'ai appris l'existence de ce petit mot, j'ai suivi les fonctionnaires, expliqua-t-il. Quel malheur ! Quel choc pour tous les vieux-croyants ! À présent, à cause de quelques fous, les journaux vont nous traîner dans la boue. Des sauvages, des monstres… En plus, Anatole Ivanovitch, dit-il en montrant le psychiatre, nous assure que ce n'est qu'un début. Il n'a pas hésité à se rendre sur les lieux alors qu'il était à Pétersbourg.

– Vous c-croyez qu'il y aura d'autres suicides ? demanda Eraste Pétrovitch, bouleversé.

Chechouline retira ses lunettes, souffla une poussière qui s'était déposée sur le verre.

– Sans aucun doute. Je suis spécialisé dans les effets de la suggestion sur le psychisme humain. Le cerveau n'est pas un mécanisme aussi complexe que le croient les dilettantes. Tout comme les autres organes du corps, il subit l'influence du milieu ambiant. Ce n'est ni la peste ni le choléra qui donnent les épidémies les plus dangereuses, mais la psychose qui s'empare de toute une couche de la population. Vous rappelez-vous la Croisade des enfants ? Ou la chasse aux sorcières au Moyen Age ? Qu'est-ce que la guerre sinon une maladie psychique qui frappe des pays entiers, des continents ? Rappelez-vous les campagnes napoléoniennes. Des centaines de milliers de personnes, des millions même se mettent soudain à s'égorger entre elles sans aucune raison valable, à brûler les villes, en recouvrant l'Europe d'un monceau de cadavres.

– Je m'intéresse plutôt aux vieux-croyants et au recensement, dit Fandorine, interrompant ce cours d'histoire.

– Eh bien, voilà. Depuis plus de deux siècles, l'idée de la venue prochaine de l'Antéchrist travaille les vieux ritualistes. Ce groupe social vit dans l'attente constante de la fin du monde. Ça, c'est la toile de fond de la maladie. Or, depuis le XVIIe siècle, depuis le patriarche Nikon, les vieux-croyants assimilent l'Antéchrist au pouvoir de l'État. Celui-ci leur inspire une peur pathologique. On sait que sont particulièrement sensibles à la suggestion les personnes ayant un faible niveau d'instruction et une personnalité peu développée. C'est le cas de la plupart de nos habitants des forêts : leurs connaissances sur le monde extérieur sont quasi nulles, leur dépendance à l'égard de la communauté extrême. Telle est, pour ainsi dire, la composition du mélange explosif. Pour mettre le feu aux poudres, il suffit d'une étincelle. Les prophètes et les prédicateurs, qui possèdent un grand pouvoir de suggestion, s'en chargeront. J'ai étudié justement l'histoire du schisme. De temps en temps apparaissent parmi ces gens des individus prophétisant la venue prochaine de l'Antéchrist. Aussitôt, le mécanisme s'enclenche : l'attente de l'apocalypse, la peur, la suggestion, et les gens commettent des actes monstrueux. Ils se jettent au feu par familles entières, se noient ou bien s'enterrent vivants, comme ici. En 1679, dans la région de Tobolsk, le pope Dometian, un fou complet, a persuadé mille sept cents fidèles de s'immoler par le feu. Quelques années plus tard, Siméon le prophète a fait mieux : il a poussé au suicide par le feu la population d'une ville entière dans la région de Iaroslavl, quatre mille personnes. Le dernier cas d'épidémie meurtrière a eu lieu il y a trente-six ans dans la province d'Olonets. Quinze personnes, dont des mères avec de petits enfants, s'y sont jetées dans les flammes. Cette psychose avait toujours la même origine : l'attente eschatologique.

– Pardon. L'attente de quoi ?

Passionné par cette leçon, Fandorine n'avait pas vu que d'autres personnes les avaient rejoints : Kokhanovski, qui avait retrouvé ses esprits, Kryjov, Massa, le prêtre, le diacre et même le policier Odintsov. C'était lui qui demandait qu'on lui expliquât le mot inconnu.

– De la fin du monde, répondit le docteur.

Tous se mirent à parler en même temps.

– Seigneur Jésus, sauve et protège tes gens, pria Barnabé d'une petite voix chevrotante, levant les yeux au ciel.

Aloïs Stépanovitch s'écria :

– Cher monsieur, vos prédictions sont atroces !

Massa dit en japonais en suçant un caramel :

– Il s'est passé la même chose à l'époque d'Edo, lorsque Tokugawa Iemitsu a ordonné aux chrétiens de l'île Kyushu de renoncer à leur religion.

Evpatiev, l'industriel, demanda :

– Puisque vous avez une interprétation scientifique de tout ça, vous devez connaître aussi le remède ? Comment stopper cette épidémie ?

– C'est qu'il y a sûrement un monstre qui sème le trouble dans le peuple ? demanda le policier en fronçant ses sourcils blondasses.

Eraste Pétrovitch attendit que chacun eût dit son mot et il se tourna vers Kokhanovski :

– Aloïs Stépanovitch, nous n'avons plus rien à faire à Denissievo. Le staroste nous a promis des recenseurs. Allons dans le village suivant.

– Bravo, Kouznetsov ! cria Evpatiev en brandissant son poing. Le voilà, le remède ! Il faut passer dans tous les villages, parler avec les vieux. J'ai un Kodak dans mon traîneau. Tant qu'il fait encore jour, je vais photographier les cadavres dans toute leur splendeur. Je les leur montrerai. On ne pourra pas imprimer les clichés, mais ce n'est pas grave. Sur une plaque de verre, ce sera encore plus effrayant que sur une photographie ! Vous viendrez, Anatole Ivanovitch ?

Le docteur sourit :

– Bien sûr ! Un détachement sanitaire pour la prévention de l'épidémie ? Bonne idée.

Le policier arrangea sa toque : une touffe de cheveux tomba sur son front, lui donnant un air guerrier.

– Je viens aussi. Il faut arrêter ça. Trouver les semeurs de trouble et les mettre aux arrêts. Je ne les laisserai pas nous pourrir la vie dans mon secteur !

L'industriel, qui semblait connaître le policier, se tourna vers lui :

– Toi, Odintsov, personne ne voudra te parler. En plus, tu vas nous gêner. Tu sais bien que pour les gens d'ici un renégat est bien pire qu'un sans-moustache.

– Je n'ai pas besoin de vos conseils, Nikiphore Andronovitch, rétorqua Odintsov, le regard mauvais. C'est l'État qui me paie, pas vous. Pas besoin de votre permission non plus. Dieu merci, j'ai mon propre traîneau.

– Qu'il vienne, intervint le psychiatre. L'épidémie peut prendre des proportions inquiétantes. On aura alors besoin d'un policier armé.

– Laissez-moi vous accompagner, pria le père Vincent. Il faudrait vraiment que vous soyez impitoyable pour laisser deux serviteurs du culte dans ce nid de schismatiques. Je crains que ces mauvais sujets ne nourrissent quelque dessein morbide !

Et il porta sa main à son bide bien rond.

Fandorine fut étonné. Quelques minutes plus tôt, avant de s'approcher d'Evpatiev et de Chechouline, il avait vu le prêtre parler tranquillement avec l'ancien et quelques autres vieillards. Ceux-ci hochaient la tête, acquiesçant à ses propos ou écoutant des paroles de condoléances. Fandorine s'était réjoui pour le prêtre : ce n'était pas du tout un homme sans cœur, mais un vrai serviteur de Dieu capable de compassion.

– Vous, mon père, vous serez vraiment de trop dans notre détachement, rétorqua Chechouline sur un ton qui se voulait respectueux. Votre présence risque d'enflammer les esprits, qui sont déjà bien dérangés.

Le père Vincent leva le doigt.

– Vous qui représentez la profession médicale, la plus humaniste de toutes, vous commettez un péché ! Il est dit : « Je ne repousserai pas celui qui vient à moi. »

son attention, et qu'il fallait sonder leur cœur . Non qu'il eût une hypothèse ou commencé e une version des faits – il n'y avait aucun our cela –, mais Fandorine avait l'habitude à ses intuitions irrationnelles. En se dépla-d, il gardait toute la liberté de manœuvre et trouver au niveau de chacun des traîneaux rôle.

ageurs s'adonnaient à deux éternels plaisirs chant et la conversation. Eraste Pétrovitch da si ce n'était pas là l'origine de toute la russe avec sa lenteur, ses investigations ds de l'âme et sa totale liberté de pensée. oment et où les habitants de ce pays qui nais connu la liberté pouvaient-ils enfin se es ? Lorsqu'ils se trouvaient sur la route ! avait ni le propriétaire, ni le supérieur, ni . Les distances étaient longues, la nature solitude infinie. Dans une charrette, dans re des postes ou, mieux encore, dans un a mélancolie vous empoignait le cœur mais s, elles, prenaient leurs aises. Comment ne r son cœur à un compagnon de voyage ? it lui confier l'histoire véridique de sa vie, lui raconter des bobards, car l'essentiel, pas l'authenticité du récit, mais son lent ent, les détails que l'on pouvait multiplier, it tout son temps. Et lorsque tous les thèmes sation étaient épuisés, on entonnait un chant, nt, qui portait sur quelque sujet simple : le oir, les douze brigands ou la chandelle en 'éteindre.

ssagers du premier traîneau ne chantaient ne prisaient pas ce genre d'amusements. ent de choses intelligentes. Ils jetèrent un

Si vous m'abandonnez à la mort, je courrai après vous en poussant des cris. Vous aurez honte !

– C'est vrai, on ne peut pas les laisser là ! dit Fandorine avec un soupir. Quant aux esprits enflammés, ça ne change rien. Là où il y a un p-policier, il doit bien y avoir un pope. Allons-y, messieurs. Le temps presse.

Conversations et chansons

Rouler sur la glace pendant la nuit n'était pas plus difficile qu'en plein jour. À peine le village de Denissievo s'était-il caché derrière un méandre de la rivière que la nuit commença à tomber, mais l'obscurité n'était pas totale. Le temps changeait. Les nuages avaient fondu, les étoiles brillaient dans le ciel et la Voie lactée était parfaitement visible, enserrée entre deux rives noires. Le dégel prenait fin, l'air se faisait plus frais d'instant en instant, la neige crissait sous les sabots des chevaux, sous les patins des traîneaux : un délice.

Nos voyageurs s'étaient organisés de la manière suivante.

Léon Sokratovitch, le plus expérimenté de tous, roulait devant. Le docteur Chechouline, lui, avait son propre moyen de transport : une troïka élégante que ce dandy pétersbourgeois avait louée avec cocher à Vologda. Mais le voiturier s'était enivré à mort à Sterjenets et, pour arriver au premier village des vieux-croyants, le psychiatre avait dû faire appel à un paysan de Denissievo croisé en chemin. Car tout seul, il n'arrivait pas à conduire trois chevaux. D'ailleurs, c'était là un luxe superflu. Les gens du cru se contentaient d'un seul cheval ou, tout au plus, de deux : il était plus simple de voyager ainsi sur les routes étroites. Les chevaux du

Nord ne payaient pas de r
des charges importantes, il
au froid. La troïka, en r
irrégulier en trébuchant ;
pas prévu pour de longs t
et grinçait comme un port
graisser. Le Japonais mon
Barnabé prit les rênes.

Quant au prêtre, on le
Stépanovitch, sur la « ren
le traîneau bien solide de

Le policier Odintsov s
patins larges comme des s
la forêt, roulait derrière.

Eraste Pétrovitch, quan
dégourdir les jambes en co
kilomètres. Il retira son bo
avec grand plaisir l'air pu
traîneau d'un pas régulie
enseigné au Japon plusieur

La neige qui recouvra
vibrait sous ses pas ainsi
Broadway au mois d'août.
un bond en avant, dépassa
semblait qu'il était absolu
en noir et blanc : il n'y a
étoilé au-dessus de sa tête
de Kant.

Au bout de quelque tem
laissait passer le traîneau.

Eraste Pétrovitch poursu
nastique, un autre but. En
il aurait été obligé de parle
tandis que son flair lui disa
« détachement sanitaire de

méritaien
sans tard
à constru
élément
de se fie
çant à pi
pouvait s
à tour de

Les vo
russes : l
se deman
littératur
des tréfo
À quel
n'avait ja
sentir lib
Là, il n'
la famill
rude, la
une voit
traîneau,
les pensé
pas ouvr
On pouv
ou enco
ce n'étai
déroulem
car on av
de conve
long et l
corbeau
train de

Les p
pas : ils
Ils parla

bref coup d'œil à Fandorine et poursuivirent leur conversation.

– Que l'homme est une machine sociale pas très compliquée, ça je l'ai compris il y a longtemps, disait Kryjov. Mais votre idée de machine biologique est pour moi nouvelle. C'est très, très curieux. N'êtes-vous pas en train de vous fourvoyer ?

– Que non, répondit le docteur Chechouline. À propos de la biomachine, ce n'est pas du tout une métaphore, c'est tout ce qu'il y a de plus concret. La nourriture, qui constitue l'apport de matières chimiques venant de l'extérieur, plus la production d'hormones par le corps lui-même, voilà ce qui détermine le caractère, les actes, les qualités personnelles. Un homme noble est un homme qui a un bon équilibre hormonal et dont la nourriture ne contient pas de toxines asociales susceptibles de provoquer l'agressivité. Moi, par exemple, je ne mange jamais de viande rouge : cela rend méchant. Avant de me coucher, je ne bois jamais de thé, en revanche je mange toujours deux carottes : cela permet au cerveau, qui se met en régime de sommeil, de se purifier de la dépression. Voulez-vous que je vous dise ce qui explique le caractère suicidaire des vieux ritualistes du Nord ?

– Par exemple ? demanda Léon Sokratovitch, sceptique.

– Ils consomment beaucoup de poisson cru. Le poisson cru gelé qu'ils mangent en quantités énormes stimule le travail du cœur, mais ralentit en même temps la production d'une hormone « vitapréservationnelle » – le terme m'appartient. J'ai décrit cette hormone pour la première fois dans mon travail intitulé « Certaines particularités du fonctionnement de l'hypophyse à la lumière des nouvelles découvertes en biochimie ». Cet article a eu un énorme succès. Vous ne l'avez pas lu ?

Kryjov fit non de la tête.

– Et vous, monsieur Kouznetsov ?

– Non, je n'ai pas eu ce plaisir, répondit poliment Eraste Pétrovitch.

Il ralentit le pas, et dix secondes plus tard il se trouva, tout naturellement, à côté du deuxième traîneau.

Là, la discussion était si animée qu'on ne le vit même pas.

Le diacre tirait sur les rênes de toutes ses forces pour retenir le limonier qui tentait sans cesse de rattraper le traîneau de devant. Mais, au lieu de regarder devant lui, il tournait la tête vers le Japonais.

– Et alors, si on se comporte bien, dans une prochaine vie, on prend du galon ? C'est ça que vous dites ? questionnait-il. Par exemple, je ne serais plus diacre, mais archiprêtre, c'est ça ? Et si, en tant qu'archiprêtre, je ne fais pas de bêtises, la fois d'après, je serai carrément évêque ?

Eraste Pétrovitch comprit qu'ils parlaient de la métempsycose. C'était au tour de Massa de jouer les missionnaires.

Pour commencer, il avait offert un caramel à son interlocuteur : il en avait une grande quantité en réserve.

– Évêque, c'est possible, si tu as une vie tlès-tlès sainte. Et ton pope, lui, il lenaîtla clapaud, ça dze te le galantis.

– Le père Vincent ? Crapaud ?

Barnabé partit d'un grand éclat de rire. Au bout d'un moment, il se calma et se plongea dans ses pensées.

– Bon, votre religion est bien aussi, mais la nôtre elle est mieux.

– Poulquoi ? Qu'est-ce qu'elle a de mieux ? s'enflamma Massa.

– Elle est plus clémente. Dieu vient davantage en aide à l'homme, surtout aux faibles. Parce que, chez vous, on en arrive à quoi ? Si tu as l'âme chétive et le cœur timide, tu finiras sangsue ? Et il n'y a personne pour t'épauler, ni Jésus-Christ, ni la Vierge, ni les anges magnanimes ? Ça fait peur d'être tout seul. Jésus, il est plus chaleureux que votre Bouddha, c'est plus facile de vivre avec lui, et l'âme est plus sereine. Il y a plus d'espoir.

Massa souffla, à court d'arguments. Cet ancien yakuza n'était pas vraiment féru de théologie.

Le diacre sentit que son adversaire lâchait du terrain et il passa à l'offensive.

– Et si vous vous faisiez baptiser ? dit-il d'un ton on ne peut plus cordial. Pour vous, ce ne sera pas pire et pour moi, ce serait un grand bonheur que de ramener une âme vivante au Christ. Vraiment, monsieur, qu'est-ce qu'il vous en coûterait ?

– Impossible, trancha Massa avec un soupir. Chez nous, on dit : tu dois selvil le plince qu'a selvi ton pèle. On dit aussi : la vlaie foi, c'est la fidélité.

Ce fut au diacre de réfléchir.

Ne voulant pas gêner la discussion théologique, Eraste Pétrovitch se déplaça vers le troisième traîneau, celui d'Evpatiev.

Celui-ci était une véritable maisonnette sur patins : le dessus en feutre était recouvert d'un toit avec une cheminée d'où s'échappait une petite fumée. La fenêtre était éclairée.

Le cocher, enveloppé dans une énorme pelisse semblable à une boule de fourrure, chantait d'une voix éraillée :

– « Quand j'étais encore jeune fille / Notre armée partait en campagne… »

La chanson était longue à souhait avec un sujet romantique : un amour non réalisé entre une jeune fille paysanne et un officier.

– « Il a bu de l'eau et m'a serré la main / Puis il s'est baissé et il m'a embrassée… »

Ainsi chantait le barbu, avec sentiment. Soudain, la porte de la voiture s'entrouvrit.

– Eraste Pétrovitch ? Vous n'êtes pas fatigué ? Qu'est-ce que vous avez à courir comme un lièvre ? Vous n'êtes plus un jeune homme, avec tous ces cheveux blancs dans votre barbe. Montez, vous vous réchaufferez, dit l'industriel.

Fandorine n'était pas fatigué, et il n'avait certainement pas froid, mais il accepta l'invitation. Cet homme l'intéressait tout particulièrement.

À l'intérieur, le traîneau était merveilleusement bien aménagé. On voyait que Nikiphore Andronovitch se déplaçait souvent l'hiver et qu'il aimait voyager avec confort.

Des lampes à pétrole brillaient aux murs, des deux côtés, un petit poêle à charbon en fer crépitait dans un coin. Eraste Pétrovitch fut surtout frappé par les sièges.

– C'est de l'hermine ? demanda-t-il en passant sa main sur la fourrure blanche garnie de petits glands noirs.

Elle était soyeuse comme les cheveux d'une magnifique jeune fille.

Evpatiev se mit à rire, montrant ses dents saines et blanches.

– Mon père me disait : celui qui arbore le luxe obtient plus facilement des crédits. Nous autres les Evpatiev, nous ne faisons rien sans calcul.

– Permettez-moi d'en douter. Si vos aïeux avaient

été si pragmatiques, ils auraient renoncé à la vieille foi depuis longtemps.

– Vous vous trompez. Un marchand ou un industriel a tout avantage à rester vieux-croyant. (Nikiphore Andronovitch lui fit un clin d'œil malin.) Tous les partenaires savent que la parole d'un vieux-croyant est d'or, ce qui est extrêmement utile, pour les crédits justement. Les commis et les ouvriers ne boivent pas, ne volent pas. Je suis convaincu que la Russie aurait beaucoup à gagner d'un rapprochement avec nous.

Evpatiev ne riait plus, il était sérieux. On sentait bien que ces propos étaient le fruit d'une longue réflexion et d'une longue souffrance.

– Pierre le Grand, ce Satan épileptique, nous a transformés en une quasi-Europe. La gueule glabre, le bide caché sous un gilet, et pourtant, nous sommes toujours complètement à part. À ceci près que nous avons appris à boire et à fumer. Chacun doit vivre à sa manière, selon sa religion, sa nature, sa tradition. Il ne sert à rien de jouer les ours dressés.

– Vous voulez dire qu'il faut avoir peur de l'Antéchrist et s'enterrer vivants ?

Nikiphore Andronovitch poussa un gémissement.

– Voilà ! C'est bien ce que je craignais ! À présent, tout le monde dira pareil ! Une poignée de sauvages des forêts va jeter le discrédit sur notre authenticité. On assimilera les vieux-croyants à des membres d'une secte monstrueuse. Seulement, savez-vous à quoi je viens de penser à cet instant même ?

Il se pencha vers son voisin et une mèche dorée tomba sur son front. Sa coupe de cheveux, qui imitait la coiffure « au bol » – les oreilles recouvertes –, reflétait en fait la dernière mode parisienne, impression confirmée par sa barbiche à la Henri IV.

Les yeux de l'industriel brillaient : de toute évidence, cette pensée venait tout juste de le visiter.

– C'est peut-être même mieux, non ? L'ennemi principal de la vieille foi russe n'est pas l'Église officielle, sur laquelle personne ne se fait d'illusions ! Notre malheur, ce sont les fanatiques, ceux qui refusent les prêtres, qui ne reconnaissent aucune forme d'organisation. Alors, savez-vous ce que j'ai pensé ? À quelque chose malheur est bon. Il faut informer toutes les communautés de vieux-croyants des excès auxquels les fanatiques poussent les gens. Certains prendront peur et se détourneront des sans-popes ! Notre Église n'en deviendra que plus forte ! Nous nous organiserons, nous nous réunirons, et nous aurons notre propre hiérarchie et notre patriarche. Les autorités cesseront de nous craindre, elles comprendront que nous sommes leurs alliés, parce que nos gens sont travailleurs, sobres et n'ont pas de penchants révolutionnaires. Nous avons les mêmes principes que les puritains anglais, en plus sévères encore ! Sur de pareilles fondations on peut construire un édifice solide !

Il parlait avec tant de conviction et de flamme qu'Eraste Pétrovitch, qui pourtant était en désaccord avec certains de ses propos, y prêta l'oreille malgré lui. Nikiphore Evpatiev ressemblait à un chef de guerre de l'ancienne Russie ou à un preux légendaire.

– Comment pensez-vous donc transformer ce malheur en bonheur ? s'enquit Fandorine.

– Très simplement. De la façon la plus moderne. Dès que nous serons arrivés au prochain village, j'enverrai un courrier à Vologda, à la rédaction de mon journal. Un journaliste sera dépêché à Denissievo, et nous serons les premiers à publier un reportage sur les suicides. Exactement dans l'esprit que je viens de décrire. Mes gars ont la plume alerte ; toute la presse, dans les capitales et en province, reprendra leurs articles. Ici, l'essentiel, c'est d'être le premier et de donner le « la ». Le coup sera porté non pas contre les vieux-croyants, mais contre l'hérésie des sans-popes. Kryjov m'a dit que vous étiez des nôtres. Que pensez-vous de mon idée ?

– Il fait chaud chez vous, dit Fandorine, éludant la question. M-merci de votre accueil, je vais me dégourdir un peu les jambes.

Une fine poussière de neige tourbillonnait dans l'air : le vent s'était levé. Le convoi dut ralentir et Eraste Pétrovitch n'avait plus besoin de courir, il lui suffisait de marcher d'un bon pas.

Le voiturier d'Evpatiev avait fini sa chanson sentimentale sur la jeune paysanne et en avait entonné une autre, sur un cocher en train de mourir de froid dans la steppe, mélancolique comme une berceuse.

Sous l'effet de ce chant, ou à cause du mouvement régulier, tout le monde dormait dans le traîneau accroché à celui de Nikiphore Andronovitch. Le héraut du progrès Kokhanovski et la citadelle de la piété, le père Vincent, ronflaient, appuyés l'un contre l'autre de la plus touchante façon. La neige avait saupoudré leurs bonnets et déposé une pellicule argentée sur leurs barbes, mais ils ne craignaient ni le froid ni la tempête. Le vent gonflait leur plaid devenu tout blanc à la manière d'une voile.

Cela n'avait pas grand sens de s'attarder auprès de ce « Hollandais volant », et Fandorine se déplaça vers le tout dernier traîneau, où le policier, tout seul, chantait à gorge déployée une chanson endiablée qu'Eraste Pétrovitch ne connaissait pas :

– « Me voilà amoureuse / De Vania le gaillard / Moustache valeureuse / Hardi, le regard ! / Sabre à la ceinture / Poitrine médaillée / Pour Vania, je vous jure, / Je donnerais le monde entier ! »

En voyant Fandorine, le fonctionnaire cessa de chanter et cria à travers le sifflement de la tempête :

– Hé, mon brave monsieur, j'ai quelque chose à vous demander ! Vous êtes qui, au juste, et quel bon vent vous amène chez nous ? Pour les autres, je comprends à peu près, par contre j'ai des doutes sur votre compte. Moi, pour vous servir, je suis Julien Odintsov, agent supérieur, l'œil de l'État sur deux cents kilomètres alentour. Et vous ?

L'œil de l'État avait une voix bien sonore et le regard vif.

Eraste Pétrovitch répondit sur le même ton :

– Si l'œil est perçant, il doit tout voir lui-même. En tant qu'agent supérieur, tu as dû suivre un cours de six mois à l'école de la police ? Que dirais-tu de moi, alors ?

Odintsov plissa les yeux et se mit à triturer les extrémités de sa moustache.

– Vous êtes habillé simplement, mais vous avez de l'instruction, marchand ou citoyen d'honneur. Même que vous avez un Tatar pour laquais. Quoi d'autre ? Vous ne portez pas de bague au doigt, donc pas de famille. Vous venez de Moscou, on le devine à votre parler moscovite. Vous avez fait la guerre et avez été blessé ou contusionné, c'est pour ça que vous trébuchez sur les mots en parlant. Autre chose… Le froid et la marche à pied ne vous font pas peur, vous n'avez même pas enfilé votre pelisse. On a parlé de gens comme vous dans le journal. Des riches, qui n'ont rien à faire, et qui n'ont ni femme ni enfants, s'amusent comme ça : ils veulent à tout prix atteindre la calotte de la Terre. Le pôle Nord que ça s'appelle. Les uns sur des chiens, les autres à skis, d'autres encore carrément sur leurs guibolles. Vous aussi, vous ne faites que passer par chez nous en allant vers le nord. Alors, j'ai trouvé ou pas ?

Il toisa Fandorine d'un air victorieux.

Le raisonnement de ce Sherlock Holmes de Sterjenets n'était délirant qu'à première vue. Après réflexion, Eraste Pétrovitch dut reconnaître l'extraordinaire précision de la formule : peut-être qu'il avait toujours voulu, en effet, atteindre la calotte de la Terre, mais il appelait ça autrement.

– J'ai mis dans le mille ? Vous voyez ! dit Julien Odintsov, tout fier. J'ai l'œil, moi ! Comment que vous vous prénommez ?

Fandorine se présenta et dit avec le sourire :

– À présent, c'est moi qui vais te dire qui tu es.

Il regarda attentivement le policier, se rappela son comportement à Denissievo et ce que les gens disaient sur son compte.

– Tu as entre vingt-huit et trente ans. Tu es d'ici. Tu es un gars courageux, indépendant, tu as l'habitude de n'en faire qu'à ta tête. Tu aimes chasser, surtout l'ours. Tu es né dans une famille de schismatiques, puis passé à l'orthodoxie. Tu l'as décidé toi-même, sans que quelqu'un t'y oblige ou t'y pousse. Parce que tu voulais servir dans la police, chercher des criminels et qu'un vieux-croyant ne peut pas accéder à cette carrière. Tu n'es pas marié, car ici il n'y a que des vieux-croyants. Mais il y en a une, veuve ou célibataire, qui ne refuse pas de t'ouvrir sa porte en secret, ajouta Eraste Pétrovitch en remarquant, sous l'uniforme du policier, l'extrémité d'un foulard noué avec soin. Qu'est-ce que tu as à me regarder comme ça ? Je peux te raconter bien d'autres choses sur toi, Julien, mais ce serait mieux que tu le fasses toi-même. Par exemple, l'année dernière, tu as failli laisser ta peau dans les g-griffes d'un ours…

– Vous avez repéré ma cicatrice au cou ! devina le policier et il hocha la tête, admiratif. Eh bien, Eraste, ta science est vaste ! Au lieu de perdre votre temps à aller au pôle Nord, vous feriez mieux de servir dans la police, mon cher monsieur ! Vous auriez pu vous rendre utile. Asseyez-vous, reposez-vous un peu, je marcherai à côté, moi.

Fandorine le remercia et monta dans le traîneau. Il sentait que ce Julien l'hospitalier avait quelque chose d'important à lui dire.

– J'ai un sale pressentiment, lui murmura Odintsov à l'oreille. Je n'arrête pas de circuler dans les villages, dans les hameaux. Le peuple s'agite. Pas devant moi, évidemment, parce que moi, je lis dans leurs cœurs à ces brutes, comme dans un livre ouvert. Il y a un démon qui rôde, qui attrape les âmes. Si on ne le capture pas, il y aura d'autres morts. C'est pourquoi je suis venu avec vous. Seulement, j'ai peur, Eraste Pétrovitch. Pas du démon, évidemment ! J'ai peur de manquer de jugeote ! Vous, vous êtes un dur à cuire, vous en avez vu, des choses. Et si vous m'aidiez, hein ? Votre pôle Nord attendra, il ne va pas s'enfuir. Quatre yeux valent mieux que deux. Si vous remarquez quelque chose, faites-moi signe. Et moi, je ferai pareil.

– C'est d'ac-cord, acquiesça Fandorine en se disant qu'un aide comme Odintsov lui serait bien utile.

Les alliés enlevèrent leur gant et scellèrent leur pacte d'une poignée de main bien forte.

Paradis

Le village suivant était situé à environ quarante-cinq kilomètres. Kryjov leur avait promis qu'ils arriveraient à l'aube. La tempête entravait leur course, des congères s'étaient formées ici et là sur la glace, mais les chevaux habitués aux intempéries franchissaient ces obstacles sans difficulté. Seule la troïka de Vologda posait problème : le limonier s'était blessé la jambe sur une croûte de neige dure et s'était mis à boiter. Malgré cela, le matin, au moment où le ciel hivernal commençait à pâlir, la forêt sur la rive droite s'ouvrit et, sur une petite clairière, parut le village enveloppé de la brume rose de l'aube.

– Voilà notre paradis, annonça avec satisfaction Léon Sokratovitch.

Fandorine, après avoir couru tout son soûl, avait fini la nuit dans son traîneau (le psychiatre était allé dormir dans la maison sur roues d'Evpatiev).

Cette métaphore poétique était inattendue dans la bouche du cynique Kryjov, mais l'endroit était paradisiaque en effet : une jolie clairière toute ronde entourée d'une pineraie des trois côtés, sur une rivière au cours généreux. Même l'hiver, ce paysage était idyllique. En été, ce devait être en effet un vrai jardin d'Éden.

En s'approchant, les voyageurs virent que les maisons étaient encore plus belles qu'à Denissievo, avec des volets ciselés, des girouettes en laiton et des toits de différentes couleurs, chose que l'on n'avait jamais vue dans un village russe.

Pourtant, cette beauté ne fit qu'agacer Kryjov :

– Le paradis qu'ils se sont bâti, ces parasites !

Il expliqua que Paradis, c'était le nom du village, et que ses habitants venaient d'ailleurs : c'étaient des Gousliens.

– Parce qu'ils jouent des gousli ? demanda Eraste Pétrovitch.

– Peut-être bien, mais leur nom ne vient pas de là. Parce qu'ils viennent de la région de Gouslitsa. Ça fait cent ans qu'ils sont installés là. Ils ont un drôle de métier : ils mendient.

– Comment ça ?

– En professionnels ! Ils sillonnent le monde des vieux-croyants qui, comme on sait, s'étend jusqu'à l'Autriche et la Turquie, en demandant l'aumône. On les connaît partout et on se montre généreux avec eux : ils sont inégalables dans l'art de conter et de chanter. Ils apportent ainsi beaucoup d'argent. C'est toute une philosophie. Elle exprimait jadis l'idée d'humilité et de non-thésaurisation, mais notre moujik est vénal ! Dès qu'il entend sonner les pièces, il ne pense plus au salut de son âme. Ils restent là à amasser. Regardez les palais qu'ils se sont bâtis ! Pour être pieux, ils sont pieux. Le monde est pour eux un enfer, leur maison le paradis, c'est pour ça qu'ils ont appelé leur village ainsi. Il y a une autre chose curieuse. Seuls les vieux et les vieilles sortent pour mendier. Les jeunes n'ont pas le droit de mettre le pied dehors, c'est interdit. Tant que leur âme n'est pas encore mûre et qu'ils ne sont pas garantis contre les tentations du monde, ils doivent rester chez eux à s'occuper du ménage.

– C'est un modus vivendi original, marmonna Eraste Pétrovitch en se soulevant dans le traîneau et en regardant le village avec une inquiétude croissante. Dites, pourquoi la rue est-elle déserte ? Je n'aime pas du tout ça. On n'entend même pas les chiens.

– Les Gousliens n'en ont pas, c'est un péché pour eux. Nous allons voir pourquoi il n'y a personne.

Léon Sokratovitch fouetta le cheval et, un instant plus tard, le traîneau s'engagea entre deux rangées d'isbas à étage. Les pièces chauffées, qu'on appelait « maison d'hiver », se trouvaient au rez-de-chaussée, les pièces d'été au-dessus.

– Hé, brave femme ! cria Kryjov à une paysanne qui courait avec un samovar fumant dans les bras. Qu'est-ce qui se passe chez vous, tout va bien ?

– Dieu merci, répondit-elle d'une voix chantante.

Elle s'arrêta bouche bée devant les inconnus.

– Et pourquoi il n'y a personne ?

Cette question étonna beaucoup l'habitante de Paradis.

– C'est qu'on est dimanche. Tout le monde est à la collégiale, où c'est qu'ils pourraient être sinon ?

– Ah oui ! Vrai, c'est dimanche. Donc, tout est clair.

Léon Sokratovitch dépassa la femme au samovar et dirigea le traîneau vers une longue bâtisse en rondins qui se trouvait au centre du village.

– Qu'est-ce qu'une « collégiale » ? C'est une chapelle ? demanda Fandorine, rassuré.

– Non, une maison communautaire. Tout village qui se respecte en a une. L'hiver, quand il n'y a pas grand-chose à faire, ils s'y réunissent le soir. Ils boivent du thé, se racontent des histoires, lisent des livres. Les femmes apportent leur ouvrage. Un rêve de populiste, quoi ! À ceci près qu'ils ne lisent pas Marx et Bakounine, mais des vies de saints et des tropaires. Et comme, pour les Gousliens, c'est un péché que de travailler le dimanche, ils s'y réunissent dès le matin, et ils ne font rien de la journée. Ça tombe bien qu'ils soient tous au même endroit, allons discuter avec le peuple.

À l'intérieur, la collégiale se présentait comme une grande remise tout en longueur, très propre et richement décorée. Au beau milieu, un immense poêle hollandais exhibait ses carreaux de faïence blanc-bleu. Des banquettes avec des coussins brodés étaient disposées le long des murs. Eraste Pétrovitch remarqua que l'espace était divisé en trois zones : dans le coin des icônes, appelé « chambre haute », se trouvait un vrai divan acheté en ville, sur lequel, retranché dans une solitude austère, était assis le premier Gouslien : l'ancien à la longue barbe. À côté, devant une table peinte, sur des chaises viennoises, d'autres vieillards prenaient le thé. Les moujiks plus jeunes se tenaient dans la « chambre médiane » : ils parlaient, jouaient aux dames, certains bricolaient. Les femmes et les jeunes filles étaient assises « en bas » devant des métiers à tisser et à coudre ; elles croquaient des noisettes ; des enfants des deux sexes couraient ou marchaient à quatre pattes partout sans respecter les limites entre les espaces. Il y avait là une bonne soixantaine de personnes, c'est-à-dire le village au grand complet.

On regarda les intrus, qui se tenaient en groupe, avec une certaine animosité. Or, visiblement, Evpatiev était connu et respecté ici. L'ancien se précipita pour accueillir l'industriel, il l'embrassa même. Les autres vieillards s'approchèrent. Fandorine remarqua que tous les moujiks avaient serré la main de Kryjov.

– Alors, âmes sauvées, vous vivez toujours sous la bénédiction divine ? dit Evpatiev d'un ton joyeux en s'adressant aux vieillards.

– Grâce à toi, Nikiphore Andronovitch. Il est bien, le semoir que tu nous as envoyé. Ne pourrais-tu pas nous en procurer un deuxième ? demanda l'ancien avec un sourire plein de sollicitude.

– Si tu nous envoies des recenseurs, tu en auras un autre. Comment que ça va, vieux amis ? Que faites-vous de beau ?

– Nous accueillons des pèlerins.

L'ancien montra le coin le plus éloigné de l'isba, où des gens étaient rassemblés autour d'une table en bois.

– Dès qu'ils auront fini leur repas, ils se mettront à chanter. Faut que vous écoutiez aussi.

Eraste Pétrovitch n'en crut pas ses yeux. À l'angle, les coudes nus pointant à travers ses guenilles, trônait le fol en Christ de Denissievo. Devant lui se trouvait une gamelle de bouillie. Il ingurgitait sa pitance à toute vitesse.

– Lavroucha ! s'étonna le policier. Comment est-il arrivé si vite ? Tout seul, en passant par la forêt ? Pas possible ! Et il n'a pas peur des loups !

– Pas Lavroucha, mais Laurent homme de Dieu, rectifia l'un des vieillards d'un air sévère. Le Seigneur protège le fol en Christ. Et ce matin, à l'aube, la mère Cyrielle est arrivée.

– La mère sérielle ? demanda Fandorine. Cela veut dire quoi ?

Le vieillard se détourna sans répondre. Evpatiev lui vint en aide.

– C'est son prénom : Cyrielle. Un vieux prénom russe. J'ai entendu parler d'elle. Elle s'y connaît en contes et elle chante bien aussi. Venez voir.

Une femme en tunique noire aux manches larges, la tête couverte d'un fichu noir, droite comme un piquet, se trouvait à l'extrémité opposée de la table. Un bandeau noir cachait ses yeux, coupant son visage en deux. Celui-ci n'était ni jeune ni vieux : elle aurait pu avoir quarante ans ou soixante. Elle mangeait de la bouillie aussi, pas comme le fol en Christ, mais lentement, à contrecœur eût-on dit. À part elle et Laurent, il n'y avait personne d'autre à cette table. Quelques femmes se tenaient autour, offrant sans cesse aux pèlerins tantôt du pain, tantôt un pâté aux choux.

– Comment fait-elle pour se déplacer seule, si elle est aveugle ? demanda Eraste Pétrovitch.

Nikiphore Andronovitch regardait avec curiosité la conteuse errante.

– Premièrement, elle n'est pas aveugle. Elle a fait un vœu : ne pas salir sa vue en regardant le monde pécheur. Les vieux-croyants font parfois ce genre de vœux. Cela les engage pour la vie. C'est le vœu le plus dur, il y en a peu qui s'y résolvent. Regardez son visage ! On dirait une schismatique d'antan !

– Et deuxièmement ? demanda Fandorine, bouleversé.

– Deuxièmement, elle a un guide, là, sous la table.

En effet, une gamine toute sale d'environ treize ans, assise par terre, écarquillait ses yeux marron, vifs sur Eraste Pétrovitch. Ses pieds largement écartés étaient chaussés de savates de tille, sa tête couverte d'un foulard en toile tout crasseux. Une grande besace et une longue crosse qui appartenait probablement à Cyrielle traînaient à côté.

– Cabochka, arrête de gigoter ! lui cria la femme. Tiens, attrape !

Elle jeta par terre un bout de pâté aux choux dans lequel elle venait de mordre. La fillette le saisit, le mit dans sa bouche et l'avala presque sans mâcher.

Quel prénom étrange, pensa Fandorine. Qu'est-ce qu'il peut bien signifier ?

– Pourquoi donne-t-on des restes à cette enfant ? entendit-il de la voix indignée de Chechouline. Qu'est-ce que c'est que cette folie ?

– C'est normal, expliqua Evpatiev à voix basse. Cette petite fille est en apprentissage. Il s'agit pour elle de subir une épreuve. L'épreuve de l'humiliation, c'est ainsi que ça s'appelle. Sa guide spirituelle doit la maltraiter, la frapper, l'humilier, l'affamer. Cyrielle est gentille avec elle. Vous l'avez vu, elle avait à peine touché à son pâté, juste pour la forme. Regardez, elle lui en a jeté un autre, tout juste entamé.

– Une drôle de coutume ! fit le psychiatre, ravi.

Et il nota quelque chose dans son carnet.

Le fol en Christ lécha sa gamelle vide et fit un rot. Cyrielle finit de manger, elle aussi, mais ses manières étaient dignes et même nobles : elle essuya sa cuillère avec de la mie de pain qu'elle jeta sous la table pour la gamine et elle s'inclina légèrement.

– Je remercie Notre-Seigneur et vous, braves gens, dit-elle.

– Merci d'avoir daigné manger chez nous ! répondit l'une des femmes, plus âgée que les autres. Laurent Ivanovitch, dis-nous ce qui se passe dans le monde ? Raconte.

Des gens affluèrent de tous les coins de l'isba : le spectacle allait commencer (Fandorine désigna par ce mot pas tout à fait approprié le « mystère » qui allait se jouer ici).

Eraste Pétrovitch s'éloigna de la table et promena son regard sur les trois « chambres ». Le folklore et l'ethnographie, c'était bien intéressant, mais cela ne devait pas l'empêcher d'aller voir ce que faisaient les autres membres de l'expédition.

On ne voyait ni Kryjov, ni le policier. Bon, Odintsov faisait son travail, c'était donc normal. Il était en train d'enquêter. Mais où était passé Léon Sokratovitch ?

Aloïs Stépanovitch expliquait quelque chose à l'ancien en gesticulant. Le vieil homme fronçait les sourcils et se dandinait d'un pied sur l'autre en se rapprochant tout doucement du fol en Christ : il avait envie de l'entendre, lui aussi. Mais Kokhanovski ne voulait pas lâcher le barbu, il le tirait par la manche.

Le père Vincent s'était retiré dans un coin avec deux vieillards. De quoi pouvaient-ils bien parler ?

Barnabé le diacre somnolait près du poêle.

Il y avait un problème avec le Japonais.

Une foule de femmes et de jeunes filles s'était rassemblée autour de lui : elles n'avaient jamais vu pareille merveille. Massa, impassible, promenait son regard par-dessus les fichus multicolores. Eraste Pétrovitch savait parfaitement ce que cachait cette feinte indifférence. Dans la situation où ils se trouvaient et compte tenu des mœurs austères des schismatiques, il valait mieux éviter toute complication avec la gent féminine. Délaissant l'ethnographie un moment, Fandorine se dirigea vers son serviteur pour lui sonner les cloches, mais il n'eut pas besoin d'intervenir.

L'une des jeunes filles, la plus téméraire, osa poser une question :

– D'où c'est que vous venez ?

À peine Massa se tourna-t-il vers elle en plissant ses yeux qu'il croyait irrésistibles que l'un des vieillards se jeta sur les femmes, furieux.

– Ouste, bécasses ! Partez d'ici ! C'est un Asiate ! Ils vivent au Turkestan ! Ils ne croient pas en Dieu, c'est pour ça que l'archange Gabriel les a punis en leur déformant la tronche ! Si vous faites les belles devant lui, il vous arrivera pareil !

L'attroupement féminin se dissipa comme par un coup de vent. Massa, furibond, siffla entre ses dents :

– C'est toi qui as la tronche de travers !

Le vieillard cracha, se signa : il ne voulait pas d'histoires.

Le danger était passé. Fandorine pouvait revenir dans la « chambre médiane ».

Le concert interrompu

Cyrielle était toujours assise dans la même position. L'attention générale s'était portée sur Laurent. Apparemment, selon la hiérarchie locale, le fol en Christ était une figure plus vénérable que la conteuse, il avait donc la parole en premier.

Le regarder était une véritable épreuve. Il ne tenait pas en place une seconde : tantôt il se mettait à tourner, tantôt il reniflait comme un chien ou se précipitait vers une femme, et alors celle-ci faisait un bond en arrière avec un hurlement. Il marmonnait sans discontinuer, toujours plus fort, toujours plus vite.

Au début, Eraste Pétrovitch ne comprit rien à ce récitatif, mais peu à peu il commença à distinguer des mots. Laurent criait :

– Je rôde, je rôde, je flaire, je flaire ! Je vais de-ci, de-là. Je cherche le démon, le démon, le démon !

Là, il se mit à quatre pattes et renifla la jupe de l'une des femmes : la pauvre recula si promptement que ceux qui se trouvaient derrière durent la soutenir, sans quoi elle serait tombée.

– Je sens le Malin, je sens le tortillard ! Mon nez le sent, mon ventre le sent ! Satan s'en vient, sa besace est profonde. Il s'en vient attraper les âmes, les mettre dans sa besace ! Ayez crainte, ayez crainte, ayez crainte !

Il n'eut pas besoin de le dire deux fois : les gens

étaient pétrifiés. Même les moujiks avaient le visage pâle et renfrogné, les femmes poussaient des « Oh ! » et des « Ah ! », les enfants sanglotaient.

La prédication du fol en Christ se faisait de plus en plus inarticulée, la sueur ruisselait sur son front. Enfin, il s'arrêta, leva sa croix de fer au-dessus de sa tête et s'écria :

– Gare à toi, Satan ! Je te trouverai ! Je te brûlerai avec le feu de Dieu ! Tu ne me fais pas peur ! La fin du monde, c'est le triomphe du Christ et pour toi, le cornu, du plomb dans la gueule !

Il se tut. On lui apporta du kvas, et il se mit à boire avidement, en haletant.

Le docteur se tourna vers Evpatiev et lui dit de sa voix de basse :

– Impressionnant. Cet homme est atteint d'une maladie psychique, c'est clair. Paranoïa hystérique, je dirais, d'origine épileptique probablement. Mais quelle intensité, quelle influence il a sur la foule ! Même moi, j'ai senti les ondes nerveuses qui émanent de lui. J'aurais bien aimé travailler avec ce spécimen. Des douches écossaises. Une petite séance d'hypnose, pourquoi pas…

Nikiphore Andronovitch s'éloigna : il ne semblait pas apprécier les propos du psychiatre. Le preux schismatique avait l'air ému.

Les villageois se tournèrent vers Cyrielle.

– Chante un peu, ma mère, console-nous, Laurent il nous a fait peur.

– Chanter quoi ? demanda calmement la conteuse en levant son visage aveugle vers le plafond. Voulez-vous l'histoire de Joasaph fils de roi ? Ou celle d'Alexis homme de Dieu ?

Des voix retentirent :

– Chante-nous « La louange du désert » !

– Non, « Le cercueil en bois de pin » !

– Attendez ! Demandons à l'ancien !

L'ancien dit :

– Chante-nous quelque chose de nouveau. Nous allons l'apprendre et ça nous sera utile.

Elle s'inclina et, sans autre préambule, entonna un chant d'une voix claire et forte qui tantôt se déployait, atteignant sa pleine puissance, tantôt baissait jusqu'au souffle. Cyrielle serrait sa main fine et maigre contre son habit noir orné d'une croix à huit branches. Ses doigts tremblaient légèrement.

La belle jeune fille tisse devant sa fenêtre,
Une toile fine elle tisse et elle réfléchit.
Tôt le matin, comme elle allait chercher de l'eau,
Deux colombes s'étaient posées sur elle.
Une colombe grise sur son épaule gauche
Et une noire, sur la droite.
La colombe grise lui disait :
« Ce soir, quand les étoiles apparaîtront dans le ciel,
Sors te promener à l'orée du village,
Là-bas les gars s'amusent avec les filles
Comme des canards avec des canes.
Tiens-toi à l'écart, sous le sorbier.
Ton promis s'approchera de toi.
Ses yeux seront comme des glaçons,
Des glaçons par un jour de printemps.
Le clair soleil les fera fondre,
La lumière de ton regard, ô belle jeune fille... »

Suivait toute une série de réjouissances que la colombe promettait aux amoureux, tout à fait chastes et étonnamment poétiques. Le public, surtout les femmes, avait les larmes aux yeux. Seul le fol en Christ avait repoussé son broc de kvas et gonflait ses narines d'un air féroce. Des étincelles de folie brillaient dans ses yeux écarquillés. Eraste Pétrovitch sourit dans sa moustache : en véritable acteur, le saint homme jalousait sa concurrente.

Le chant coulait toujours :

La colombe grise eut fini de parler,
La colombe noire prit la parole,
Triste et toute noire, cette colombe,
Et ses paroles étaient comme des pleurs.
« Ne va pas à l'orée du village avec les gars,
Couvre-toi d'un voile de moniale
Et suis-moi dans la forêt sombre.
Tu traverseras montagnes et déserts,
Tu mangeras de l'absinthe, herbe amère,
Tu t'abreuveras de larmes salées,
Tu te réchaufferas dans la tempête de neige,
Tu danseras la ronde avec le vent dans le champ... »

Suivit la description des adversités qui attendaient la jeune fille si elle choisissait la voie monastique. Les auditeurs buvaient chacune des paroles de la conteuse. À l'exception de l'ancien du village, qui n'arrivait pas à se libérer : à peine s'était-il débarrassé du statisticien que le père Vincent l'accapara, lui susurrant quelque chose à l'oreille.

– Ça dépend, dit le barbu à voix forte d'un air impatient.

Les gens se tournèrent vers lui, la mine désapprobatrice.

Entre-temps, l'héroïne de la chanson avait posé son ouvrage pour demander conseil à ses parents. S'inclinant devant eux, en pleurs, elle leur demandait de l'éclairer : laquelle des deux colombes devait-elle écouter, la grise ou la noire ? Et son père de répondre :

« Nous t'avons mise au monde, nous t'avons élevée
Mais nous ne sommes pas créateurs de ton âme,
C'est Notre-Seigneur qui l'a fait naître,
C'est à Lui que tu dois obéir.
Il est agréable de vivre pour les joies du corps,
Mais ces joies ne durent pas longtemps.
La belle fleur que tu es fleurira et se fanera,
Il ne restera que poussière de ta beauté.
La beauté de l'âme est éternelle,
Les ans et les malheurs ne la détruisent pas.
Celui qui a rejeté la chair ne se repentira pas,
Le royaume éternel l'attend. »

Naturellement, l'argumentation de la mère était tout autre : elle avait pitié de sa fille et envie d'avoir des petits-enfants. La chanson semblait interminable, mais le public ne s'en lassait pas.

Evpatiev se pencha vers Eraste Pétrovitch en murmurant :

– C'est une parabole sur le libre arbitre, ni plus ni moins. Kant et Schelling peuvent aller se rhabiller. Notre religion est la plus libre de toutes, elle ne risque pas de produire des esclaves !

Fandorine était en effet curieux de savoir quelle voie choisirait l'héroïne, mais il ne connut pas le fin mot de l'histoire. La chanson s'interrompit sur ces paroles : « Et la belle jeune fille leur dit sa volonté, sa décision ferme. »

On entendit un terrible hurlement. Il était si déchirant, si épouvantable qu'avant même d'avoir compris d'où il venait, les femmes poussèrent des glapissements et les enfants se mirent tous à crier. L'instant d'après, tous virent que Laurent le bienheureux était saisi d'un accès de folie.

– Ma fin est venue ! Ah, Seigneur ! Je me meurs ! hurla le fol en Christ. Aaaah ! Je n'en peux plus !

Plusieurs moujiks se précipitèrent vers lui, mais il les repoussa si vigoureusement qu'ils tombèrent. Puis il se projeta de toutes ses forces contre le coin du poêle.

Il s'écroula par terre. Son front ouvert ruisselait de sang, mais il n'avait pas perdu connaissance.

– Pauvre pécheur que je suis ! gémit-il. (Il n'y avait plus de colère dans sa voix, mais seulement une plainte.) Je suis impuissant à sauver tes créatures ! Apprends-moi ce qu'il faut faire, Seigneur ! Les archanges Gabriel et Michel, aidez-moi ! Pauvre de moi ! Honte à moi !

Personne n'osait s'approcher de lui.

Assis par terre, le malheureux frappait sa tête ensanglantée contre le poêle à coups répétés, répandant autour de lui des éclaboussures sanglantes.

Tous étaient désemparés, sauf Chechouline. Eraste Pétrovitch, qui, après avoir écouté les réflexions du grand savant sur la « machine biologique », avait décidé de ne pas le prendre au sérieux, dut changer d'avis.

Chechouline agit promptement et efficacement.

Il fit un pas en avant, cria aux femmes :

– Taisez-vous, les possédées ! C'est pour vous qu'il fait ce spectacle !

Il ordonna aux hommes :

– De l'eau ! Et qu'elle soit bien fraîche !

Il empoigna l'épaule de Laurent, le tourna vers lui et lui asséna deux belles gifles.

L'assistance poussa un grand soupir et ce fut le silence.

Le fol en Christ se tut, écarquillant les yeux sur cet homme à lunettes si résolu.

On apporta à Anatole Ivanovitch une gamelle d'eau et le docteur la renversa sur la tête du saint homme, après quoi il pansa rapidement sa blessure avec un mouchoir. Il serra les tempes de Laurent et se pencha vers lui.

– Regarde-moi dans les yeux !

Le fol en Christ leva le menton, docile.

– Calme, caaalme… Comme ça, bravo.

La voix du docteur se fit traînante et onctueuse comme du miel.

– Gabriel t'aidera, Michel aussi… Et l'archange Anatole est déjà là… Tu sauveras tout le monde, tu délivreras tout le monde… Pas la peine de crier, ni de te cogner la tête… Il faut réfléchir… Réfléchir d'abord, agir ensuite. Et tout ira bien…

Il passa une dizaine de minutes à persuader ainsi le malade.

L'hypnose porta ses fruits. Laurent cessa de trembler de tous ses membres, ses bras pendirent le long du corps, ses yeux se firent plus clairs.

– Laisse-moi partir, ça suffit, dit-il enfin tout doucement.

Il avait retrouvé ses esprits. Il ajouta, s'adressant aux autres :

– Aidez-moi à me relever.

On le mit debout, avec maintes précautions, en le tenant sous les bras. Il s'inclina profondément devant Chechouline.

– Tu m'as aidé. Tu ne sais même pas à quel point. À présent, je sais.

– Que sais-tu ? s'étonna le psychiatre.

Mais le fol en Christ n'en dit pas plus. Il s'ébroua comme un chien, repoussa les mains des moujiks qui le soutenaient et sortit en claquant la porte, sans se retourner.

Dieu l'a permis

À cause du limonier qui boitait, il fallut passer la journée et la nuit à Paradis. Il y avait là un vétérinaire connu dans toute la région. Il assura que le cheval serait guéri le lendemain matin. En attendant, chacun vaquait à ses occupations.

Le pope et le diacre entreprirent de célébrer la liturgie du dimanche dans la chapelle du village. Personne ne les en empêcha, mais ils durent se contenter d'un seul fidèle : le policier. Celui-ci resta au garde-à-vous pendant tout le service, puis fit demi-tour et s'en fut visiter les maisons pour demander aux gens s'ils n'avaient pas vu passer quelque prophète autoproclamé tenant des discours suicidaires.

Le président de la commission statistique donnait les consignes à deux recenseurs, auxquels il finit par remettre les listes de recensement et les serviettes. Ils prirent les listes avec méfiance et les serviettes avec plaisir.

Eraste Pétrovitch errait sans but, observait et écoutait. Il gardait son serviteur avec lui, c'était plus sûr. Il savait que les femmes du village, grandes et fortes, correspondaient parfaitement à son idéal de beauté féminine. Le satané Nippon savait trouver la clé de presque n'importe quel cœur féminin.

Le tour du village n'apporta aucun élément nouveau.

Evpatiev et Chechouline prenaient le thé chez l'ancien.

Léon Sokratovitch parlait avec les paysans. Fandorine ne put entendre leur conversation : ils s'étaient tus en le voyant. Il était vraiment étonnant que les indigènes, si méfiants, s'adressent à ce mécréant avec tant de respect : son nom devait sonner pour eux comme un affront. *Kryj* : c'était ainsi que les schismatiques appelaient la croix orthodoxe.

La plupart des femmes étaient restées dans la collégiale auprès de Cyrielle. Par discrétion, Eraste Pétrovitch se garda d'y aller : les dames ont toujours de ces thèmes de conversation qui ne sont pas destinés aux oreilles masculines.

La gamine qui faisait le guide auprès de Cyrielle avait l'air de s'ennuyer avec les adultes. En tout cas, elle n'était pas restée avec sa patronne.

Fandorine tomba sur elle dans le vestibule vide de la maison communautaire. Là, près des portemanteaux, se trouvait un miroir dans un cadre en bois peint. La pauvre souillon, sûre d'être seule, y contemplait son reflet : tantôt elle se tournait, tantôt elle se mettait à loucher. Eraste Pétrovitch sentit son cœur se serrer. Massa soupira, lui aussi. Il sortit un bonbon et le tendit à la gamine, mais celle-ci s'enfuit comme un petit animal sauvage.

Plus tard, il l'aperçut à l'orée du village avec un groupe d'enfants de paysans. Elle leur racontait quelque chose et ils l'écoutaient bouche bée. L'une des fillettes lui tendit un pain d'épice et Cabochka le dévora immédiatement. Elle prend exemple sur Cyrielle et gagne sa vie en racontant des histoires, pensa Fandorine avec un sourire.

Quant au fol en Christ, il avait disparu.

Ils passèrent la nuit à la collégiale, qui à l'occasion pouvait servir d'auberge.

Sans s'être concertés, les différents membres du groupe se répartirent dans les trois « chambres » de la façon suivante : le cocher d'Evpatiev, Massa et Odintsov dans la chambre « inférieure », la plus proche du vestibule ; le « beau monde » dans la chambre « médiane », près du poêle. Quant à la chambre « haute », ils la laissèrent d'un commun accord au sexe faible, la conteuse et Cabochka. Une fois la longue table recouverte d'une nappe placée devant le divan, celles-ci se retrouvèrent comme derrière un paravent. On ne les voyait ni ne les entendait.

Après une nuit de voyage et une journée froide, tout le monde s'endormit très vite. Eraste Pétrovitch, qui, avec les années, était devenu sensible au moindre bruit, fut le dernier à glisser dans le sommeil, gêné par les ronflements des uns et des autres.

En revanche, il se réveilla le premier.

Il faisait noir dans l'isba. L'obscurité était totale.

Fandorine ouvrit les yeux et descendit ses jambes du banc avant d'avoir compris ce qui l'avait réveillé.

Ça sentait le brûlé !

Il arriva à tâtons jusqu'au poêle et l'ouvrit. Non, il n'y avait pas de flammes ; les charbons de la veille se consumaient doucement.

– Ça sent la fumée, dit la voix de Kryjov dans un coin. Qu'est-ce qui se passe ?

Soudain, des flammes écarlates jaillirent dans l'une des étroites fenêtres, puis dans la deuxième, la troisième ! De l'autre côté aussi !

– Au feu ! Nous brûlons, messieurs ! cria Kryjov.

Un incendie, et volontaire de surcroît ! Fandorine sentit une fine odeur de pétrole. D'ailleurs, un feu spontané n'aurait pas pris de tous les côtés en même temps. Eraste Pétrovitch courut dans le vestibule en essayant de trouver la porte. Il fallait s'y attendre : elle était fermée de l'extérieur.

– Massa, par ici ! cria-t-il.

Ce fut la panique. Les gens couraient dans tous les sens en criant, Kokhanovski, lui-même complètement hystérique, appelait les autres à garder leur calme. On entendit un tintement : quelqu'un avait essayé de briser la vitre, mais les fenêtres étaient trop étroites, comme partout dans le Nord, où l'on veillait à ne pas gaspiller la chaleur.

– Messieurs, vous nous gênez ! cria Fandorine. Que personne ne vienne ! ajouta-t-il à l'intention de Massa en japonais et, à Odintsov : Ne laissez entrer personne !

Massa jeta sans ménagement tout ce monde hors du vestibule. Profitant du fait que la nuit, tous les chats sont gris, le policier distribuait des coups à droite et à gauche. L'espace se libéra.

Après un moment de concentration destiné à mobiliser son énergie intérieure, sans quoi ce n'était même pas la peine de s'attaquer à la grosse porte, Fandorine fit un bond en avant, sauta en l'air et envoya un coup de pied dans le bois de chêne.

Sa réserve d'énergie Ki était-elle trop importante ? La porte était-elle trop vétuste ? Toujours est-il que le bois céda à la première tentative.

– Messieurs, vous pouvez sortir ! appela Eraste Pétrovitch.

Il n'eut pas à le dire deux fois. Tous s'engouffrèrent dans le trou et tombèrent sur la neige. Les uns étaient déshabillés, les autres déchaussés, mais tous étaient sains et saufs.

Il était temps !

Gonflées par le vent, les flammes envahissaient les

murs en rondins. Le toit venait de prendre feu, une planche tomba dans un halo d'étincelles.

– C'est un acte criminel ! murmura le policier tout excité à l'oreille d'Eraste Pétrovitch. Ça brûle bien, dis donc ! Ah, ces schismatiques ! Ils ont décidé de se débarrasser de nous tous, d'un coup !

Repoussant le policier, qui le gênait, Fandorine s'accroupit et souleva le bâton avec lequel le ou les malfaiteurs avaient calé la porte. Il n'était pas très gros, il aurait pu ouvrir la porte sans concentrer son énergie Ki. Étrange.

– Tenez-la ! Tenez-la ! crièrent soudain les gens d'une seule voix.

Cabochka, en cheveux, pieds nus, vêtue d'une chemise de toile, essayait de pénétrer dans la maison en pleurant.

– Mère Cyrielle ! Elle est restée là-bas ! hurlait-elle en se tortillant pour échapper aux hommes qui la tenaient. Je suis une affreuse ! Je l'ai laissée, j'ai eu peur !

En effet, Cyrielle n'était pas là. Dans la panique et l'affolement, tout le monde avait oublié la conteuse.

– Où veux-tu aller ? Regarde, tout brûle, disait le policier à la gamine.

Le perron était en flammes, il n'y avait nul moyen de pénétrer dans l'isba.

Fandorine se déplaça rapidement le long du mur en regardant par la fenêtre.

La chambre basse était vide. La médiane aussi.

Voilà !

La conteuse se démenait dans le coin des icônes, entre la table et l'iconostase murale. À présent, la maison était bien éclairée par le brasier.

Impuissante, Cyrielle agitait les manches de son habit. Elle ressemblait à un cygne noir blessé. Son visage levé vers le plafond semblait complètement figé, seules ses lèvres remuaient : sans doute récitait-elle une prière.

– Enlève ton bandeau ! hurla Kryjov. Et cours dans l'entrée ! Tu y arriveras peut-être !

Mais elle ne semblait pas l'entendre.

– Ma mère, pardonne-moi ! hurla Cabochka en s'étranglant dans un sanglot.

Sur le mur d'en face, la chaleur fit éclater une vitre, des étincelles tombèrent sur le sol. Aussitôt, le tapis par terre se mit à fumer.

– Oublie ton vœu ! Tu vas brûler ! s'écria Evpatiev. Non, elle ne voudra pas, ajouta-t-il dans un gémissement. De l'eau ! Une hache ! Cassez l'encadrement de la fenêtre !

Trop tard. Déjà, les flammes dévoraient le mur intérieur, s'approchaient des icônes. La veilleuse se brisa, l'huile répandue s'enflamma aussitôt.

De tous les côtés, des paysans couraient vers la maison, portant seaux et gaffes. L'ancien claudiquait, en sous-vêtements sous sa touloupe courte en peau retournée.

– P-permettez…

Eraste Pétrovitch prit la touloupe au vieillard et s'en couvrit la tête.

L'essentiel était de retenir son souffle, de ne pas aspirer la fumée. S'étant donné cette consigne, il se précipita vers le perron.

– Massa, de l'eau ! cria-t-il en japonais.

Son serviteur le comprit. Il arracha un seau à l'un des moujiks, versa de l'eau glacée sur la peau de mouton.

Enjamber les marches enflammées, passer à travers la porte en feu n'était pas le plus difficile. Le pire était de se diriger à l'intérieur, car on ne pouvait rien voir à cause de la fumée.

Dix pas à gauche, puis une marche, se dit Eraste

Pétrovitch. Mais il s'était trompé : le seuil qui séparait la chambre médiane de la chambre inférieure se trouvait à neuf pas seulement. Il trébucha et s'étala par terre.

Cette chute lui sauva la vie. Juste devant lui, une traverse tomba du plafond avec un fracas effroyable. S'il n'était pas tombé, elle lui aurait fracassé le crâne.

Il sauta par-dessus la poutre en flammes et, en quelques bonds, se trouva dans la chambre haute. Il faisait encore plus chaud ici, mais il n'y avait pas autant de fumée.

Sans perdre de temps en discussions inutiles, Eraste Pétrovitch saisit Cyrielle par la taille, la jeta sur son épaule. Elle était étrangement légère, on eût dit un fétu de paille.

Il la recouvrit avec la touloupe et courut vers la sortie.

Ses poumons réclamaient une bouffée d'air, mais se l'accorder eût été du suicide.

Il traversa la maison plongée dans l'obscurité la plus totale, en s'orientant uniquement de mémoire, et réussit à atteindre l'entrée. Son épaule et sa tête cognèrent le linteau. D'un bond, il franchit la porte transformée en un arc de feu, dégringola le perron, tomba dans la neige.

À présent, il pouvait respirer tout son soûl. Ce qu'il fit avec délice.

Massa se pencha sur lui, lui parlant en japonais. Eraste Pétrovitch était tout noir de suie.

– Maître, vous avez une brûlure sur la joue. Et votre barbe est complètement cramée. Vous n'êtes pas beau à voir.

Fandorine, inquiet, porta ses doigts à son visage. Non, ce n'était pas grave. Il aurait une cloque à tous les coups, mais pas de cicatrice.

Aloïs Stépanovitch accourut, tout émoustillé.

– Vous êtes un héros ! J'étais sûr que vous ne sortiriez pas vivant de cet enfer.

Evpatiev, ému, lui serra fort la main, sans un mot.

– Est-elle en vie ? demanda Fandorine en se levant.

Cyrielle semblait saine et sauve. Une foule de femmes jacassait et gémissait autour d'elle ; Cabochka rampait à ses pieds en sanglotant, cognant sans cesse son front par terre en signe de repentir.

Cyrielle tendit sa main, la posa sur le cou fin de la fillette, la caressa un instant.

– Allez, ça suffit. Tu as eu peur, ce n'est rien. Eh, mais tu n'as rien sur le dos. Les femmes, donnez-lui quelque chose à mettre, elle va attraper froid.

Cette femme extraordinaire ne semblait nullement bouleversée par ce qui lui était arrivé.

– Quel caractère incroyable ! dit l'industriel à Fandorine avec fierté. Une vraie nature russe ! Elle aurait péri plutôt que d'enlever son bandeau.

– Vous n'êtes pas brûlée ? demanda Eraste Pétrovitch à Cyrielle en s'approchant. Vous avez mal quelque part ?

– L'âme seule peut éprouver de la douleur, répondit-elle en tournant la tête de son côté. Or, mon âme est en paix, elle se sent bien. C'est vous qui m'avez sortie du feu ? Vous êtes des nôtres, un chrétien, n'est-ce pas ?

– Un chrétien, oui, répondit-il un brin gêné, car il se doutait bien qu'elle entendait par là uniquement les vieux-croyants.

– C'est lui qui t'a délivrée ! crièrent les femmes. Remercie-le !

Cyrielle dit d'un air indifférent :

– Dieu l'a permis. C'est qu'Il a encore besoin de moi.

Les vieillards et les hommes plus jeunes regardaient l'incendie en silence. Il était évident qu'on ne pourrait pas sauver la collégiale, qu'elle brûlerait jusqu'au bout.

Eraste Pétrovitch remarqua que le policier, accroupi, fouillait la neige. Il venait de trouver quelque chose et l'examinait.

Fandorine s'approcha discrètement.

– Un briquet, annonça Odintsov à voix basse. Et un amadou à moitié consumé. Lequel d'entre eux, alors ?

Il parcourut du regard les visages des villageois.

– Tu cherches mal, fit remarquer Eraste Pétrovitch en faisant un pas de côté. Un p-policier, ça !

Il déblaya la neige et ramassa un objet lourd que le reflet des flammes faisait briller légèrement.

C'était une croix en fer massive sur une chaîne dont un des maillons s'était desserré.

Un diable féroce

Le matin, ils reprirent leur voyage, comme prévu.

Ils n'avaient pas perdu grand-chose dans l'incendie nocturne. Fort heureusement, le gros de leurs bagages était resté dans les traîneaux et n'avait pas souffert du feu. Ceux qui n'avaient pas eu le temps de s'habiller avaient dû abandonner leurs vêtements, ce qui n'était pas bien grave. C'était le diacre qui avait souffert le plus : il n'avait plus sa soutane ni sa calotte, et n'avait pas emporté de rechange. Kryjov lui passa sa deuxième paire de bottes de feutre, Kokhanovski un chandail en tricot, Evpatiev une pelisse courte. Barnabé enroula un foulard de laine autour de sa tête à la manière d'un pirate : ainsi accoutré, il devint même pittoresque.

Quant à Cyrielle la miraculée, ils la prirent avec eux : elle se dirigeait vers la source de la rivière. Evpatiev invita respectueusement la conteuse dans son traîneau. Cabochka, emmitouflée dans une couverture, monta à côté du cocher.

Ils partirent.

Cette fois-ci, Fandorine renonça à la promenade à pied : il monta dans le traîneau d'Odintsov. Ils avaient des choses à se dire.

Tandis que le convoi se déployait sur la glace tel un lent mille-pattes, les passagers du dernier traîneau engagèrent une conversation sérieuse à laquelle une oreille non initiée n'aurait rien compris.

– Tout est clair, dit le policier en ralentissant afin que le traîneau d'Evpatiev, qui roulait juste devant lui, prît de l'avance.

– Tu crois ? demanda Eraste Pétrovitch, songeur.

– Et vous, non ? Qui a mis le feu ?

– Lui.

– Son but est clair. Il voulait nous tuer tous, nous autres antéchrists. Pour éviter le recensement. Allez, avance, abruti ! cria-t-il à son cheval qui n'arrivait pas à reprendre le bon rythme. Vous l'avez entendu parler au docteur, hein ? « À présent, je sais », qu'il a dit. C'est-à-dire : je sais comment il faut vous traiter, vipères… Un démon féroce ! Il fait le tour des villages, il trouble les gens.

Odintsov regarda son interlocuteur, qui fronçait les sourcils d'un air soucieux.

– Je me trompe ?

– N-non… Mais tout n'est pas clair. Comment a-t-il fait pour se trouver à Paradis avant nous ? Et d'un. Il voulait brûler des ét-trangers, d'accord. Mais pourquoi Cyrielle avec la gamine ? Et de deux. Et surtout, mon souci principal : où chercher maintenant ce provocateur ?

– Eh, Eraste Pétrovitch, ce n'est pas la peine de vous poser des questions inutiles ! dit le policier avec un sourire condescendant. Que Laurent soit arrivé avant nous, ça n'a rien d'étonnant. Nous avons fait tout un détour en suivant la rivière et lui, il a coupé par la forêt. Qui connaît les sentiers ne peut pas se perdre. Qu'il n'ait pas eu pitié de la bonne femme et de la gamine ? Normal, il est comme un chien enragé. Méchant, fou et, en plus, jaloux. Vous l'avez vu se tordre de fureur pendant que les gens écoutaient Cyrielle ? Il n'a pas supporté ! Je peux aussi répondre à votre troisième question : il faut chercher le scélérat dans les villages plus haut. C'est là qu'il est allé. Il y fera son numéro en terrorisant les gens et il entraînera les âmes fragiles dans le tombeau. Il faut le prendre avant qu'il n'ait commis des crimes pires encore. Quand nous l'aurons attrapé, nous l'amènerons sur la rivière pour le montrer aux gens. Regardez, espèces d'ours mal léchés, qu'on leur dira, admirez ce démon que vous teniez pour un saint, regardez ce monstre qui avait toute votre confiance.

– Est-ce qu'ils nous croiront ?

– Si nous le prenons en flagrant délit devant plusieurs témoins, des gens d'ici, ils seront bien obligés de nous croire… Et pourquoi ce Kryjov avance-t-il si lentement, il dort ou quoi ? Il faut se dépêcher !

– Je v-vais lui dire.

Fandorine sauta sur la glace et courut vers le traîneau de devant.

En apprenant pourquoi ils étaient pressés, Léon Sokratovitch fit claquer son fouet sans un mot et toute la procession accéléra le mouvement : le premier traîneau jouait le rôle de remorqueur pour Kokhanovski. Le troisième, qui transportait le diacre et le Japonais, avait du mal à suivre, mais Barnabé pressa le cheval, qui se mit à bouger ses jambes velues deux fois plus vite.

– Maîtle, appela Massa. Balnabé pa'le de sa femme, c'est tlès intélessant.

Barnabé expliqua pudiquement à Eraste Pétrovitch qui s'était posé sur le bord du traîneau :

– Je m'ennuie de ma diaconesse. Nous nous sommes mariés l'année dernière, juste après Pâques.

– Elle est belle, renchérit Massa, et il montra avec ses mains : Comme ça. Visage lond. Tout le leste lond aussi.

Le diacre rougit, tout heureux, et confirma :

– Oui, c'est une personne d'une beauté extraordinaire.

– Mes f-félicitations.

Eraste Pétrovitch descendit de nouveau sur la neige. En se retournant sur le traîneau d'Evpatiev, il constata que, pendant qu'il parlait avec Kryjov, certains membres de l'équipage avaient échangé leurs places : à présent, c'était Nikiphore Andronovitch qui était assis à côté du cocher, la pelisse ouverte.

– J'ai laissé la gamine se réchauffer un peu, cria-t-il. Regardez à l'intérieur pour voir si tout va bien.

– Tout est parfait, annonça Fandorine en se mettant sur un patin pour regarder par la fenêtre.

Quand personne ne la voyait, Cyrielle ne faisait pas vraiment subir l'épreuve de l'humiliation à sa guide. Certes, Cabochka était assise par terre, mais sa tête reposait sur les genoux de la conteuse. Celle-ci était en train de la peigner en chantonnant une douce berceuse :

– « Sur un lit douillet, / Sur un drap en soie, / Dormir sans bouger / Jusqu'au sixième jour… »

La bouche de la gamine était entrouverte, ses yeux étaient fermés : elle s'était déjà endormie. D'ailleurs Fandorine sentit à cet instant que cette voix douce et affectueuse, cette mélodie lente, le chuintement des paroles lui donnaient terriblement sommeil.

Cyrielle cessa de chanter et tourna sa tête vers la fenêtre.

– Qui est là ?

– Kouznetsov Eraste Pétrovitch, répondit-il à travers la vitre. Que signifie « jusqu'au sixième jour » ?

Elle ne parut pas du tout étonnée et répondit calmement :

– Il est écrit dans les livres anciens que les âmes des justes ressusciteront au sixième jour après la fin du monde.

– Donc, vous aussi, vous craignez une fin du monde im-minente ?

– Pourquoi la craindrais-je ? demanda Cyrielle, surprise.

Elle avait un parler étonnamment pur, sans l'accent des gens de Sterjenets, et tout à fait correct, même s'il s'y glissait par moments des tournures populaires.

– Vous non plus, vous n'avez rien à craindre, poursuivit-elle. Vous n'avez pas adhéré à la foi de Nikon, vous avez le cœur pur, on l'entend à votre voix. C'est les impurs qui doivent craindre la fin du monde, ceux qui n'ont pas su garder leur âme. Mais vous, le Seigneur vous aime. Il vous accueillera comme son fils bien-aimé qui est rentré à la maison.

C'était étonnant : lorsque Laurent le possédé annonçait la fin du monde, cela paraissait effrayant, il n'y avait aucun espoir en perspective, mais Cyrielle, elle, arrivait à vous présenter le Jugement dernier telle une consolation, un rêve.

Eraste Pétrovitch eut envie de lui demander d'où elle venait et pourquoi elle ne parlait pas comme les gens du cru, mais un événement inattendu l'en empêcha.

– Hé ! Arrêtez-vous ! criait-on. Arrêtez-vous !

Un homme à skis se tenait sur la rive, agitant les bras. Il descendit habilement la pente abrupte en biais et leur coupa la route.

Kryjov ralentit et la tête du cheval suivant heurta la nuque du père Vincent endormi. Celui-ci tressaillit et fit tomber son bonnet.

Fandorine reconnut le moujik : c'était un des recenseurs de Paradis.

Avant même d'avoir compris quoi que ce soit, il sentit qu'un incident s'était produit et se précipita vers le skieur.

– Un malheur, criait le moujik dans un râle. Un malheur !

Il avait sans doute couru longtemps à travers la forêt :

un nuage de vapeur enveloppait son col, sa barbe grise était couverte de givre et de glaçons.

– Explique ! cria Odintsov en les rejoignant.

Les autres accouraient.

– Les Liapounov... Ils se sont enterrés vivants... Nikita, sa femme Maria et les trois enfants, marmonna le recenseur d'une voix tremblante. Ce matin, la voisine est venue les voir, elle a vu qu'il n'y avait personne dans l'isba... Et dans le potager, la terre était enfoncée, et il y avait ça...

Il plongea sa main sous sa veste et sortit une feuille. Odintsov la saisit, y jeta à peine un coup d'œil et la passa à Eraste Pétrovitch.

– C'est la même écriture !

Fandorine reconnut aussi l'écriture et les paroles. « Votre nouveau règlement et vos registres cherchent à nous faire abandonner la véritable foi chrétienne et à nous exiler loin de notre patrie, or notre patrie, c'est le Christ. » C'était le même texte, mot pour mot. « Jamais nous ne pourrons obéir à vos nouvelles lois, et nous désirons mourir pour le Christ. »

– Vous les avez sauvés ? demanda-t-il en prenant le messager par l'épaule.

– Pensez-vous ! Ils se sont étouffés... Il faut croire qu'ils se sont enterrés dès la nuit, juste après l'incendie...

Odintsov saisit le moujik à la gorge.

– Est-ce que Laurent le fol en Christ est venu chez vous hier soir ?

Le recenseur regarda avec étonnement le visage contorsionné du policier.

– Bien sûr qu'il est venu demander l'aumône.

– Il est passé chez les Liapounov ?

– Mais oui, Maria est toujours heureuse de recevoir des hommes de Dieu. Était toujours heureuse, se reprit le messager dont les joues ridées se mirent à trembler.

Le policier grinça des dents.

– Vipère ! Il a réussi à leur inoculer son venin ! Je les connais, les Liapounov. Nikita était un gars doux, de ceux qui sont sous la coupe de leur bonne femme. C'était Maria qui portait la culotte. Très pieuse. Et dire qu'ils n'ont pas eu pitié de leurs petits !

Il courut vers le traîneau.

– Venez, Eraste Pétrovitch, on revient sur nos pas.

Mais Fandorine ne bougea pas.

– V-vas-y tout seul. Moi, je n'ai rien à faire à Paradis.

Odintsov s'arrêta.

– Comment ? Et l'enquête ? Sans vous, je risque de louper quelque chose.

– On aura le temps d'enquêter. Il faut sauver les gens.

Tous s'étaient attroupés autour d'eux à l'exception de Cyrielle et de la gamine, qui étaient restées dans le traîneau, mais personne ne comprenait le sens de cette discussion. Seul Kryjov, à qui Eraste Pétrovitch avait expliqué pourquoi ils devaient se dépêcher, ne montra aucune surprise.

– Léon Sokratovitch, je ne saurais me passer de vous, lui dit Fandorine. Vous viendrez avec moi ?

Kryjov acquiesça en silence.

– Et votre cheval pourra tirer trois personnes ? J'ai mon serviteur. Nous pouvons monter à tour de rôle.

– De quoi parlez-vous ? intervint enfin Evpatiev. Qui qualifiez-vous de serpent venimeux ? Laurent ? En quel sens ?

Le moment était venu de leur parler de l'incendiaire :

– C'est un homme très dangereux qui ne s'arrête devant rien. La nuit dernière, nous avons tous risqué notre peau. Revenez au village avec le policier, m-messieurs. Laurent ne s'y montrera plus, voilà qui est certain, conclut Eraste Pétrovitch. Le recensement attendra, la visite aux fidèles aussi, ajouta-t-il en se tournant vers le prêtre. Nous devons mettre le criminel hors d'état de nuire, et ensuite, libre à vous de vous promener autant que vous le souhaitez.

Après ce qui s'était passé lors de l'incendie, personne n'eut l'idée de mettre en cause la légitimité des décisions imposées par le « touriste ».

Nikiphore Andronovitch Evpatiev dit :

– Vous avez raison. Messieurs, rentrez au village. Et moi, Eraste Pétrovitch, j'irai avec vous. Il faut bien que quelqu'un leur remette la cervelle en place, à ces moujiks. Ils ne vous écouteront pas, vous êtes un étranger pour eux.

– Pour ce qui est de remettre la cervelle en place, c'est plutôt de mon ressort, fit remarquer Chechouline. Surtout si nous retrouvons le bienheureux. C'est un cas classique de mégalomanie paranoïaque à tendance destructrice et suicidaire forte. Comme vous avez pu le remarquer, je sais m'y prendre avec ce genre d'individus.

Le père Vincent se signa et prononça d'un air grave :

– À l'heure des épreuves, un pâtre ne doit-il pas rester auprès de ses brebis ? Je souhaite vous accompagner, monsieur Kouznetsov. Je le considère même comme de mon devoir.

Et même Aloïs Stépanovitch, cet herbivore inoffensif, fit preuve de persévérance :

– Eraste Pétrovitch, j'ai prêté serment à l'Assemblée rurale, en promettant d'accomplir honnêtement et impartialement mon devoir sans reculer devant les obstacles, déclara le statisticien en bombant le torse. Je suis déçu que vous ayez pu supposer que moi, un diplômé de l'université de Saint-Pétersbourg, par crainte du danger…

Odintsov interrompit sa logorrhée.

– Diantre ! cria-t-il en jetant son bonnet à terre.

Moi aussi, je viens avec vous ! L'inspecteur et le juge d'instruction n'ont qu'à déterrer les cadavres sans moi ! Je voudrais sauver les vivants !

Evpatiev conclut :

– Donc, nous allons notre chemin. Mais nous sommes bien d'accord, messieurs : nous ne vous avons pas obligés à venir avec nous.

La pyramide

Après cette halte forcée, le convoi avança encore plus vite.

À présent que l'objectif du voyage avait changé, le traîneau du policier roulait devant. Le gardien de la loi fouettait son cheval sans ménagement. Des fontaines de neige gelée jaillissaient sous ses sabots, ses flancs fumants étaient couverts de givre.

Le village suivant où il fallait arriver avant le sinistre prédicateur s'appelait Barbouillevo, et il était habité par des barbouilleurs, c'est-à-dire des peintres, non pas peintres d'icônes, mais des gens insouciants et gais, qui faisaient des louboks, ces images peintes sur l'écorce de bouleau. Dans toutes les isbas du Nord, et pas uniquement chez les vieux-croyants, on pouvait voir leur production aux murs : des sujets spirituels ou profanes reproduits par des moyens artisanaux. Des marchands ambulants vendaient tous ces « Alexis-homme-de-Dieu », ces « Bova-le-prince » et ces « Finist-le-fier-Faucon » dans les villages et les foires pour cinq ou dix kopecks. Un commerce de deux sous, mais qui était avantageux, pour la bonne raison que les acheteurs ne manquaient pas.

Ils arrivèrent avant le coucher du soleil.

– Voici Barbouillevo, dit Odintsov en montrant un petit tas de maisons serrées les unes contre les autres.

Elles étaient bien différentes de celles des deux autres villages : petites, douillettes, avec de jolis volets peints.

– Seigneur, pourvu qu'il ne soit pas trop tard…

Il se souleva, cria un bon coup pour réveiller son cheval isabelle, qui était bien fatigué. Celui-ci agita sa tête hirsute et partit d'un bon trot.

Devant le village, quelques jeunes filles et femmes mariées coiffées de fichus multicolores accomplissaient une besogne bien étrange : elles mettaient de la neige dans des pots.

– Pourquoi font-elles ça ? demanda Eraste Pétrovitch, étonné.

– Chez nous, on croit que la neige de l'Épiphanie guérit quarante maux, expliqua Julien qui tendait le cou pour bien voir le village. Hé, les filles ! Laurent le bienheureux n'est pas chez vous par hasard ?

Les villageoises dévisageaient les étrangers avec curiosité. L'une d'entre elles, plus âgée que les autres, répondit posément :

– Il était là ce matin. Il a mangé, il est passé dans les maisons pour demander l'aumône et il s'en est allé.

– Où ça ?

– Tout le monde est en vie chez vous ?

– Grâce à Dieu, répondit la jeune femme, étonnée, en se tournant d'abord vers Eraste Pétrovitch.

Puis elle lança au policier :

– Où est-ce qu'il est allé ? Dans la forêt, naturellement !

– Tenez ! dit Odintsov en remettant les rênes à son compagnon de traîneau. Sais-tu quel chemin il a pris ? Quelqu'un l'a vu ? Montrez-le-nous !

Nikiphore Andronovitch, qui arriva sur ces entrefaites, s'adressa à son tour aux jeunes femmes :

– Que le Christ vous protège, mes belles ! Est-ce que tout va bien chez vous ? Je suis Evpatiev.

Les villageoises le saluèrent en s'inclinant profondément.

– Nous vous connaissons. Grâce à Dieu, tout va bien.

– Conduisez-moi chez l'ancien. Et appelez tout le monde. J'ai à vous parler.

L'une des jeunes filles prit le policier à part pour lui raconter quelque chose. Eraste Pétrovitch les suivit en faisant signe à Massa de se tenir à proximité. Tous les autres allèrent dans le village.

– À la source maléfique ? fit répéter Julien. C'est la direction de Bogomilovo ?

Il se tourna vers Fandorine.

– Ça fait une heure qu'il est parti. Je vais l'attraper ! Il ne m'échappera pas !

– Je viens avec toi.

Odintsov retourna à son traîneau et détacha ses skis, qui étaient accrochés à l'un des patins.

– Vous savez courir sur la neige ?

– Avec des b-bâtons, plutôt bien.

– Chez nous, on ne trouve pas de bâtons. D'ailleurs, ce sont des skis spéciaux, faut avoir l'habitude.

Le policier chaussa deux planches larges et courtes, tendues de peau.

– La nuit va tomber, dit-il. Si vous me perdez de vue, vous risquez de périr. Pas grave, Eraste Pétrovitch ! Je prendrai cet oiseau tout seul !

Il glissa dans sa besace une ficelle, accrocha la carabine à son épaule.

– Bon, d'accord. Admettons que tu l'attrapes. Et après ?

– Je le ligoterai, je l'attacherai à des branches de sapin et je le traînerai, cria Julien en s'éloignant. Pourvu qu'il fasse jour pendant une petite heure encore !

Sa silhouette bien bâtie, nouée d'une ceinture à la

taille, filait rapidement vers la forêt à travers champs. Il bougeait les bras à la manière des militaires. Des mottes blanches s'envolaient de sous ses skis.

Un instant plus tard, le brave policier disparut derrière les sapins touffus.

Une jeune fille aux joues vermeilles, qui se tenait à côté, regardait Fandorine avec un mélange de pitié et de crainte. Habitué à inspirer au beau sexe des émotions bien différentes, Eraste Pétrovitch se sentit vexé, mais se rappela aussitôt que sa barbe était brûlée et qu'il avait sur la joue une cloque de la grosseur d'une pièce de cinq kopecks. Comme séducteur, on pouvait imaginer mieux.

Il poussa un soupir et tourna vers la villageoise son profil intact.

– Allez, je veux rejoindre les autres, montre-moi le chemin.

Mais il n'arriva pas immédiatement sur le lieu de la réunion. Avait-il suscité la compassion de la jeune fille ? La moitié intacte de son visage avait-elle fait bonne impression ? Toujours est-il qu'on le conduisit d'abord dans une maison où l'on badigeonna sa brûlure avec une pommade à l'odeur forte, qui fit immédiatement passer la douleur.

– Laisse-moi te couper la barbe, on dirait un cabot galeux, proposa sa bienfaitrice, qui s'appelait Manepha.

Faisant claquer d'énormes ciseaux, elle rétablit la symétrie de sa barbe.

– Dis, tu es marié ?

– Je suis veuf.

– Tu me fais marcher, dis ? demanda Manepha d'une voix chantante. Jure-le sur ta *lestovka*.

Fandorine ignorait ce qu'était une *lestovka*, mais cette question lui avait remonté le moral. Il pouvait donc plaire aux filles, même très jeunes et généreusement dotées par la nature.

– Je pourrais être ton père, répondit-il dignement. Et c'est un péché que de jurer pour des bêtises. Viens, on y va.

Il n'y avait pas de collégiale comme à Paradis, et toute la population, une centaine de personnes, s'était rassemblée dans la maison de l'ancien. La partie chauffée étant trop exiguë, la plupart des gens avaient dû occuper les pièces d'été où, bientôt, toutes les fenêtres furent embuées à cause de la respiration d'un grand nombre de personnes.

Lorsque Fandorine entra, Nikiphore Andronovitch était en train de prononcer son discours. Debout devant le poêle, il se tourna plusieurs fois pour embrasser du regard toute l'assemblée. Sa voix, bien que pas très forte, était pénétrante : il cherchait à toucher le cœur de chacun :

– Il nous fait peur en nous parlant de Satan et de l'Antéchrist, mais en fait, c'est lui le diable ! En quoi Dieu se distingue-t-il du diable ? Dieu est amour, le diable est haine. Celui qui prêche la haine et la mort, d'où vient-il, du bon Dieu ou du diable ? C'est clair. Je sais que ce démon va de maison en maison et qu'il sème son ivraie dans les cœurs. Ne l'écoutez pas. Vous êtes des gens à l'âme joyeuse, des artistes, vous aimez la vie.

En réalité, le maître des lieux ne fit pas à Eraste Pétrovitch une impression particulièrement joyeuse. Ce vieillard austère à la longue barbe grise et en chemise blanche, semblable à un patriarche de l'Ancien Testament, était assis sous les icônes, droit comme un piquet. Il écoutait Evpatiev sans le regarder, en fronçant ses sourcils broussailleux. À gauche et à droite de l'ancien se tenaient sa femme et sa catherinette de fille bossue, toutes deux en noir avec des mines de carême. En revanche, les autres habitants de Barbouillevo avaient effectivement des visages gais, et étaient vêtus de couleurs vives, d'étoffes bigarrées. La plupart des hommes étaient minces, agités. Les femmes avaient le teint vermeil et souriaient facilement, les gamins riaient et gigotaient.

En les observant, Eraste Pétrovitch pensa qu'ils ne ressemblaient pas à des vieux-croyants. À ceci près qu'ils ne pouvaient pas rester désœuvrés un seul instant. Les femmes et les jeunes filles tressaient de drôles de colliers avec des lanières de cuir et des bouts de tissu. Chaque collier se terminait par quatre petites plaques triangulaires. Pendant que l'orateur parlait, certains hommes notaient quelque chose sur du papier (avec des crayons tout à fait modernes, sans doute achetés en ville). Fandorine, curieux, jeta un coup d'œil pardessus l'épaule de son voisin. Il croquait un petit diable cornu très rigolo qui crachait des flammes rouges tandis qu'une fumée noire montait de sous sa queue.

Les murs étaient couverts de louboks, essentiellement des scènes animalières. Eraste Pétrovitch contempla avec étonnement une image intitulée « Comment le crocodile a grugé la tortue », qui représentait en effet les deux bêtes de façon assez ressemblante. Une autre image, sur une grande feuille, figurait les créatures terrestres rendant gloire au Très-Haut : « Que tout ce qui respire loue l'Éternel. » Pratiquement toute la population de *La Vie des animaux*, de Brehm, jusqu'aux rhinocéros et aux girafes, y était présente.

– C'est Xénia la bossue qui les peint, dit Manepha dans un souffle. Son père lui a apporté de la ville un livre imprimé avec toutes sortes d'animaux. Elle ne le prête à personne. C'est fou ce qu'elle est avare !

Tout le monde lui fit « Chut ! ». Evpatiev avait cessé de parler, l'ancien se levait pour prendre la parole à son tour. Son discours fut bref et se déroula dans un silence de mort.

Eraste Pétrovitch se dit qu'il fallait effectivement un responsable de ce genre à ces gens qui ne tenaient pas en place : réservé, austère. C'était bien connu : les bavards devaient avoir pour chef un taciturne et les taciturnes, un bavard.

Le vieillard dit :

– C'est Dieu qui parle par la bouche du bienheureux. Laurent n'a pas de haine envers les hommes, seulement envers Satan. Pour ce qui est des recenseurs, je vais réfléchir.

Il se rassit.

Trois phrases de l'ancien avaient suffi à détruire l'effet de la longue philippique d'Evpatiev.

Aloïs Stépanovitch prit la parole aussi, mais personne ne l'écouta. La plupart des gens étaient restés, mais chacun vaquait à ses affaires. Des groupes se formèrent. Certains parlaient fort, d'autres riaient. Il y eut un attroupement autour de Cyrielle.

Nikiphore Andronovitch s'approcha de Fandorine.

– C'est ça, la vraie Russie, dit-il avec un sourire amer en désignant la conteuse. L'esprit vif et désintéressé, et avec un bandeau sur les yeux : c'est elle-même qui s'est rendue aveugle, car elle n'a pas besoin de regarder le monde.

– Qu'est-ce qu'elles tressent ? demanda Fandorine.

– Des *lestovki.* Chaque vieux-croyant en a une. Moi aussi, dit-il en sortant de sous sa chemise anglaise un ruban brodé de perles. Les quatre triangles symbolisent les Évangiles. Les nœuds, on les appelle les « papillons ». Ils permettent de compter les prières et les inclinaisons. *Lestovka* signifie « escalier ». Chez nous, on croit qu'il permet de grimper au ciel… Venez écouter. Qu'est-ce qui se passe chez eux ? C'est intéressant.

Un brouhaha parvenait de la foule attroupée autour de Cyrielle : les gens commandaient des contes.

– Celui sur Catherine la tsarine !

– Non, sur l'Allemand qui se lavait dans une étuve !

– Sur le pope qui jeûnait sans arrêt !

Une fois tout le monde calmé, l'ancien dit, raisonnable :

– Raconte une histoire qu'on pourrait représenter dans un tableau.

Tout le monde approuva et certains hommes préparèrent du papier pour dessiner.

– Vous les connaissez toutes, répondit Cyrielle, pensive.

Son visage blanc austère était absolument impassible, sans l'ombre d'un sourire, et pourtant, les gens s'attendaient manifestement à entendre quelque chose de drôle.

– À moins que je ne vous raconte l'histoire du roi Petrouchka ? dit-elle. La connaissez-vous ? Il s'agit du conte de la pyramide.

Les barbouilleurs ne le connaissaient pas.

– C'est quoi, une pyramide, ma mère ?

– C'est une construction en pierre en forme de gâteau de Pâques, qu'on bâtissait sur les tombeaux des rois anciens pour sauver leurs âmes, expliqua la conteuse, montrant avec ses mains que la construction était étroite en haut, large en bas. Immense, ajouta-t-elle, comme une montagne. J'en ai vu une dans un livre. Voulez-vous que je vous raconte cette histoire ?

– Raconte, raconte !

Cyrielle commença sur le même ton sérieux, en chantonnant :

– Le tsar Petrouchka avait des yeux de chat, une

trogne de cochon, il est mort d'un mal honteux, et les diables l'ont emporté en enfer. Et lui de crier, de se plaindre ! Il s'attendait à ce que les démons lui mettent le nez dans les cendres de tabac et recousent sa barbe coupée sur son menton glabre. Parce que ce dévoyé savait parfaitement qu'il méritait un châtiment pour sa vie de stupre.

Tout le monde ricanait, mais la conteuse poursuivit comme si de rien n'était.

– Mais non. Voilà que le prince des ténèbres l'accueille en personne. Bienvenue, Majesté, qu'il lui dit, il y a longtemps que nous vous attendons.

De nouveaux rires savourant à l'avance le comique de l'histoire.

– Notre Petrouchka se sentit dans ses petits souliers, et il dit : « C'est là-bas que j'étais un grand, et ici, je ne suis qu'un gland. Laissez-moi me mettre dans un coin, et qu'on ne me remarque point. » Et Satan de répliquer : « Chez nous, ça ne se fait pas. Nous sommes honnêtes. Celui qui était tsar chez vous le reste ici. » On conduisit Petrouchka dans un champ. On lui posa sur les épaules une immense planche de bois : il fallait qu'il la tienne, on ne lui a pas laissé le choix. Ses ministres grimpèrent sur cette planche, douze qu'ils étaient. À force de boire de la bière et de manger gras, le tsar était bien gros et large d'épaules : pourtant, il gémit, ses genoux fléchirent. Ses ministres, ravis, sautaient sur la planche : « Nous avons passé notre temps à te distraire, à présent à toi de nous porter. » Mais ils ne s'amusèrent pas très longtemps. Les diables les recouvrirent d'un bouclier de cuivre grand comme une place entière et toute une foule de hobereaux, de popes, de marchands monta dessus. Les ministres se plièrent en quatre, quant au tsar, il ne faisait plus que piailler. Bon. Sur cette place, ils posèrent un miroir en argent grand comme une mer, et ils firent monter dessus paysans et artisans sans nombre, mille fois mille. Les hobereaux, les marchands et les popes furent écrasés et devinrent comme une galette, les ministres se transformèrent en crêpe, quant au tsar, il n'en restait plus qu'une petite flaque. Et toute la chrétienté fut recouverte d'une grille faite de fils d'or, toute légère. Des saints vieillards, des orphelins et des gens pieux ont commencé à s'y promener en toute liberté. Au-dessus d'eux, il n'y avait personne, uniquement le soleil, la lune et les étoiles.

– Vous avez là tout le programme socialiste à l'état pur, dit Kryjov avec un sourire : il avait capté le regard d'Eraste Pétrovitch. Encore un peu, et on secouera tellement notre mère Russie par le bas qu'elle marchera sur la tête.

Mais Fandorine ne le regardait pas, car il observait Massa.

Le Japonais se tenait à l'écart, il n'écoutait pas l'histoire, il examinait d'un air imposant un ficus placé sous les icônes, à la place d'honneur. Eraste Pétrovitch remarqua non sans un certain agacement que la belle Manepha aux joues rouges se tenait tout près de lui et le regardait en cachant sa bouche dans un coin de son fichu.

Il y avait tout de même quelque chose de magnétique dans le succès que Massa avait auprès du sexe faible.

– Vous êtes qui, monsieur ? demanda-t-elle d'un air timide. Pourquoi vous plissez toujours les yeux ? Et vous ne vous êtes pas signé en entrant dans la maison.

L'Asiate ne daigna même pas regarder de son côté et se contenta de froncer les sourcils d'un air pensif.

– Peut-être que vous êtes un démon et que vous nous avez été envoyé en tentation ? insista la jeune fille, de plus en plus effrayée. En signe des derniers temps ?

Il la regarda de biais et lança comme à contrecœur :

– En tentation, c'est ça.

Manepha se signa promptement plusieurs fois.

– Je ne me laisserai pas tenter. Je vais rentrer pour prier devant la sainte icône.

Et toc ! se dit Eraste Pétrovitch avec une joie mauvaise.

Mais les choses n'en restèrent pas là.

– C'est un péché que de se cacher de la tentation. C'est malhonnête, dit Massa d'un air sévère. Il faut lutter.

– Comment lutter ? demanda la jeune fille en faisant des yeux ronds. La chair est faible ! On sait que le démon a une grande force.

Le Japonais la regarda attentivement de haut en bas.

– La chail, ce n'est lien. L'essentiel, c'est de ne pas faiblil dans l'âme, ne pas abandonner la vieille foi.

Il se signa avec deux doigts et demanda :

– Ton âme est-elle felme ?

– Mon âme oui, répondit la pauvre victime.

Elle ne résista point lorsque Massa la prit sous le bras et, profitant du fait que tout le monde écoutait le conte, sortit discrètement de l'isba avec elle.

Fandorine aurait pu intervenir et gâcher la fête à Massa, mais il ne le fit pas. Premièrement, cela aurait eu l'air d'une vengeance mesquine. Deuxièmement, il n'avait aucun divertissement à proposer à Massa. Il n'y avait rien à faire, il fallait attendre le retour d'Odintsov.

Tout en enrageant contre cette décadence des mœurs généralisée qui, à en juger d'après le comportement de Manepha, avait touché même les masses populaires les plus solides, Fandorine sortit prendre l'air : il y avait tant de monde dans l'isba qu'on y étouffait.

Devant le perron, il remarqua un groupe de gamins réunis autour de la jeune guide. Elle racontait de nouveau quelque chose, sans doute un conte terrifiant, avec une voix d'outre-tombe : ses yeux étaient écarquillés, ses doigts en éventail, comme des pinces de crabe. Les petits poussaient des cris de frayeur.

– Il erre, il frappe des pieds, il tourne la tête dans tous les sens, entendit Eraste Pétrovitch.

Il sourit. Mère Cyrielle avait une élève digne d'elle, et qui s'était déjà acquis son propre public.

L'une des fillettes, morveuse, au visage criblé de taches de rousseur, dont les moufles rouges étaient accrochées à une ficelle passée autour du cou, se retourna sur lui. Elle devait avoir dans les huit ans, il manquait plusieurs dents dans sa bouche grande ouverte.

– Attention ! cria-t-elle.

Les enfants se tinrent cois en regardant l'étranger.

Tous avaient la même expression de crainte et de ravissement. Profitant du silence, Cabochka mit un caramel dans sa bouche : sans doute son salaire pour le conte.

– Qu'est-ce que t'as à zieuter ? demanda la fillette aux taches de rousseur. Passe ton chemin.

– Je m'en vais, je m'en vais. Seulement mouche-toi, répondit Fandorine en riant.

Il prit la moufle et lui essuya le nez.

Il se mit au milieu de la rue, leva les yeux et demeura interdit. Jamais il n'avait vu autant d'étoiles, jamais elles n'avaient été aussi brillantes, sauf au-dessus des mers du Midi. Ici le ciel n'était pas aussi intensément noir que dans les contrées méridionales, la blancheur de la neige l'éclairait d'un léger reflet bleuté. Dans ce pays, le ciel est plus vivant et plus chaud que la terre, pensa Fandorine en frissonnant.

Et le policier, seul dans la forêt obscure, comment allait-il s'en sortir ? S'il ne capturait pas le fol en Christ, c'était une catastrophe.

Pourvu qu'il n'y laisse pas sa peau…

À Bogomilovo !

Julien rentra à minuit passé, épuisé, furieux, tout couvert de givre.

En jurant comme un charretier – aucun schismatique ne se serait permis pareilles expressions –, il raconta qu'il avait suivi la trace de Laurent jusqu'au lac, mais qu'ensuite un coup de tabac avait soufflé – on appelait ainsi une bourrasque brève mais violente, semblable à une tempête en mer. Il n'y voyait plus rien, ça tourbillonnait. En dix minutes à peine, la trace que ses skis avaient laissée sur la neige avait été effacée. Il ne savait plus où aller. Il avait eu beau chercher : impossible de s'y retrouver dans le noir.

– Il est parti, le cabot ! Soit à Bogomilovo, ainsi qu'il l'avait annoncé aux villageois, soit vers le haut, vers Losma. Ou au monastère Saint-Daniel, là-bas il y a plein de bonnes femmes hystériques prêtes à s'enterrer ou à se jeter au feu.

– P-pourquoi ? demanda Fandorine en enfilant sa pelisse.

On les avait installés dans différents endroits pour la nuit. Fandorine, qui n'avait pas l'intention de dormir, était resté à l'écurie avec les chevaux. Cyrielle logeait chez l'ancien en tant qu'invitée de marque. Les autres dormaient dans diverses maisons.

Je n'y ai jamais été, et il paraît que c'est un bon village, bien pieux. Cabochka, prends notre baluchon !

Alors, Kryjov n'y tint plus.

– Allez tous au diable ! S'il faut qu'on meure, autant mourir ensemble !

Ils ne moururent pas, mais n'arrivèrent pas au terme de leur voyage non plus : Léon Sokratovitch avait eu raison.

À mi-chemin à peu près, peu avant l'aube, une véritable avalanche de neige s'abattit sur la rivière. Tout avait disparu : le ciel, la forêt, la rive. C'est à peine si Fandorine pouvait voir la croupe du cheval : il soufflait une bourrasque de tous les diables. À la place d'Odintsov, qui dormait sous sa pelisse, une énorme congère s'était formée en un instant.

Ils ne voyaient plus le chemin : il fallut s'arrêter.

Recouvrant le bruit du vent, la voix de Kryjov retentit, venant de nulle part :

– À gauche ! Prenez à gauche ! Tous !

En effet, sous la falaise, le vent soufflait moins fort. Les traîneaux émergèrent du tourbillon de neige l'un après l'autre et se placèrent en arc de cercle.

– Alors, qu'avez-vous obtenu ? cria Léon Sokratovitch, furieux. Laurent, lui, a sans doute réussi à passer par la forêt et nous, on est bloqués. Nous sommes à une bonne vingtaine de kilomètres de Barbouillevo, et il y en a à peu près autant jusqu'à Bogomilovo.

– Sommes-nous en danger ? demanda le docteur Chechouline en secouant la neige de sa barbe. J'ai lu qu'une tempête de neige pouvait durer deux, voire trois jours…

Evpatiev renifla, aspira l'air.

– Celle-ci ne sera pas très longue. Il y en a pour

cinq ou six heures. Nous allons attendre. On peut faire du feu là-bas, sous le rocher, il n'y a pas de vent. Ou encore, on peut se réchauffer à tour de rôle dans mon traîneau à moi.

Ils réussirent à s'organiser.

Une demi-heure plus tard, un grand feu brillait dans un enfoncement de la falaise. Les hommes emmitouflés s'étaient installés tout autour sur des branches de sapin. Cyrielle et la gamine étaient restées au chaud dans le traîneau d'Evpatiev, près du poêle.

Tant que le convoi avançait, Fandorine était concentré et tendu, il ne pensait qu'à gagner du temps. Mais à présent qu'ils étaient immobilisés, il ordonna à son cerveau, à son corps et à son esprit de se détendre. Un sage chinois avait dit quelque deux mille ans auparavant : « Lorsqu'un homme noble a fait tout ce qui était en son pouvoir, il se confie au destin. » Eraste Pétrovitch se coucha sur le dos, se recouvrit d'une peau d'ours et s'endormit tranquillement.

Il se réveilla au petit matin. À cause d'un cri. C'était une femme qui criait.

La tempête venait de se calmer : une légère poussière blanche survolait le méandre, mais le monde du bon Dieu était apaisé et serein. À l'exception de cette voix pleurnicharde, geignarde.

– Vous êtes donc là ! Et moi, je ne vous avais pas vus ! J'étais passée à côté ! Aïe, aïe ! Vous nous avez abandonnés ! Au secours ! Aïe, aïe !

Toute blanche comme la Fille des neiges sur la glace enneigée, Manepha, la beauté de Barbouillevo, se tenait sur ses skis, la bouche grande ouverte dans un sanglot ou un appel au secours : mal réveillé, Eraste Pétrovitch ne comprit pas tout de suite ce qu'il en était.

Ses voisins se levaient l'un après l'autre. Cabochka sortit sa tête du traîneau d'Evpatiev.

– Qu'est-ce que tu as à gueuler ? demanda Kryjov. Serait-il arrivé un malheur ?

Fandorine, lui, connaissait déjà la réponse. Il demanda seulement :

– Qui ?

– L'ancien, répondit la jeune fille en pleurant et elle s'accroupit, tendit ses mains toutes rouges vers les charbons encore chauds. Avec sa femme et sa fille… Xénia la bossue peignait si joliment les bêtes…

Le père Vincent se mit à se lamenter :

– Le Seigneur les a privés de raison ! À cause de leur hérésie ! Ne leur ai-je pas dit hier : « Repentez-vous ! Ouvrez vos yeux ! » Mais ils s'étaient bouché les oreilles avec de la cire, et voilà le châtiment !

Les questions pleuvaient :

– Quand a-t-il eu le temps de le faire ?

– On les a déterrés ?

– Et toi, comment tu as fait pour venir jusqu'ici ?

Manepha, le visage baigné de larmes, répondit à tout le monde :

– Dès que vous êtes partis, il a fait le tour des isbas, pour dire adieu aux uns et aux autres. « Ne m'en tenez pas rigueur si j'ai offensé l'un d'entre vous. Nous allons nous sauver et nous intercéderons auprès de Dieu pour toute la communauté. Et vous, restez, mais vous n'en avez plus pour très longtemps non plus. L'heure est proche, alors à quoi bon attendre ? » On a essayé de le convaincre, mais leur décision était ferme. Ils sont descendus dans la cave à choux, ont allumé quarante chandelles et ont colmaté la porte de l'intérieur. Nos gars les ont appelés, mais n'ont pas réussi à leur tirer un traître mot, on les entendait juste chanter des cantiques…

– Pourquoi ne les avez-vous pas retenus de force ? gémit Kokhanovski. Il est clair que c'est de la folie !

– Pourquoi n'avoir pas envoyé quelqu'un me chercher ? demanda Odintsov, l'air menaçant. C'est un crime contre la loi !

– L'assemblée s'est réunie, expliqua Manepha. Les vieux ont décidé de respecter leur volonté : c'est un péché que de s'interposer entre les hommes et Dieu. Et moi, j'ai chaussé mes skis et je suis partie vous chercher en cachette. Seulement la tempête m'a égarée, je ne vous ai pas vus. À présent je m'en retourne…

– T'as pas froid aux yeux, la fille ! dit Kryjov en hochant la tête. Tu n'as eu peur ni des villageois ni de la tempête.

Eraste Pétrovitch avait sa petite idée sur les raisons de cet héroïsme, confirmée par les regards que la jeune fille jetait au Japonais. Lui restait impassible car un homme, un vrai, ne montre pas ses sentiments. Il redressa juste la tête d'un air fier.

Nikiphore Andronovitch s'écria avec douleur :

– « Les vieux ont décidé ! » Nous perdons notre temps, messieurs… Il faut essayer de sortir ces sauvages de leur trou tant qu'ils n'ont pas étouffé. Dis-moi, petite, il y a combien de kilomètres jusqu'à Barbouillevo en passant par la forêt à skis ?

Manepha ne l'avait pas entendu. Elle s'était approchée du Japonais et lui disait quelque chose, toute rosissante.

Ce fut Odintsov qui répondit : il connaissait bien la région.

– Une petite douzaine de kilomètres. Il vient de neiger, il faut donc compter au moins trois heures. Mieux vaut rouler en traîneaux sur la rivière.

– Attelle ! On fait demi-tour ! cria Evpatiev au

cocher. Nous retournons à Barbouillevo ! Et toi, l'agent, tu viens avec moi. On aura besoin de toi.

Il fallut troubler le tête-à-tête touchant des amoureux.

– À quelle heure l'ancien s'est-il enfermé dans sa cave ? demanda Eraste Pétrovitch en effleurant le coude de la jeune fille.

– Hein ?

Elle tourna vers lui un regard embrumé, heureux, et répondit :

– Le premier coq n'avait pas encore chanté.

Donc, à deux heures du matin au plus tard, calcula Fandorine.

– Et la cave, est-elle grande ?

– Toute petite. Juste de quoi mettre deux tonneaux à choux.

Pour montrer les dimensions de la cave, elle écarta les bras et se baissa légèrement.

Eraste Pétrovitch, avec une douloureuse grimace, appela Evpatiev et Odintsov, qui étaient déjà montés dans le traîneau.

– Vous perdez votre temps ! Si les moujiks n'ont pas changé d'avis, s'ils n'ont pas défoncé la porte, c'est trop tard. Il n'y a pas plus de deux mètres cubes et demi d'air. Si les fentes sont colmatées et qu'il y brûle quarante chandelles, trois personnes adultes ne peuvent pas tenir plus d'une heure et demie. Or, ça fait plus de sept heures… Manepha, l'ancien n'a-t-il pas laissé un mot ?

– Si, pour les autorités. Il disait qu'il n'était pas d'accord pour renier le Christ. Et il a emporté un livre avec lui dans la cave, un missel je crois.

– C'est la même chose, dit Fandorine en s'adressant au policier. Pareil qu'à Denissievo et à Paradis.

– Laurent le fol en Christ avait-il mangé chez lui ? demanda Odintsov à la jeune fille d'un air menaçant.

– Chez l'ancien ? Évidemment !

Chechouline fit claquer ses doigts.

– La pathologie est claire. Notre patient a réussi à lui faire un lavage de cerveau. C'est pour ça que le vieux était si calme et si abattu. Les autres riaient et s'amusaient, et lui, il faisait une mine d'enterrement. Eh bien, je suis impatient de revoir notre très honoré Laurent. Je m'intéresse beaucoup aux mécanismes de la suggestion obsessionnelle. J'ai lu dans une revue de psychiatrie allemande…

Fandorine n'écouta pas son discours savant jusqu'au bout. Il s'approcha de Cyrielle. En pensant retourner à Barbouillevo, Nikiphore Andronovitch avait fait descendre la conteuse et sa guide. À présent, toutes les deux priaient à genoux : sans doute pour le salut des trépassés.

– Pardonnez-moi de vous déranger, dit doucement Eraste Pétrovitch en s'accroupissant à côté d'elles. Vous avez passé une partie de la nuit dans leur maison. Que faisaient-ils ? Pourquoi la lumière était-elle allumée chez eux ?

– Dès que les gens sont partis, ils se sont mis debout devant l'icône tous les trois et ont commencé à prier, raconta Cyrielle d'une voix triste, mais calme. Une heure est passée, deux, trois, ils priaient toujours. Je ne voulais pas les déranger et j'ai dit à Cabochka de se faire toute petite. Une seule fois je me suis approchée d'eux et je me suis inclinée. « C'est une joie que de voir une telle piété, leur ai-je dit. Me permettriez-vous de prier avec vous ? » Et le maître de répondre : « Regarde où tu es toi et où nous sommes nous. Passe ton chemin. » Et moi, pécheresse que je suis, j'ai pensé que l'ancien du village ne daignait pas s'agenouiller à côté d'une mendiante. Alors qu'il voulait dire tout à fait autre chose : eux, ils étaient déjà passés de l'autre côté, ils s'initiaient au grand mystère…

Cyrielle se signa.

– Je me suis bandé les yeux pour mieux voir avec les yeux du cœur, se plaignit-elle, et voilà que je suis toujours aussi aveugle : je ne m'étais rendu compte de rien.

Et si tu t'en étais rendu compte, cela n'aurait rien changé, pensa Fandorine en se rappelant que l'assemblée de Barbouillevo avait décidé de ne pas se mêler des relations entre les suicidés et Dieu. De drôles de gens que les habitants de ces forêts !

Il pensait aux lettres que les suicidés avaient laissées à l'intention des autorités. Il avait gardé les deux premières sur lui : elles étaient identiques, mot pour mot, et tracées de la même main. D'après Manepha, l'ancien du village en avait remis une aux villageois avant de s'enterrer.

Était-ce l'œuvre des scribes de Bogomilovo ? Qui de nos jours était capable de calligraphier ainsi les lettres anciennes, l'alphabet d'avant Pierre le Grand ?

– Il est plus de neuf heures, dit Eraste Pétrovitch, soucieux, en s'approchant d'Evpatiev et d'Odintsov. Laurent nous a devancés de beaucoup. Hâtons-nous.

Nikiphore Andronovitch se tourna vers les autres et cria d'une voix tonitruante :

– À Bogomilovo !

À propos de membres secrets

– C'est ça, le village de Bogomilovo ? demanda Fandorine en regardant un misérable tas de constructions en haut d'une colline : quatre petites isbas, une grande et une église en rondins.

– Il y a deux Bogomilovo, expliqua Julien. Ici, c'est le bourg. Parce que le bourg se trouve là où il y a l'église. Les anciens vivent ici, ils sont quatre. L'autre Bogomilovo est situé à un kilomètre et demi, derrière la forêt de sapins. Il est plus grand et il n'y a pas d'église, c'est pourquoi on l'appelle « village ».

Il raconta que les scribes avaient organisé leur existence d'une drôle de manière.

Recopier les livres anciens était un travail non seulement fastidieux, mais aussi sacré. On ne le confiait qu'au doyen de la famille, « celui qui n'était plus en âge de pécher », expliqua Odintsov avec un rictus.

À Bogomilovo, il n'y avait que quatre familles, chacune avait son grand-père. Les grands-pères ne s'abîmaient pas les mains en travaillant, mais ils écrivaient des « listes » du matin au soir. Leurs fils, gendres et petits-fils « tissaient » du papier et reliaient les livres. Les femmes et les jeunes filles broyaient de l'encre, et les plus habiles d'entre elles traçaient des motifs floraux et des dattiers dans les marges à l'or et au vermillon.

On apportait la nourriture aux vieillards, on prenait soin d'eux, on lavait leur linge.

– Il n'y a d-donc que quatre personnes ici ? Pourquoi ne sommes-nous pas allés à l'autre village, celui où il y a toute la population ?

– Ce sont les anciens qui prennent les décisions. Tout dépend de leur parole.

Les traîneaux montèrent la colline les uns après les autres. Personne n'était sorti, personne n'était venu à leur rencontre. Eraste Pétrovitch se redressa, inquiet, mais le policier le rassura :

– Tu vois la fumée ? Ils sont là à écrire.

Quatre isbas ! Les plus petites arboraient de minuscules fenêtres, comme partout dans le Nord, conçues de façon à garder la chaleur. Mais, au milieu, il y avait une construction avec de grandes fenêtres, étonnante pour cette contrée : c'était la seule maison dont la cheminée crachait un petit filet de fumée blanche.

Le policier tira sur les rênes, s'arrêtant devant le perron.

– C'est la salle des manuscrits. Ils sont tous là.

Evpatiev monta les marches, faisant aux autres signe d'attendre.

Peu de temps après, il ressortit.

– Il faut de la patience. Les vieux n'interrompront pas leur travail avant la tombée de la nuit. Et ils ne nous recevront pas. Je leur ai juste posé la question à propos de Laurent. Il est passé ce matin. Il s'est reposé et il a continué son chemin vers la source de la rivière. Les grands-pères écrivent tranquillement : on peut en conclure qu'il ne s'est rien passé de grave. Attendons la nuit.

La courte journée d'hiver touchait à sa fin : l'attente n'allait pas être longue.

Tout le monde monta dans le vestibule pour se

réchauffer. Seul Massa resta dans le traîneau, renfrogné et indifférent à tout. Tant que Manepha se trouvait près de lui, il simulait l'impassibilité virile, mais à présent qu'elle était partie, il avait le moral à zéro. Sur le chemin, il n'avait pas dit un mot, n'avait pas sucé de caramels, avait refusé de manger. Ses lèvres remuaient sans cesse. Fandorine comprit qu'il composait des poèmes : tanka ou haïku. Éprouver du chagrin quand on est séparé de sa bien-aimée, c'était admissible et même louable.

D'ailleurs, Eraste Pétrovitch n'avait pas besoin d'interlocuteur à cet instant. Il regardait la forêt lointaine au-dessus de laquelle le ciel se colorait de rouge et essayait d'imaginer la vie dans ce village reculé, loin des hommes, sur une rivière, les journées passées à recopier des livres dont très peu de gens avaient besoin, avec des lettres que presque personne ne pouvait comprendre. Après tout, pour un vieillard, ce n'était pas si mal. Il aurait bien accepté de finir ses jours retiré du monde dans un lieu désert et magnifique, recopiant au pinceau, d'une écriture calligraphique, les sentences des anciens. Entouré d'honneurs par-dessus le marché, nourri, blanchi, chouchouté… N'était-ce pas un véritable paradis ?

À cet instant, Léon Sokratovitch Kryjov et Anatole Ivanovitch Chechouline sortirent sur le perron pour fumer, coupant court à cette rêverie lénifiante. Ils avaient commencé leur conversation dans le vestibule, et le début avait échappé à Fandorine.

– Cela remuera le Nord tout entier ! affirmait l'ancien relégué avec enthousiasme. Des gens enterrés vifs, ça impressionne ! Et ils en rajouteront, les paysans, ils sont doués pour ça. Ça fera un sacré scandale !

– Et, croyez-moi, ce n'est pas fini ! ajouta le psychiatre. Ça fait déjà onze morts, et ce Savonarole schismatique court toujours ! Nul ne sait si on arrivera à l'attraper. Croyez-moi, il tuera encore beaucoup de gens fragiles. Ah, quel matériau extraordinaire ! En rentrant, je donnerai une conférence où je parlerai de tout ça. Vous verrez, ce sera un événement !

Le corbeau dit au corbeau :

Nous nous repaîtrons, mon beau...

Eraste Pétrovitch ne put s'empêcher de penser à ce poème de Pouchkine. Il fit une grimace et voulut s'écarter du charognard, mais à cet instant, Evpatiev parut sur le pas de la porte.

– Assez tergiversé ! C'est l'heure !

Quatre vieillards à la barbe blanche étaient assis à une longue table sur laquelle s'entassaient des piles identiques de papier jaune. Des plumes d'oie trempaient dans des encriers en cuivre vert-de-gris. Les visages des copistes étaient ridés et austères. La tête du plus vieux tremblotait sur son cou fin : il avait l'air de nier ou de refuser quelque chose tout le temps.

Ces grands-pères ressemblaient à des juges ou à une commission d'examen, et nos voyageurs se sentirent mal à l'aise. Ils s'assirent timidement sur les bancs contre le mur à une distance respectueuse de cet aréopage. Cabochka, quant à elle, n'osa pas se montrer chez les austères vieillards, elle courut au village à travers la forêt, sans doute pour gagner sa croûte en racontant des histoires aux gamins.

Avant que les membres de l'expédition franchissent le seuil, Evpatiev les avait prévenus :

« Ils doivent parler les premiers. C'est la règle. »

Mais les anciens n'étaient pas pressés de prendre la parole. Un silence pesant s'installa.

Les copistes regardaient les intrus : leur regard glissait lentement de l'un à l'autre. En voyant Cyrielle, tous les quatre se renfrognèrent : apparemment, une femme, même en habit monastique, n'avait rien à faire dans ce sanctuaire.

Le soleil s'était couché, il commençait à faire sombre dans la pièce. Le cocher d'Evpatiev apporta des chandelles qu'il était allé chercher dans le traîneau. Il les plaça sur la table, les alluma. Les vieillards suivaient ses gestes d'un air désapprobateur.

– Les chandelles servent pour la prière, marmotta le vieillard tremblotant. Un copeau aurait suffi.

Puis ce fut de nouveau le silence. Enfin, l'examen préalable fut terminé.

– Parlez à présent, dit enfin le même vieillard, manifestement le chef. Qui êtes-vous, pourquoi êtes-vous venus ? Toi, Nikiphore, nous te connaissons pour t'avoir déjà vu et les autres, tes compagnons, qui sont-ils ?

Il mit la main en coquille derrière l'oreille : apparemment, il était sourd.

Le policier se leva le premier en tant que représentant officiel des autorités. Respectueux mais strict, il parla des suicides, demanda si le « criminel » qui se présentait comme le bienheureux Laurent se trouvait dans les parages et s'il n'avait pas appelé à suivre le terrible exemple.

Les copistes se regardèrent.

– C'est toi, le criminel. Tu te rases la barbe, et il y a le sceau de l'Antéchrist sur tes boutons, maugréa le doyen. Laurent, lui, il vit dans la grâce du Seigneur. Il était là ce matin. Il nous a parlé des enterrements volontaires. (Les quatre vieillards se signèrent comme un seul homme.) Il pleurait les défunts, mais aussi, il les blâmait. Il a passé le message aux nôtres : protégez les gens de pareils excès et n'écoutez pas les messagers séducteurs, ces sieurs du malheur, si d'aventure ils passaient par là.

– Je comprends, déclara Odintsov avec un sourire.

Il s'assit en jetant un regard entendu à Fandorine. Son coup d'œil signifiait : Espèces de souches pourries ! Tous des menteurs. Ils sont de mèche avec Laurent.

– Et qui sont ces sieuls du malheul ? demanda Massa, intrigué.

– Ceux qui séduisent. Nous, sans doute.

Après le policier, ce fut Aloïs Stépanovitch qui entreprit de séduire les scribes. Il décrivit avec force éloquence le bonheur que le recensement apporterait à la Russie, montra le cartable qu'il avait sur lui et, se croyant sans doute fin diplomate, renia résolument l'Antéchrist : l'Assemblée rurale, dit-il, tenait le Malin pour l'ennemi du genre humain et était prête à le combattre sans merci.

Son discours terminé, le statisticien se retourna fièrement vers ses camarades : son pince-nez brillait dans la lumière des chandelles.

Le verdict des anciens fut sans appel. Après avoir échangé quelques mots avec les autres dans un souffle, l'édenté déclara :

– Nous nous opposons à votre entreprise diabolique. Pas besoin de nous inscrire sur vos listes. Nous savons écrire nous-mêmes.

Kokhanovski se leva d'un bond, commença à protester : en vain.

Nikiphore Andronovitch Evpatiev écoutait en silence, de plus en plus maussade.

– P-permettez-moi, Aloïs Stépanovitch, dit Fandorine en se levant.

Il toucha l'épaule du statisticien, qui était en train de gesticuler.

– Oui, oui, Eraste Pétrovitch ! Dites-leur ! S'ils ne font pas confiance à mes formulaires, ils n'ont qu'à les préparer eux-mêmes. Je les modifierai ensuite !

– Ce n'est pas du recensement que je veux parler.

Fandorine s'approcha de la table, sortit deux feuilles pratiquement identiques : la première provenait de la « mine » de Denissievo, la deuxième de celle de Paradis.

– Veuillez jeter un coup d'œil à ces écrits. Que dites-vous à propos du papier et de l'encre ? Et surtout, c'est l'écriture qui m'intéresse. Comme vous pouvez voir, c'est la même.

Bien que les deux feuilles fussent identiques, les copistes les lurent attentivement. Apparemment, ici on tenait les lunettes pour une ruse du démon, or les vieillards s'étaient abîmé les yeux en recopiant les manuscrits. Le nez sur la feuille, ils mirent une bonne demi-heure à prendre connaissance de la preuve matérielle.

Eraste Pétrovitch attendit patiemment. Il aurait bien aimé voir l'écriture des copistes eux-mêmes. Chacun avait devant lui une pile de feuilles recopiées durant la journée mais, en voyant Fandorine approcher, les quatre vieillards, d'un même geste, avaient retourné le manuscrit afin que le regard d'un étranger ne puisse se poser sur les écritures saintes.

Enfin, ils eurent fini d'étudier le papier. Le doyen répondit pour tous :

– Du papier ordinaire. De l'encre ordinaire. Nous ne savons pas qui l'a écrit. L'écriture est banale, sans ornement.

Les autres opinèrent du chef.

Fandorine n'apprécia pas du tout cette unanimité.

– M-merci.

Il prit les feuilles et se rassit sur le banc.

La visite à Bogomilovo s'annonçait comme un échec sur tous les fronts. Les voyageurs se levèrent, se regardèrent d'un air indécis.

Que faire maintenant ? Continuer ? Mais de quel

côté aller ? Et puis les chevaux avaient besoin de repos. Mais il ne fallait pas compter sur l'hospitalité de ces Mathusalem.

– Laissez-moi essayer de les raisonner. Avec l'aide de Dieu, j'y arriverai peut-être, dit le père Vincent au malheureux Aloïs Stépanovitch.

Il contourna la table en faisant froufrouter sa soutane. Puis il se pencha vers le doyen et lui susurra quelque chose à l'oreille. Les trois autres se rapprochèrent.

La tête du doyen se mit à trembler encore plus. Une grimace de dégoût déforma son visage, mais il écouta attentivement. À plusieurs reprises, il fit répéter le prêtre en disant « Hein ? ».

Le pope haussait alors légèrement la voix. L'oreille fine de Fandorine perçut quelques mots prononcés un peu plus fort que les autres.

Tout d'abord, le père Vincent dit : « Une consigne de l'archiprêtre ». Ensuite : « De maison en maison avec une icône ». Et enfin : « Êtes-vous d'accord, oui ou non ? »

Après avoir écouté le prêtre, les anciens chuchotèrent entre eux. Le plus âgé écrivit quelque chose sur un bout de papier et le montra au curé, qui leva les yeux au ciel d'un air indigné.

Les copistes reprirent alors leurs messes basses.

Eraste Pétrovitch avait une vue excellente. En faisant un pas en avant et en plissant les yeux, il vit des lettres tracées sur le papier ainsi qu'une espèce de crochet au-dessus : il crut se rappeler que ce genre de signes désignaient des chiffres dans l'alphabet slavon.

Son attention fut soudain attirée par le diacre. Barnabé, lui aussi, avait les yeux rivés sur son supérieur mais, à la différence des autres, qui suivaient ces étranges pourparlers avec curiosité, il avait l'air gêné et malheureux : tout rouge, les yeux baissés, une tête de trois pieds de long.

Fandorine le tira par la manche et, le prenant à part, demanda discrètement :

– Qu'est-ce que c'est que ce commerce ?

– Vous ne croyez pas si bien dire, répondit Barnabé avec un soupir. Le père Vincent est trop âpre au gain. C'est honteux. Au début, quand il m'a proposé de l'accompagner, j'étais tout content. C'était un si grand honneur pour moi ! Mais après, j'ai compris qu'il m'avait choisi parce qu'il ne me craint pas, il me prend pour un idiot. Quelle est sa mission ? Il devrait convertir ces hérétiques à la vraie orthodoxie, fermer leurs lieux de prière, marier de nouveau les époux. Les schismatiques craignent ça pire que le bagne. Il parle avec les vieux, il les menace, mais après il y renonce contre de l'argent. C'est mal…

– Cela dépend pour qui, dit Eraste Pétrovitch en se retournant vers le pope malin.

Lorsque le diacre entendit ces paroles, son visage s'illumina.

– C'est ce que je pense, moi aussi. Dans le district voisin, il y a aussi des schismatiques. Eh bien là-bas, le prêtre n'accepte pas de cadeaux, il est incorruptible et zélé. Comme il persécute les gens ! Il y en a plein qui ont été jetés en prison à cause de lui. Je pense que le père Vincent est beaucoup plus humain, car la cupidité est un moindre péché que la dureté de cœur.

Cependant, les négociations avaient pris fin, à la grande satisfaction, manifestement, de chacune des parties.

– Je passerai chez vous après, dit le prêtre à voix haute.

Et il les bénit en faisant un signe de croix avec trois doigts.

Les quatre scribes crachèrent par-dessus leur épaule gauche comme un seul homme, mais le prêtre ne se vexa pas.

Il s'approcha de Kokhanovski, l'air ravi.

– Vos camarades ne voulaient pas me prendre avec vous ; pourtant, vous voyez comme je suis utile. Ils ont accepté que je fasse le tour des maisons et que je leur parle tranquillement en tête à tête, que je sonde leurs cœurs. Par la même occasion (il fit un clin d'œil) je me renseignerai sur leur famille. Qui s'appelle comment, quel âge ils ont, etc. Je noterai tout et je vous donnerai ces éléments.

Aloïs Stépanovitch remercia, l'air complètement abattu.

– Et toi, humble moniale, qu'est-ce que tu fais là ? dit le vieillard tremblant en se tournant vers Cyrielle. Pourquoi te frottes-tu aux impurs ?

La conteuse se leva en s'appuyant sur sa crosse. Elle s'inclina avec beaucoup de dignité.

– Un pur ne se salit pas auprès d'impurs, un impur ne se purifie pas auprès de purs. J'ai fait un vœu, mon père. Je marche de par le monde, les yeux fermés, pour le salut de mon âme. J'ai une guide. Je vis d'aumône, je récite des textes anciens. L'hiver, il est difficile de marcher sans y voir, c'est pourquoi j'ai rejoint ces braves gens.

– Toi, réciter des textes anciens ? demanda le scribe avec une moue méprisante. Des contes de bonne femme ou des fables, voilà ce que tu connais, au mieux !

– Je connais des vies de saints, de saintes paroles, rétorqua la conteuse.

– C'est le pire, ça. J'aurais préféré que tu récites des contes frivoles plutôt que d'écorcher les livres saints. Vous autres mendiantes, vous faites du tort à la vieille piété !

Cyrielle écarta sa crosse, s'inclina humblement et répondit :

– Je ne change pas un seul mot, je récite tout comme c'est écrit dans les livres anciens. Tu n'as qu'à m'éprouver, mon père, tu verras par toi-même.

Les copistes s'animèrent. Pour la première fois, quelqu'un d'autre que l'ancien ouvrait la bouche. Il s'agissait d'un grand-père au nez retroussé dont le regard était un peu plus vif que celui des autres.

– Tu connais « Les écrits sur les pères anciens » ? chantonna-t-il d'une voix de ténor.

– Oui, mon père.

– Non, qu'elle récite plutôt les homélies de saint Jean Chrysostome ! proposa un troisième, tout petit, qui avait une épaule plus haute que l'autre.

– C'est trop facile ! Qui ne connaît pas saint Jean Chrysostome ? protesta le quatrième, complètement édenté.

Manifestement, Cyrielle avait trouvé l'unique moyen de ranimer ces rongeurs de manuscrits.

Celui au nez retroussé plissa les yeux d'un air malicieux.

– Tu prétends connaître des vies de saints par cœur ? Connaîtrais-tu celle du moine Épiphane ?

– Oui, mon père.

– Tu n'as qu'à la réciter. Mais pas le début, commence au troisième cahier. La partie où Épiphane construit son ermitage dans la forêt et où le Malin le persécute en lui envoyant des insectes ? Tu te tais, tu ne t'en souviens plus, hein ? ricana l'examinateur.

Cyrielle se redressa et commença à réciter d'une voix égale, blanche :

– « Une autre fois, le diable m'a tenté ainsi : il a introduit dans ma demeure des insectes appelés fourmis sans nombre, et ces fourmis ont commencé à dévorer mes parties intimes en me causant grand mal si bien que je me suis mis à pleurer. »

Le vieillard au nez retroussé monta sur un banc avec une surprenante rapidité, prit sur une étagère un livre relié en cuir, l'ouvrit et les vieillards se penchèrent sur le texte. Ils se mirent à hocher la tête de conserve : manifestement, Cyrielle restituait l'histoire mot pour mot.

– « Et moi, pécheur que je suis, j'ai voulu les ébouillanter. Mais elles ont continué à dévorer mes parties cachées et rien d'autre, ni bras, ni jambes, ni aucune autre partie du corps. Je les écrasais avec mes mains et mes pieds. Mais elles avaient creusé un trou dans le mur et se sont introduites, et dévoraient mes parties intimes. J'ai bouché le trou avec de la terre et j'ai mis de la terre tout autour dans mon ermitage, mais elles ont creusé le mur et la terre et elles dévoraient mes parties intimes. Elles avaient fait leur nid sous le poêle et, de là, elles venaient vers moi et dévoraient mes parties intimes… »

Kokhanovski n'y tint plus : il pouffa de rire et porta sa main à sa bouche. Le policier ricana aussi. Evpatiev, lui, se pencha vers Fandorine et lui susurra à l'oreille, admiratif :

– Qu'est-ce que vous en dites ? Elle récite par cœur !

Cyrielle continua d'énumérer les souffrances endurées par le saint ermite à cause des fourmis pernicieuses.

– « Et j'étais plongé dans l'affliction : quoi que je fisse, elles mordaient mes parties cachées. J'ai pensé coudre un sac pour mes parties intimes, mais je ne l'ai pas fait et j'ai continué de souffrir. J'ai pensé aussi changer mon ermitage de place, mais elles ne me laissaient ni manger, ni travailler de mes mains, ni faire la prière… »

Les vieillards buvaient du petit-lait.

Massa s'adressa à Fandorine pour lui demander en japonais s'il avait bien compris le sens de l'expression « parties intimes ».

– Oui, oui, ne me dérange pas.

Fandorine observait la conteuse avec un grand intérêt. Il n'y avait pas l'ombre d'un sourire sur son visage impassible, pas la moindre ironie dans ses intonations. C'était une actrice-née ! Si elle avait grandi dans un autre milieu, elle serait devenue une deuxième Sarah Bernhardt ou une Eleonora Duse. Et elle avait une mémoire proprement phénoménale !

Enfin, Épiphane avait réussi à stopper l'invasion des fourmis. Il lui avait suffi en fait de bien prier.

– « Et depuis cette heure-là les fourmis ont cessé de dévorer et de piquer mes parties intimes », conclut Cyrielle. Voulez-vous que je récite aussi le quatrième cahier ou bien cela suffit comme ça ?

Les quatre copistes se levèrent et s'inclinèrent devant elle si bas que leurs têtes touchèrent la table.

– C'est un don de Dieu que tu as, dit le plus âgé, tout ému.

– L'Esprit saint est sur toi, ajouta celui aux épaules déformées.

Celui au nez retroussé essuya une larme et ajouta :

– Je t'invite chez moi, ma mère, nous partagerons ce que le bon Dieu nous donnera.

Les autres en firent autant : chacun voulait inviter Cyrielle chez lui. Une dispute éclata. Profitant de ce moment de confusion, Fandorine s'approcha de la conteuse et lui demanda dans un souffle :

– Demandez-leur par où est parti le fol en Christ. À vous, ils le diront.

Cyrielle ne répondit rien, ne fit même pas un signe de tête, comme si elle n'avait rien entendu. C'eût été tout à fait normal d'ailleurs, car les augustes vieillards faisaient un tapage de tous les diables.

– Je passerai vous voir tous, c'est un grand honneur pour moi, dit-elle bien fort. Et d'ajouter soudain : Seulement dites-moi, mes pères, Laurent le bienheureux, où est-il allé en partant d'ici ? Je l'avais croisé à Denissievo. C'est un homme de grande force.

Plusieurs voix lui répondirent immédiatement :

– Laurent, il est parti vers la source de la rivière.

– Vers le lac Vert !

Les membres de l'expédition échangèrent des regards éloquents.

– Au matin, on part, dit Evpatiev. Les chevaux doivent se reposer. Nous aussi, d'ailleurs. Allons dîner, messieurs – sur le pouce, car personne n'a l'intention de nous inviter.

Ils s'installèrent pour la nuit dans la salle des manuscrits, faute d'autre lieu. Le père Vincent sortit pour prélever le tribut dans les maisons. Il revint en chantonnant.

Kryjov et Kokhanovski firent aussi leur propre tournée : ils espéraient convaincre les vieux un par un. Pour les séduire plus sûrement, ils avaient emporté quatre cartables. En rentrant, ils les avaient toujours sur eux. Un peu plus tard, Cyrielle les rejoignit, conduite par Cabochka. Personne ne lui offrit le gîte : c'eût été un péché. La moniale et la jeune fille s'installèrent dans le vestibule, séparées des hommes.

Tous se couchèrent tôt : il n'était même pas neuf heures, et ils se réveillèrent à quatre heures et demie. La nuit d'hiver était bien sombre.

Le cocher d'Evpatiev s'affairait déjà autour du samovar.

Ils étaient pressés : la journée allait être rude.

Sur le lac Vert, où la rivière Vyga prenait sa source, il y avait quatre villages de vieux-croyants. Comment savoir lequel Laurent avait choisi ? Ils seraient donc bien obligés de les visiter tous.

Ils prirent une rapide collation et partirent.

Le retour

Les cinq traîneaux quittèrent Bogomilovo – le vil
était silencieux, comme mort – avec force bruit
chevaux hennissaient, les harnais et les clochettes
taient. La rivière accueillit le convoi dans son lit b
moelleux, amortissant aussitôt les sons. On ava
lentement sur la neige fraîche, mais Kryjov, con
teur expérimenté, savait choisir dans l'obscurit
endroits où la couche de neige était plus dure ; les
de son cheval, enveloppés dans des sacs de cu
s'enfonçaient presque pas. Dans l'ornière ainsi t
les autres suivaient plus facilement.

Le cheval d'Odintsov se trouvait en dernière po
la plus privilégiée : sans cela il n'aurait pas p
trois personnes (cette fois-ci, Eraste Pétrovitch
pris Massa avec lui).

Fandorine conduisait. Il s'était proposé lui-
Le rôle du cocher était bien plus facile en qu
convoi, il lui suffisait de suivre.

Accrochée à l'arrière du traîneau d'Evpatie
lanterne se balançait devant lui : ainsi, il ne
pas se perdre, même en cas de tempête.

Malgré cela, il avançait lentement, laissant
du convoi prendre de l'avance.

Julien, qui parlait de beauté féminine avec
(leurs goûts étaient étonnamment semblables),

rendit pas compte tout de suite. Lorsqu'il jeta un coup d'œil sur le chemin et vit que la lanterne conductrice avait presque disparu dans le noir, il s'en prit au cocher paresseux :

– Qu'est-ce qui se passe, Eraste Pétrovitch ! Accélérez donc ! Donnez-lui un coup de fouet, qu'attendez-vous !

– P-pourquoi frapper un être vivant ? répondit Fandorine d'un air serein.

Et, au lieu de fouetter le cheval, il tira sur les rênes pour arrêter le traîneau.

Il ajouta quelque chose en japonais. Massa sortit leur sac de voyage et se mit à fouiller dedans.

Le policier attendait, se demandant quelle nécessité soudaine avait bien pu provoquer cet arrêt. Quel ne fut pas son étonnement lorsque Massa remit à son maître un cigare et des allumettes.

– Qu'est-ce qui vous prend ?

– Vous n'imaginez pas à quel point j'en ai assez de jouer le vieux-croyant !

Eraste Pétrovitch alluma le cigare et fit des ronds de fumée avec délectation.

– Ils ne verront pas que nous ne les suivons plus ! insista Julien.

– Bien sûr que non, pas avant la première halte, reconnut Fandorine. C'est-à-dire dans un bon moment. Et même là, ils n'iront pas nous chercher : j'ai accroché un mot au traîneau de Nikiphore Andronovitch.

Le policier cligna des yeux.

– Un mot ?

– Oui, pour l'informer que nous retournons à Bogomilovo. Je finis juste mon cigare et nous faisons demi-tour.

Odintsov ouvrit de grands yeux étonnés.

– Et nous n'allons plus sauver les gens ? bredouilla-t-il.

– Si, justement. N'avez-vous pas remarqué que les malheurs arrivaient chaque fois après notre départ ? À deux reprises, je m'y suis laissé prendre. Mais il n'y aura pas de troisième fois. Comment faire tourner votre Bucéphale ?

Il tira sur la bride droite : le cheval ne fit que secouer la tête, mécontent. Il tira sur la gauche : l'animal obéit.

– Il est adepte de la circulation du côté gauche, constata Eraste Pétrovitch. Ce cheval est fait pour vivre en Angleterre.

– Diantre, comment n'y ai-je pas pensé moi-même ! Il faut vérifier. Ces vieux ne m'ont pas l'air très nets non plus.

Julien prit les rênes pour remplacer le voiturier qui ne s'en sortait pas – normal, c'était un citadin – et fouetta le cheval de bonne manière. Ils accélérèrent.

Au bout d'une demi-heure, une colline à pente douce surgit dans l'obscurité. Au-dessus apparurent le contour pointu de l'église et des maisons trapues.

Ils entrèrent dans Bogomilovo bien plus discrètement qu'ils en étaient partis.

Ils attachèrent le cheval à un buisson près de la rive, descendirent et avancèrent à pas de loup.

– Où est-ce que nous allons nous cacher ? demanda le policier dans un souffle, avant de répondre lui-même : Dans la salle des manuscrits. Espérons qu'elle n'a pas encore complètement refroidi.

Ils pénétrèrent dans le bâtiment sans faire grincer les marches du perron, sans claquer la porte. Ils n'allumèrent pas de feu. Massa se posta à une fenêtre, le policier à une autre, Fandorine à une troisième. La quatrième fenêtre donnait sur la rivière, ce n'était pas la peine de la surveiller.

– J'espère m'être trompé, dit Eraste Pétrovitch dans un soupir. S'ils entreprennent de s'enterrer, nous les en empêcherons. Et si tout va bien, nous arriverons bien à rattraper les nôtres.

Tout était silencieux, trop silencieux même. On sait que les vieillards ont le sommeil léger. Sept heures sonnèrent, puis huit : il n'y avait ni lumière ni le moindre mouvement dans aucune des maisons. Certes, il faisait toujours noir. Quand pouvaient-ils faire la grasse matinée sinon pendant l'hiver ?

Fandorine fut distrait un instant de ses pensées inquiètes. Il avait de la chance : la fenêtre qu'il surveillait donnait à l'est.

Le ciel de cette contrée avait un extraordinaire talent de coloriste dans la manière des vieux maîtres vénitiens. Complètement noir au début, il devint bleu peu à peu, ensuite ce bleu s'éclaircit, laissant percer des teintes bordeaux. Il se fit progressivement mauve, écarlate, orange et enfin, un soleil tout rond apparut au-dessus des cimes pointues des sapins, semblable à une pomme qu'un hérisson aurait transportée sur ses piquants.

– Ils dorment trop longtemps, les vieux, dit le policier, coupant court aux élans lyriques de Fandorine. Ils prétendaient se lever à l'aube pour recopier leurs manuscrits. Et ils roupillent !

Eraste Pétrovitch tressaillit, quitta précipitamment son poste d'observation, saisit sa pelisse sur le banc et courut dans la rue.

Massa et Odintsov lui emboîtèrent le pas. Tous les deux crièrent, le policier en russe, Massa en japonais :

– Qu'est-ce qui se passe ?

Fandorine se trouvait déjà près de la première isba. Il frappa, puis poussa la porte sans attendre la réponse.

Elle s'ouvrit : dans ces contrées, on ne fermait pas le verrou, car il n'y avait pas de voleurs.

La maison était composée d'une seule pièce presque nue, pareille à une cellule de moine. Au milieu, se trouvait une table sans nappe. Dessus, un reste de chandelle et un bout de papier.

Avant même d'y avoir jeté un coup d'œil, Fandorine savait déjà ce qu'il y trouverait.

Votre nouveau règlement et vos registres cherchent à nous faire abandonner la véritable foi chrétienne et à nous exiler loin de notre patrie, or notre patrie, c'est le Christ.

C'était le même texte que d'habitude, tracé d'une écriture différente cependant : ouvragée, avec des boucles et des ligatures. L'encre était toute fraîche. L'encrier se trouvait juste à côté, la plume était restée dedans.

Eraste Pétrovitch grinça des dents, passa le papier au policier, se précipita dans l'isba suivante.

Il y découvrit le même spectacle : une chandelle, un encrier, un mot d'adieu.

Et dans la troisième.

Et dans la quatrième.

La formule était écrite chaque fois de manière différente : manifestement, les calligraphes avaient cherché à montrer leur art pour la dernière fois.

Il n'y avait aucune trace des copistes.

– Ils ont dû aller au village pour dire adieu à leurs proches, supposa Odintsov, qui avait du mal à reprendre son souffle. Ils sont vieux, ils marchent lentement. On les rattrapera ! Au pire, on les sortira de sous la terre !

Il saisit une paire de skis qui se trouvait à l'entrée, prêt à se lancer à leur poursuite.

– Et vous, Eraste Pétrovitch ? Prenez des skis dans n'importe quelle isba ! Il faut faire vite !

– Ils ne sont pas allés au v-village, dit Eraste Pétrovitch en regardant autour de lui. Massa, cherche un sous-sol ou une cave !

– Quelle cave ? s'écria Julien en levant les bras au ciel.

Il trépignait d'impatience.

– Qu'avaient-ils besoin de cave ? On leur apportait tout du village ! Bon, tant pis, j'y vais seul.

Et il dévala le perron.

En effet, aucune des isbas n'avait de cave. Aucun signe de présence d'une mine : ni terre retournée ni trou.

Fandorine et le Japonais finissaient de fouiller l'église lorsqu'ils virent arriver Odintsov, tout essoufflé, couvert de neige jusqu'aux genoux.

– Tu es revenu bien vite. Pourquoi donc ? demanda Eraste Pétrovitch en frappant le plancher devant l'autel.

Le bois rendait un bruit sourd : il n'y avait pas de cavité.

Le policier le regarda d'un air maussade.

– Je ne suis peut-être pas très futé, mais pas non plus un imbécile fini. En courant à travers champs, j'ai vu qu'il n'y avait pas de traces. Ils n'y sont pas allés, au village. Vous aviez raison, Eraste Pétrovitch. Elles se sont enterrées dans les parages, ces espèces de vieilles bourriques têtues.

– Et moi qui espérais que tu aies raison… (Fandorine se frotta le front.) Moi aussi, j'ai pensé aux traces sur la neige. Dans la rue, la neige est bien tassée, il y a des traces de pieds et de traîneaux. Mais ailleurs, rien, juste nos traces à nous, là où nous sommes montés en venant de la rivière.

Massa jeta même un coup d'œil tout en haut du clocher. Pourtant, les adeptes de l'enterrement volontaire n'avaient pas grand-chose à y faire.

– Sont-ils montés au ciel ? s'écria le policier avec un geste de désespoir. La terre les a-t-elle engloutis ?

– C'est plutôt la deuxième variante. Mais comment

a-t-elle fait pour les engloutir ? Nous avons tout fouillé. À moins que… Ah, les m-maudits !

De nouveau, sans rien expliquer à ses adjoints, Eraste Pétrovitch se précipita dans la rue du village. Massa sauta à bas de l'échelle et le suivit, ainsi qu'Odintsov.

– Où allez-vous ? cria Julien en voyant Fandorine se diriger vers la salle des manuscrits. Nous y étions tout le temps !

Sans l'écouter, Eraste Pétrovitch entra dans la pièce, tourna la tête en tous sens et, soudain, s'approcha du mur qui donnait sur la rivière. Il s'accroupit : là, sous le banc, à peine visible dans la pénombre, se trouvait une petite trappe.

Il l'ouvrit : une échelle vétuste descendait dans le sous-sol.

– Massa, la lampe de poche !

Fandorine et le policier descendirent dans le noir. Ça sentait la poussière et l'encens.

Massa sauta après eux : on eût dit une balle élastique. Il agita sa main pour faire fonctionner la batterie de la torche américaine.

La tache de lumière glissa sur le sol en terre battue, sur les murs en rondins, arracha à l'obscurité un visage sévère : une icône primitive. Puis un deuxième, un troisième…

Une chapelle cachée, dit Odintsov. Dans notre village, il y en avait une aussi, sous le séchoir à blé. Pour avoir où prier au cas où les gens viendraient de la ville démolir l'église.

Fandorine l'interrompit.

– Les vieux avaient tout décidé à l'avance ! Notre venue les a retardés, mais pas pour très longtemps. À peine sommes-nous partis qu'ils sont descendus. Pendant que je fumais mon cigare, idiot que je suis ! Et dire que durant tout ce temps où j'admirais le coucher du soleil ils agonisaient juste au-dessous de nous…

– Attends, Eraste Pétrovitch. C'est qu'ils ne sont pas là ! Et puis, quand nous sommes arrivés, ils étaient en haut, tranquilles, posés, ils faisaient leur travail habituel !

– As-tu vu ce qu'ils étaient en train d'écrire ? Ils étaient peut-être justement en train de rédiger le mot sur « notre patrie ». Et dès que nous sommes partis, ils sont allés s'enterrer dans leur tombeau !

– Maître ! appela Massa en dirigeant la lumière vers le bas.

On voyait une trappe au milieu du sol en rondins. Toutes les fentes étaient soigneusement colmatées avec de la mousse.

– La voilà, la mine, dit Fandorine d'une voix brisée d'émotion, à peine audible.

Une mort difficile

La trappe était fermée de l'intérieur par un cadenas, mais l'effort de six bras puissants suffit pour l'arracher immédiatement avec les gonds.

Une onde d'air confiné – ou plutôt d'absence totale d'air – leur monta au visage.

Quelques gradins en terre battue conduisaient en bas, à droite : la mine avait été creusée à côté de la maison.

Fandorine, recroquevillé, descendit le premier.

Une autre porte.

Soigneusement colmatée, elle aussi, mais sans cadenas : il l'ouvrit d'un simple coup d'épaule.

Malgré une légère fraîcheur qui pénétrait d'en haut, il suffoqua. Son front se couvrit de sueur.

C'est cela, l'odeur de la mort, pensa Eraste Pétrovitch.

La mort sentait la terre gelée, l'air bu jusqu'à la dernière goutte, la cire fondue, l'urine.

Derrière lui retentit le bourdonnement de la lampe de poche que Massa venait d'allumer. La grotte s'éclaira.

La voûte basse tapissée de planches tenait sur un seul pilier en bois au sommet duquel plusieurs étais se rejoignaient à la manière des baleines d'un parapluie.

– Dirige ta torche plus bas !

Quatre corps immobiles gisaient par terre, enveloppés dans des linceuls noirs. Trois d'entre eux étaient étendus sur le dos : on voyait les croix à huit branches brodées sur leur poitrine.

Le quatrième, recroquevillé près du pilier, s'agrippait au socle en bois.

Partout, des chandelles, des dizaines et des dizaines de chandelles consumées à moitié : elles s'étaient éteintes faute d'oxygène.

– Seigneur, accueille les âmes de… murmura Odintsov en se signant avec deux doigts (le choc lui avait fait oublier qu'il n'était plus vieux-croyant depuis longtemps). Laissez-moi passer, Eraste Pétrovitch, il faut les sortir de là…

– Ne bouge pas ! cria Fandorine en montrant le pilier.

Celui-ci était raboté en son milieu – on aurait dit qu'un castor l'avait rongé – et ne tenait que par miracle. Au premier heurt il allait se briser. Il avait fallu des calculs très précis et une habileté extraordinaire pour concevoir cette construction fragile.

Le policier, qui avait déjà fait un pas pour pénétrer dans le caveau, se figea.

– À quoi ça sert ? murmura-t-il.

– Tu as entendu parler de la mort difficile et de la mort douce ? Les trois là-bas ont choisi la difficile. Le pilier raboté, c'est pour ceux qui n'ont pas la force de souffrir le martyre. Il leur suffit alors de pousser le socle…

Massa éclaira la silhouette recroquevillée. Il s'agissait du copiste au nez retroussé : manifestement, le plus coriace des quatre. Ne supportant plus les souffrances, il avait cherché la mort « douce ». Il avait rampé jusqu'au pilier, mais n'avait pas eu assez de force pour faire tomber le toit. C'était lui qui sentait l'urine. Ses ongles étaient sales et ensanglantés : il avait griffé la terre. Heureusement que, sous son capuchon, on ne distinguait pas bien son visage.

– Une mort épouvantable, dit Odintsov en reculant avec une grimace. Que Dieu nous en préserve. Le charpentier de Denissievo, lui, avait eu pitié de sa famille, vous vous rappelez ? Il avait brisé le pilier.

La lumière s'éloigna du cadavre, glissa sur le sol et s'arrêta sur un carré blanc entouré de chandelles des quatre côtés.

Eraste Pétrovitch se mit à quatre pattes et pénétra dans la mine avec mille précautions, en essayant de ne rien heurter. Il tendit la main, attrapa la feuille et revint tout aussi lentement, sans quitter des yeux le fragile pilier.

– Éclaire !

Le papier était entièrement recouvert d'écritures anciennes, non pas calligraphiques comme celles des scribes, mais ordinaires, presque des lettres d'imprimerie. On pouvait reconnaître la main qui avait tracé les missives trouvées dans les autres mines.

Mais le texte était différent.

Fandorine lut à haute voix, syllabe par syllabe, les mots qu'il déchiffrait avec peine :

– « Aux temps jadis je m'étais retiré pour mon salut dans un couvent connu pour sa vieille piété… »

Le policier lâcha un juron : un écho parcourut la crypte et le pilier émit un grincement menaçant.

– Le commissaire ! Quel fumier ! Il prétend être un homme instruit ! Mon œil ! Ce c… n'est bon qu'à garder les cochons ! ajouta Julien dans un souffle. Vous avez oublié, Eraste Pétrovitch ? À Denissievo, j'avais trouvé le même papier et je l'avais donné au commissaire ! Et lui, il l'avait jeté par terre après avoir lu le début !

En effet, si Fandorine n'avait pas été si absorbé par le déchiffrage de l'alphabet slavon, il y aurait pensé également. Le gradé avait qualifié le papier de « délire de schismatique » et il l'avait jeté.

Cela voulait dire que les suicidés laissaient deux lettres, et non pas une. La première était adressée au monde qu'ils quittaient ; la deuxième, qu'ils emportaient avec eux dans la tombe, n'était pas destinée aux regards extérieurs.

Ah, s'il l'avait su dès le début !

Mais il ne servait à rien de se fustiger. Mieux valait tard que jamais.

– Venez, on va la lire à la l-lumière.

Le lac Vert

Le policier, qui s'était rendu au Grand Bogomilovo, c'est-à-dire au village, en revenait suivi d'une foule : les habitants souhaitaient dire adieu à leurs vieillards. Il y avait des femmes et des enfants, mais personne ne pleurait : le choc était trop grand, sans doute. Ou bien ils ne voulaient pas exprimer leur chagrin devant un étranger. Les copistes sont des gens à part, ils ne ressemblent à personne.

– Partons, Eraste Pétrovitch. Laissons-les se lamenter tout leur soûl, s'empressa de dire Julien qui semblait avoir honte de sa cocarde et de ses boutons d'uniforme marqués de l'aigle bicéphale.

En effet, il fallait partir vite.

Depuis la veille, la neige avait cessé de tomber. La piste tracée par l'attelage s'était bien conservée, ils purent avancer vite. Dans l'après-midi, lorsque la neige eut bien durci sous l'effet du soleil, Fandorine et Massa descendirent du traîneau à tour de rôle pour courir une bonne heure. Odintsov essaya d'en faire autant mais, par manque d'habitude, il s'essouffla au bout d'un kilomètre.

Ils ne firent qu'une brève halte pour nourrir le cheval. Il leur fallait absolument arriver au lac Vert avant la nuit.

Et c'est ce qui se passa : le lac leur apparut dans le dernier reflet du jour déclinant.

Peut-être qu'en été, ce lac était vert en effet, mais à présent, une semaine après l'Épiphanie, on n'y voyait pas une seule tache verte. Une large plaine blanche bordée d'arbres nus tout noirs, sans un seul conifère.

Le sillon les conduisit à un élargissement de la rivière au-dessus duquel, éclairée par le soleil couchant, se dressait une petite maison en rondins.

– Ce sont les chasseurs qui l'ont construite, expliqua Odintsov. L'hiver, quatre chemins partent d'ici, dont deux longent la rive : celui de gauche conduit vers Salazkino, celui de droite, vers Latynino. Un troisième traverse le lac en direction de Bakhroma. Enfin le quatrième chemin part en diagonale, vers Bestchegda. Partout, ce ne sont que des schismatiques, des sans-popes, et ils vivent de la pêche. Impossible de savoir où sont allés les nôtres.

– Ils n'y sont pas allés tous, en tout cas, répondit Fandorine, qui scrutait le paysage, la main en visière.

Il venait de remarquer un attelage couvert, de forme carrée, devant la maison : sans doute était-ce le traîneau d'Evpatiev.

En s'approchant, ils entendirent un bruit de hache régulier et aperçurent le cocher. Il coupait du bois.

Un homme de haute stature, la chemise ouverte sur la poitrine, sortit sur le perron. C'était Nikiphore Andronovitch.

En voyant les nouveaux arrivants, l'industriel fronça les sourcils.

– Il a l'air furieux, marmonna Julien. Il serait capable de ne pas nous laisser entrer.

Sans en arriver à de telles extrémités, Evpatiev déclara toutefois d'entrée de jeu qu'il exigeait des explications. Dans son mot, Fandorine s'était contenté de dire que les passagers du dernier traîneau avaient pris la décision de retourner à Bogomilovo.

Mais, en apprenant ce qui s'était passé après leur départ, Nikiphore Andronovitch cessa de faire la tête. Son commentaire à propos de la mort des copistes fut bref et précis, sans états d'âme :

– C'est la pire chose qui pouvait nous arriver. Ces anciens jouissaient d'une grande autorité. Leur exemple sera suivi par plusieurs. Ah, Laurent, Laurent, il a bien calculé son coup !

Puis il leur parla de leurs compagnons. En arrivant à ce croisement de quatre chemins, les membres de l'expédition avaient décidé de se séparer.

Aloïs Stépanovitch s'était rendu dans le village le plus important, Bakhroma.

Kryjov, son adjoint, à Bestchegda.

Le prêtre et le diacre avaient entrepris de se rendre à Latynino à skis.

Le psychiatre était parti à pied pour Salazkino, le village le plus proche, facilement accessible par un bon sentier.

– Et moi, je suis resté ici, conclut-il. J'attends que les quatre responsables des villages viennent me rejoindre. Nous allons réfléchir ensemble à ce que nous pouvons faire pour protéger les gens.

– Pas bête, approuva le policier. Loin de leurs villageois, les anciens seront peut-être plus arrangeants.

– Et nos dames ?

Ce mot fit sourire Nikiphore Andronovitch.

– Elles nous ont quittés. Cyrielle avait son propre itinéraire. Elle est partie à travers la forêt pour le monastère de la Vieille Piété.

– Qui habite là-bas ?

– Personne. Autrefois, il y avait des moniales, mais la dernière est morte il y a déjà une dizaine d'années.

C'est un lieu de prière, de pèlerinage. Il y a une chapelle Sainte-Parascève : cette sainte veille sur la paix des ménages et la santé des enfants. Les bonnes femmes d'ici y vont souvent avec leurs gamins. Cyrielle a décidé d'y conduire la gamine. Ou plutôt, c'est la gamine qui la conduit. Et vous, que comptez-vous entreprendre, messieurs ?

– En ce qui me concerne, j'ai de la lecture. Il est question de brebis dans ce texte. Je dois y réfléchir.

Fandorine s'assit à table, approcha la lampe à pétrole et sortit le mot de sa poche.

– Quelles brebis ?

– Des brebis à la toison blanche. C'est un document passionnant. Je ne l'ai lu qu'une fois et en toute hâte. À présent, je veux l'étudier. Je vais vous le lire à haute voix. Soyez attentifs. Je suppose que cet écrit donne la c-clef de l'énigme.

La clef

– « Aux temps jadis je m'étais retiré pour mon salut dans un couvent connu pour sa vieille piété, lut Fandorine après avoir expliqué d'où il tenait ce papier, le même que dans la mine de Denissievo. C'était une bâtisse solide, entourée de pâturages où paissait force bétail, surtout des brebis à la toison blanche. Et le père supérieur m'a ordonné, pour m'éprouver, de garder un troupeau de brebis fort nombreux. Un jour, comme j'étais fatigué de mon labeur, je me suis assis à l'ombre d'un chêne et je me suis endormi et il m'est venu un songe. J'ai vu une terre du bien des justes… »

– Pardon ? demanda Odintsov, qui écoutait avec la plus grande attention.

– « Une terre du bien des justes », répéta Eraste Pétrovitch en haussant les épaules. Je ne sais pas ce que cela veut dire.

Evpatiev s'écria avec impatience :

– Lisez donc ! Je connais ce texte. Je vous expliquerai après. Lisez !

– « J'ai vu une terre du bien des justes. Et j'ai eu grand-peur et une terrible faiblesse est descendue dans mes membres : j'étais assis dans un vaste pré, à côté d'une forêt sombre, et je dormais, et pendant ce temps, mes brebis s'étaient dispersées. Et dans mon rêve, je m'éveillais et voyais qu'un grand malheur était arrivé :

toutes mes brebis blanches s'en étaient allées. Les unes se trouvaient à l'orée de la forêt et leur toison paraissait foncée dans l'ombre des arbres. Les autres avaient pénétré dans la forêt et de là parvenaient cris et bêlements, car les loups s'étaient jetés sur elles. Le soleil était déjà tout bas, et près de se coucher, et les loups allaient surgir de la forêt et dévorer tout mon troupeau.

« Une peur terrible me saisit dans mon rêve, j'ai commencé à courir à travers le champ, mais que pouvais-je faire ? Je ne pouvais plus rassembler mes brebis, elles s'en étaient allées trop loin.

« J'avais près de moi un petit reste : un mouton, une brebis et un agneau. Je leur ai donné un coup de verge, je les ai chassés vers le chemin, ils se sont mis à courir, Dieu soit loué. Ils allaient se sauver.

« Ayant esté trouvé un autre peu, je les ai chassés aussi… » Ce n'est pas clair : que veut dire « ayant esté trouvé » ? dit Fandorine en interrompant sa lecture.

– Ce sera sans doute une forme grammaticale archaïque, je ne suis pas un spécialiste du slavon. Ou tout simplement une faute du scribe. Cela arrive souvent : il y en a un qui se trompe et ensuite tous les autres recopient pieusement son erreur, par crainte du péché.

– Plus loin, ce n'est pas très clair non plus. « Puis verbe un troisième… »

– Si, c'est parfaitement clair. Cela veut dire : « tout en parlant, en marmonnant… ».

– « Puis encore un demi-peu. Après quoi, j'ai vu que c'était trop tard pour sauver les autres. Le soleil s'était déjà caché à moitié derrière la forêt, les loups et les louves se tenaient derrière les arbres, la gueule ouverte, ils étaient légion, et tout devant, le Loup Antéchrist, avec une croix orthodoxe plantée en plein front, et le nom de cet Antéchrist était Zoud. J'étais perdu ! Qu'allais-je dire au père prieur lorsqu'il me demanderait : "Où sont mes brebis ?"

« Humble pécheur, je suis tombé à genoux et j'ai fermé les yeux pour voir le ciel et non la terre. Je me suis mis à prier la Sainte Mère de Dieu : "Protège-moi et apprends-moi, ô Sainte Vierge, comment sauver mes blanches brebis ?"

« La Très-Pure a eu pitié de moi et elle m'est apparue sur son nuage doré en me disant : "Tu ne sauveras pas les brebis blanches, sauve les agneaux blancs."

« Je me suis levé, j'ai lâché mes chiens, le chien et la chienne. Le chien a pris peur en voyant des loups menaçants, il s'est enfui la queue entre les jambes. La chienne n'a pas eu peur, elle a rassemblé tous les agneaux blancs qui étaient dans le champ et elle les a chassés vers le couvent. Derrière moi, j'entendais pleurs et cris : les loups dévoraient le reste du troupeau.

« Le père supérieur est sorti vers moi et il m'a demandé : "Dis-moi, novice, où est mon grand troupeau ?"

« Je me suis jeté à ses pieds en pleurant : "Je suis un grand pécheur, maître, je suis faible et indigne. Je t'ai envoyé le peu de brebis blanches que j'ai pu sauver, et aussi des agneaux, le reste a péri."

« Et le supérieur m'a répondu : "Petits et blancs, ils auront des ailes et ils deviendront des anges."

« Il m'a pardonné et m'a béni. » Il n'y a rien d'autre. C'est t-tout. Rien au verso non plus. Qu'en dites-vous, Nikiphore Andronovitch ?

Evpatiev déclara, sûr de lui :

– Il n'y a là aucun secret. C'est un extrait de la « Vision du père Ambroise », un texte assez connu de l'époque de Pierre le Grand. Ambroise est un des enfants spirituels de l'archiprêtre Avvakoum, nous connaissons très peu de chose sur lui. La « Vision » est écrite dans une langue parlée très simple : il s'agit donc d'un laïque qui n'a pas reçu d'éducation ecclésiastique. Il existe beaucoup de variantes de cet écrit. Comme je l'ai déjà dit, on y trouve des différences d'interprétation ou, tout simplement, des passages obscurs. Je peux jeter un coup d'œil ?

Nikiphore prit la feuille et la regarda attentivement.

– Le texte a été recopié récemment. Il y a des négligences, ce qui est exclu chez les copistes professionnels d'aujourd'hui. Par exemple, il manque le signe dur à la fin de Zoud, le nom du Loup Antéchrist…

Il rendit la feuille à Fandorine et poursuivit.

– Oui, je dois vous décevoir. Il n'y a rien d'ésotérique. Quant au rêve d'Ambroise sur les brebis blanches et les loups, je le connais depuis que je suis enfant. C'est une allégorie poétique sur le devoir qu'a le pâtre de protéger ses ouailles du démon.

– Et que signifie la métaphore du chien qui s'enfuit et de la chienne courageuse ?

– C'est bien connu : la tradition des vieux-croyants tient grâce aux femmes. À l'époque d'Ambroise ce n'était pas le cas, mais il n'est pas prophète pour rien… Et il ne faut pas s'étonner que les suicidés prennent ce texte avec eux dans la mine : ils sont persuadés d'avoir fui les loups et de s'être abrités en un saint lieu…

– Il ne sert donc à rien, ce papier ? Saloperie ! cracha le policier.

Il se posa sur le banc, découragé.

Tous les trois se turent.

Eraste Pétrovitch alla jusqu'à la fenêtre derrière laquelle s'étalait un paysage nocturne tout à fait en harmonie avec son état intérieur. Il sortit de sa poche un vieux chapelet vert et commença à l'égrener.

Massa observait son maître avec angoisse et espoir. Evpatiev voulut dire quelque chose, mais le Japonais lui fit « Chut ! » en portant son doigt à ses lèvres.

Nikiphore Andronovitch haussa les épaules, prit sur la table une jolie gourde en argent et but au goulot.

– Vous ne voudriez pas un coup de rhum ? Vous devez être fatigué du voyage, proposa-t-il.

Le Japonais émit de nouveau un bruit de protestation, mais c'était trop tard : Fandorine avait été interrompu dans sa réflexion.

– P-pardon ?

Eraste Pétrovitch se retourna et regarda l'industriel d'un air distrait.

– Vos convictions religieuses ne vous interdisent-elles pas de boire de l'alcool ?

– C'est un péché, mais un péché véniel. Pas du tout comme fumer de l'herbe de Satan, dit Evpatiev en souriant, sans doute pour remonter le moral à son interlocuteur découragé. Un vieux-croyant pur et dur n'aurait jamais bu avec vous dans le même récipient, mais je prends ce risque, poursuivit-il sur le même ton.

Un monogramme doré brillait sur la gourde :

N. A.
M

– Je comprends N. et A. Mais que vient faire là ce M ? demanda Fandorine, toujours aussi distrait, en prenant du rhum. Votre nom commence bien par un E ?

– Ce ne sont pas mes initiales, expliqua Evpatiev. C'est un nombre. Vous voyez un petit accent sur le M ? On l'appelle « titre ». La lettre M, le mysleti de l'alphabet slave, qui veut dire méditation, signifie 40 lorsqu'elle est surmontée d'un titre. Mes commis m'ont offert cette gourde pour mes quarante ans.

– Méditation ? répéta Fandorine. Méditation ? C'est exactement cela ! Il faut méditer et non pas…

Il saisit le texte, y plongea son regard.

– Mais bien sûr ! Ce sont des chiffres !

– Hein ? fit Odintsov.

Massa se pencha en avant, lui aussi.

– Des chiffres ?

– De quoi parlez-vous ? demanda Nikiphore Andronovitch en examinant la gourde.

– La lettre dobro, le bien, correspond à quel nombre ? demanda promptement Eraste Pétrovitch, les yeux rivés sur la feuille.

– Quatre.

– Eh oui, tout est donc indiqué. Et la lettre esté, « être » ?

– Cinq.

– Ça colle parfaitement ! Et glagol ?

– Glagol, « verbe », ou « parole », correspond à trois. Mais qu'est-ce que cela peut…

– Et ije, que j'ai interprété ici comme « peu » ? C'est un chiffre aussi ?

– Oui. Cela signifie huit.

– Donc un demi-ije, c'est quatre. Eh bien, je comprends tout ! À l'exception du b-bien des justes !

Les trois hommes se précipitèrent vers Fandorine. Evpatiev et Odintsov, le souffle brisé d'émotion, le bombardèrent de questions. Massa le regardait tout simplement dans les yeux, avec une impatience si passionnée qu'Eraste Pétrovitch eut honte.

– Excusez-moi, messieurs. Je vais vous expliquer ce que je viens de comprendre. Et nous avancerons ensemble.

Il s'essuya le front avec le magnifique mouchoir où étaient représentés des lutteurs de sumo.

– J'avais raison. Ce fragment contient en effet la clef de l'énigme. Une instruction ou une prophétie. Très probablement une prophétie que certains ont considérée comme une injonction, et un mode d'emploi…

– Ne pourriez-vous pas être plus clair ? supplia Nikiphore Andronovitch.

– Tous les mots qui semblent superflus dans le texte forment un code extrêmement simple. Dans sa vision, Ambroise sauve d'abord un petit reste du troupeau, un mouton, une brebis et un agneau. C'est-à-dire un couple avec enfant, comme à Denissievo, où sont morts enterrés le charpentier, sa femme et leur bébé. Plus loin, il est dit : « Esté trouvé un autre peu, que j'ai chassé aussi. » « Esté », c'est le chiffre cinq, et ce sont cinq personnes qui se sont enterrées au village de Paradis. « Puis verbe un troisième… » Le « verbe », c'est un trois ! C'est à propos du village de Barbouillevo où périrent trois personnes : l'ancien avec sa femme et sa fille. Plus loin dans la « Vision » on trouve : « Puis, encore un demi-ijé », c'est-à-dire quatre…

– Les quatre pépés ! s'écria Massa qui dévorait son maître des yeux.

– Faites voir ! s'écria Evpatiev en arrachant la feuille à Fandorine. En effet ! C'est une coïncidence extraordinaire. La prophétie s'est accomplie ! Mais que signifie…

– Un instant ! dit Eraste Pétrovitch en l'interrompant.

Il ne se rendait même pas compte que ses doigts égrenaient frénétiquement le chapelet.

– « Le bien des justes », ce sont quatre justes, c'est-à-dire quatre villages de vieux-croyants ! Comme ici, sur le lac Vert.

– J'ajouterai encore quelque chose, dit Nikiphore Andronovitch en désignant la lettre. Qu'est-ce que c'est, d'après vous ? Là, sous le nom du Loup Antéchrist ? Vous voyez cette espèce de crochet ? En lisant, vous n'en avez rien dit et je ne l'avais pas vu non plus.

Fandorine regarda l'étrange signe qui précédait le nom de Zoud.

– J'ai cru que c'était une rature.

Ce fut le tour d'Evpatiev d'épater ses compagnons.

– Non, ce n'est pas une rature ! C'est le nombre 1 000. Suivi des quatre lettres qui forment le mot « Zoud », il forme le nombre 7 404. Attendez, attendez ! Nous avons trouvé la réponse ! L'Antéchrist s'appelle 7 404. Vous comprenez ? s'écria l'industriel, manifestement bouleversé par sa propre découverte.

– N-non, pas tout à fait.

– Selon le calendrier russe ancien, depuis le 1er septembre nous sommes entrés dans l'année 7404 après la création du monde. Le recensement a coïncidé avec l'année indiquée dans la prophétie ! C'est pour cela qu'ils s'enterrent tous !

Fandorine, tout pâle, rectifia :

– Non, pas tous. Le commentateur de la prophétie n'avait initié à ce mystère que quelques élus. Il donnait le texte, en expliquait le sens. Ainsi a-t-il « sauvé » d'abord trois personnes, puis cinq, puis encore trois et, à la fin, quatre. Ceux qu'il avait désignés avaient accepté la m-mort sans rechigner. Ils devaient être fiers de faire partie des élus, par-dessus le marché ! Mais il reste les « agneaux blancs » qu'Ambroise a ramenés au couvent en grand nombre. Qui sont-ils ? Pourquoi sont-ils si chers au « père supérieur », c'est-à-dire, au Seigneur ? Autrement dit, qui sera la prochaine victime ?

– Le fol en Christ nous le dira, proféra le policier d'un air menaçant en secouant son toupet. Il doit être dans les parages, ce maudit Laurent, près du « bien des justes ». Il ne nous échappera pas, c'est sûr ! D'ici, il ne peut plus aller nulle part. Je chausserai mes skis pour le chercher sur les quatre…

Eraste Pétrovitch l'interrompit, dépité :

– Tais-toi, Julien ! Ce n'est pas lui, notre homme ! Laurent n'y est p-pour rien.

Un silence de mort s'installa dans l'isba.

Les brebis blanches et noires et les agneaux blancs

– Nous croyions poursuivre les semeurs de la contagion, alors que nous transportions nous-mêmes le mal. Le malheur ne nous devançait pas, il nous suivait à la trace. N'est-ce pas ? Lorsque nous arrivions dans un village, il y régnait paix et tranquillité. À peine étions-nous partis que la mort frappait. Vous rappelez-vous, le docteur avait surnommé notre groupe fort hétérogène « détachement sanitaire de prévention des épidémies » ? Il faudrait changer la formule en « détachement de diffusion des épidémies ».

– Attends, attends, Eraste Pétrovitch ! s'écria le policier, qui, comme toujours lorsqu'il était bouleversé, passait au tu. Où veux-tu en venir ?

Nikiphore Andronovitch pouffa :

– Vous y allez un peu fort… C'est n'importe quoi ! Soupçonneriez-vous Cyrielle, cette Cassandre de la vieille foi ?

Après avoir réfléchi, Fandorine hocha la tête.

– Non, ça ne colle pas. Vous dites qu'elle s'est dirigée vers un monastère vide ? Comment s'appelle-t-il déjà ?

– Le monastère de la Vieille Piété.

– C'est ça. Mais il n'y a personne qui y habite, or le sauveur de brebis a besoin de nouvelles victimes, les f-fameux agneaux blancs. Le provocateur qui sème la mort n'est pas nécessairement un vieux-croyant.

– Eraste Pétrovitch, ne nous fais pas languir. Dis-nous qui c'est, implora Julien.

– Cela peut être n'importe qui ! Par exemple, Léon Sokratovitch Kryjov, qui cite souvent Serge Guennadievitch, dont il partage manifestement les idées.

– Quel Serge Guennadievitch ? s'étonna Evpatiev.

– Netchaïev le terroriste. Celui qui, depuis trente ans, appelle la Russie à la violence et qui a écrit le *Catéchisme révolutionnaire*. Je connais ce document extraordinaire par cœur, car il provoquera encore bien des malheurs. « Au fond de son être, le révolutionnaire a rompu avec toutes les lois, toutes les règles, toutes les conventions communes, avec la morale de ce monde. Il est l'ennemi juré du monde et, s'il continue d'y vivre, c'est pour mieux le détruire. » Ou bien, et c'est encore plus direct : « Notre association n'a pas d'autre objectif que la libération complète et le bonheur du peuple, c'est-à-dire des ouvriers. Convaincue que cette libération et ce bonheur ne peuvent être obtenus que par la voie d'une révolution populaire absolument destructrice, l'association emploiera toutes ses forces et tous les moyens à sa disposition afin de développer et d'attiser les maux et les malheurs qui doivent mettre fin à la patience du peuple et le pousser à une insurrection totale. » Du point de vue d'un nihiliste, n'importe quel bouleversement, en déséquilibrant la masse, rapproche le moment de la grande révolte. Plus le peuple se porte mal et plus le bateau du pouvoir, que Kryjov appelle « la nef des fous », coulera vite.

– Exact ! C'est Kryjov ! cria le policier. L'autre jour, un capitaine de la Sûreté a fait une conférence sur les révolutionnaires nihilistes. Ce sont des chiens enragés, ils veulent la ruine du pays !

Evpatiev devint très sérieux.

– Hum, en effet… Kryjov avait visité ces villages à plusieurs reprises. Les gens le connaissaient, ils lui faisaient confiance. Il faut que nous allions immédiatement à Bestchegda !

– Attendez. Votre psychiatre, Anatole Ivanovitch Chechouline, ne m'inspire pas confiance non plus. Sa venue est déjà suspecte : il arrive comme par hasard dans le foyer d'une épidémie de suicides qu'il avait lui-même prédite. J'ai observé cet homme. Il est possédé par un démon très puissant que l'on appelle l'ambition, et dans l'une de ses formes les plus douloureuses, à savoir l'ambition scientifique. N'a-t-il pas cédé à la tentation d'aider un peu son pronostic ? N'est-ce pas pour cela qu'il est venu ? Il avait du mal à cacher sa joie chaque fois qu'il y avait une nouvelle victime. Et d'un. N'ignorons pas non plus ses dons d'hypnotiseur qu'il nous a démontrés lors de la crise d'épilepsie de Laurent. Anatole Ivanovitch a étudié les mécanismes de la suggestion. Et de deux. Autre chose encore. Pourquoi ce psychiatre brillant, qui n'a eu aucun mal à soumettre le fol en Christ à sa volonté, n'a-t-il pas essayé de mettre en cause, ne serait-ce qu'une fois, la fausse version qui nous guidait ? Après cet incident, il aurait dû comprendre que Laurent appartient à ceux qui se laissent hypnotiser et non à ceux qui hypnotisent, et qu'il y avait donc peu de chances que ce soit lui le coupable.

– C'est juste ! affirma Nikiphore Andronovitch en frappant du poing sur la table. Il m'a déplu dès le début. « J'avais prédit ! », « On s'était moqué de moi ! », « Ma conférence à Pétersbourg aura un grand succès ! »… Et le regard qu'il a ? Il vous transperce !

Le policier saisit sa chapka.

– Mes braves messieurs, nous perdons notre temps !

Où est-il allé ? À Salazkino ? C'est à cinq verstes seulement. On va cueillir ce Judas direct !

– Ou prenons le curé, poursuivit Fandorine d'un air méditatif sans accorder la moindre attention à Julien. Si l'on cherche celui à qui la situation profite, eh bien le père Vincent avait tout intérêt à ce que l'épidémie se propage. Aujourd'hui, il mène une existence misérable. Pâtre sans ouailles, petit extorqueur, le t-type le plus méprisable de la région. Il doit haïr les vieux-croyants et leurs coutumes ! Et qu'est-ce que c'est que cette excursion étrange ? Est-il possible que ce soit uniquement pour de l'argent ? Avez-vous remarqué que dans chaque village il faisait le tour des maisons « pour un entretien édifiant » ? Peut-être qu'en réalité il montrait la « Vision » en faisant peur aux plus superstitieux ? Après que la nouvelle des suicides de Sterjenets se sera répandue dans toute la Russie, les autorités prendront sans doute des mesures draconiennes pour éradiquer la vieille foi.

– C'est vrai ! Ce pope est notre premier ennemi à nous tous ! confirma Evpatiev avec ardeur. Qu'est-ce qu'il craint le plus ? Que les vieux-croyants deviennent raisonnables, civilisés. Que le peuple choisisse une façon moins radicale de pratiquer la vieille foi, qu'il ait ses propres prêtres et évêques. Ce sera sa fin, il ne pourra plus sucer notre sang. Après tout, Kryjov et Chechouline sont des gens instruits, tandis que là on sent la méthode jésuite, on sent la main d'un pope !

– Et en plus, il y a ce diacre avec lui, renchérit le policier. On dirait une andouille finie, et en fait il est du genre fouineur, à promener son nez partout. L'oreille baladeuse, les yeux fureteurs ! Si c'est le pope qui sévit, alors le diacre est son complice. Je sais comment m'y prendre ! On me l'a appris. Il faut les arrêter et les interroger séparément. S'ils commencent à louvoyer, s'ils hésitent, s'ils divergent dans leurs mensonges, ils seront faits comme des rats.

Nikiphore Andronovitch dit alors d'un air inquiet :

– Ils sont allés à Latynino. Je leur ai proposé mon traîneau et mon cocher, ils n'en ont pas voulu. Nous irons à skis, qu'ils ont dit. Jusque-là, le curé n'aimait pas trop secouer son bide pour rien.

– Ceux de Latynino, on les traite de « têtes blanches », se rappela soudain le policier. C'est vrai qu'ils sont tous blondasses. Si ça se trouve, c'est eux, les agneaux blancs ! Les popes sont allés les exterminer ! Partons, messieurs, et au plus vite !

– Mitka ! cria l'industriel au cocher en entrouvrant la porte. Attelle, vite !

– À propos de Mitka, poursuivit Eraste Pétrovitch sur le même ton, qui figea sur place l'industriel. Votre cocher, il ne faudrait pas l'écarter non plus. Durant tout notre voyage, je ne lui ai pas entendu prononcer un seul mot. Il est discret, il reste toujours les yeux baissés, il essaie de ne pas attirer l'attention. Quand nous entrons dans un village, il disparaît pour réapparaître tout aussi brusquement. Quel genre d'homme est-il ? Est-il pieux ? Aime-t-il lire les vieux livres ?

– Comme la plupart des vieux-croyants, marmonna Evpatiev d'un air hébété en refermant la porte avant de se laisser choir sur le banc. Mon Dieu, faut-il suspecter tout le monde ?

Le travail de déduction se poursuivit sans la participation directe d'Eraste Pétrovitch, qui se replongea dans l'écrit ancien.

– Et on a oublié notre grand statisticien ! s'écria le policier. On a tort !

– Kokhanovski ? Arrête ! s'écria Nikiphore Andronovitch en éclatant de rire. Lui, un criminel ? Qu'est-ce que tu lui trouves ?

– C'est un Juif ! Ils ont crucifié le Christ et ils détestent les chrétiens !

– Qui est juif ? Aloïs Stépanovitch ? Qu'est-ce qui te prend ? Tu n'as jamais vu un Juif de ta vie !

– Moi, peut-être que je n'en ai jamais vu, mais M. le capitaine de la Sûreté nous a donné des instructions. Les Juifs, ils ont les cheveux noirs, un nez comme ça et des lunettes, à tous les coups. Le portrait craché de Kokhanovski. Même qu'il porte un prénom suspect : Aloïs !

– Et alors ? Si c'était Jacob, Boris ou encore Siméon, là d'accord. Mais Aloïs. À mon avis, il est d'origine polonaise.

– C'est pas tellement mieux.

Tandis qu'ils se disputaient au sujet de l'appartenance ethnique de Kokhanovski, Fandorine et Massa devisaient en japonais.

– Maître, le prêtre avec Barnabé, il faut les exclure de la liste des suspects, tout comme le statisticien avec son aide. Ils sont arrivés dans le premier village en même temps que nous. À ce moment-là, trois personnes avaient déjà péri. Quelqu'un leur avait proposé de devenir des brebis blanches et ils avaient accepté. Tandis que le docteur Chechouline, c'est une autre paire de manches. Il se trouvait au village. Ces deux-là aussi, d'ailleurs.

– J'y avais pensé. On ne peut exclure personne, répondit Fandorine avec un soupir. Le curé tout comme le statisticien viennent souvent dans ces contrées. Ils auraient pu faire un crochet par là auparavant.

L'industriel et le policier se turent, échangèrent un regard plein de sous-entendus. Sans comprendre le japonais, ils avaient manifestement abouti à la même conclusion que Massa.

– Toi, Nikiphore Andronovitch, tu es suspect aussi,

dit Odintsov avec un sourire mauvais. Les schismatiques sans-popes, tu ne peux pas les piffrer, on le sait bien. Tu voudrais que tous, ils s'alignent sur vous autres, qui avez votre clergé. Tu l'as dit tellement de fois ; même que dans ton journal on en parle sans arrêt. Tu es un gars malin, une forte tête. Tu aurais très bien pu former le projet de détourner la société de tous ces anciens, ces chuchoteurs et ces fols en Christ pour les ramener à ta foi d'un coup ! C'est drôlement habile !

Evpatiev poussa un cri.

– Qu'est-ce que tu racontes, espèce d'animal ! C'est peut-être toi le provocateur ? Un renégat comme toi ne recule devant rien ! Il n'y a pas pire ennemi pour un vieux-croyant que le converti. Cette vile idée pue le département de la Sûreté ! Vous cherchez à éliminer la vieille foi ! Je vous connais ! C'est ce capitaine dont tu parles sans arrêt qui t'a recruté ! Avoue, Judas !

L'industriel empoigna le col du policier, Julien saisit Evpatiev à la gorge et, sans l'intervention de Massa, ils auraient fini par s'abîmer mutuellement le portrait.

Le Japonais frappa légèrement le coude du policier du revers de la main, et le bras d'Odintsov retomba le long de son corps, tout engourdi. Quant au capitaliste, Massa se montra un peu plus délicat avec lui : il lui serra les poignets, et ses mains lâchèrent prise.

– Chez nous il n'y a pas de blebis blanches, dit l'Asiatique, conciliant. Il n'y a que des noiles.

L'ordre était rétabli. Les bagarreurs respiraient difficilement mais n'essayaient plus de se jeter l'un sur l'autre. Nikiphore Andronovitch semblait en plus avoir honte : lui, un homme sérieux, un entrepreneur, propriétaire d'un journal, s'était battu avec un subalterne ! Il était tombé bien bas.

– Mais qu'est-ce qu'il fait, Mitka ? Il n'a pas fini

de hacher le bois ! Il faudrait allumer le poêle, il fait froid. Il va geler cette nuit… Hum.

Evpatiev toussota et regarda autour de lui, puis ajouta :

– La petite de Cyrielle a oublié son écharpe…

En réalité, on pouvait difficilement qualifier d'écharpe l'espèce de torchon en laine qu'il venait de ramasser par terre.

– Pourvu qu'elle ne prenne pas froid, elle a un cou tout fluet. L'épreuve de l'humiliation ! Je veux bien, mais Cyrielle pourrait tout de même la vêtir plus chaudement. La gamine ne porte que des haillons, et le couvent n'est pas tout près.

– J'ai remarqué que vous n'appeliez jamais Cabochka par son prénom. Pourquoi ? demanda Fandorine en levant les yeux de sa feuille.

– Un prénom, ça ?

– Je pensais que c'était quelque prénom ancien, utilisé uniquement par les vieux-croyants.

Evpatiev hocha la tête, vexé.

– Vous avez une bien piètre opinion de nous ! Nous ne donnons pas des sobriquets de chiens aux personnes ! On l'a appelée ainsi provisoirement pour l'humilier. Ça vient de cabot. On appelait ainsi les vieux-croyants qui, de leur propre gré, s'engageaient au service de l'État comme soldats ou policiers. (Il jeta un coup d'œil à Odintsov.) Cabochka est un sobriquet méprisant. C'est fait exprès pour que la gamine apprenne l'humilité. Une coutume infâme ! Je ne pense pas qu'on puisse apprendre quoi que ce soit par l'humiliation…

– La chienne ! s'écria Eraste Pétrovitch.

– Pardon ?

– Il est écrit ici : « La chienne n'a pas eu peur, elle a rassemblé tous les agneaux blancs. » Seigneur ! Est-ce possible ?

Il fit une grimace.

– Cyrielle ? s'écrièrent l'industriel et le policier.

Massa poussa un glapissement, lui aussi :

– Cylielle ?

– Toutes les deux. Elles agissaient de conserve. Mais le problème n'est pas là. (Eraste Pétrovitch se donna une tape sur le front.) J'aurais dû comprendre plus vite ! Car je sais à présent qui sont les agneaux blancs ! Pendant que Cyrielle faisait le tour des maisons en parlant aux adultes, sa chienne, elle, rassemblait les enfants. Je l'ai observée de mes propres yeux et je n'y ai vu que du feu. Espèce de t-touriste de mes deux ! dit-il en parlant de lui-même, et il conclut par un juron, ce qui ne lui était arrivé que six fois au cours de sa vie. C'est ainsi que Cyrielle a interprété les paroles du prieur : « Petits et blancs, ils auront des ailes et ils deviendront des anges. » Il est impossible de « sauver » tous les adultes, alors, au moins, les enfants innocents. C'est pour cela qu'elle a donné un nom de chienne à sa guide. Et aussi… Non mais, j'aurais dû comprendre tout de suite. « Le couvent connu pour sa vieille piété », eh bien, c'est justement le couvent de la Vieille Piété. Ça colle parfaitement ! Nous avons pris un retard terrible ! Pourvu que nous arrivions à temps ! Sans doute ont-elles fixé le jour et l'heure !

Les quatre hommes se précipitèrent vers la porte en se bousculant.

Evpatiev s'arrêta, aspira l'air, essuya la sueur de son front.

– Je ne peux pas le croire ! C'est une diablesse ! Comme elle changeait d'apparence selon le milieu où elle se trouvait ! À Paradis, avec les mendiants elle était toute humble, avec les peintres elle plaisantait, quant aux scribes, elle les a conquis par son érudition… Et nous, comme elle a réussi à nous berner ! Je dois reconnaître que je l'appréciais énormément.

– Moi aussi, avoua Fandorine. Alors, vous pensez b-bien que les pauvres « brebis »… Elle a beaucoup de talent, cette femme. Une diablesse ? De notre point de vue, oui. Mais elle, elle doit voir les choses autrement.

Odintsov leur jeta un regard furieux.

– Vous choisissez bien le moment pour discuter ! En avant ! Partons !

Le traîneau les conduisit à l'orée du bois, après quoi il leur fallut chausser les skis. Deux chapelets de traces s'alignaient dans la neige : les unes petites, les autres plus grandes et accompagnées de trous creusés par la crosse ; l'habit de la conteuse avait laissé un sillon irrégulier : on aurait dit qu'un immense serpent était passé sur la neige.

Ils n'avaient pas trouvé de skis pour Massa, qui, d'ailleurs, ne savait pas monter dessus. Cependant, le Japonais avait refusé de rester avec le cocher Mitka et clopinait obstinément derrière en s'enfonçant dans la neige jusqu'aux genoux à chaque pas.

– Vous êtes trop lents ! pestait le policier. J'y vais seul !

Il accéléra le pas et, bientôt, disparut dans l'obscurité. C'était facile pour lui : il avait l'habitude de sillonner la forêt en hiver, les citadins ne pouvaient rivaliser avec lui.

– C'est encore loin ? demanda Eraste Pétrovitch en éclairant le chemin avec la lampe de poche.

– Jusqu'au monastère ? Julien a dit une heure à skis. Cyrielle a dû mettre deux fois plus de temps, surtout avec son bandeau sur les yeux. Mais, malgré tout, elles sont sans doute arrivées avant la nuit. Julien a raison, il faut faire vite !

À peine Massa avait-il réussi à rattraper son maître, à peine s'était-il assis dans la neige et avait-il mis un caramel dans sa bouche que déjà les skieurs repartaient.

Ils avaient beau avancer bien plus lentement qu'Odintsov, au bout d'une demi-heure ils le rattrapèrent.

Mais, avant de le voir, ils l'avaient entendu jurer dans l'obscurité. Il claudiquait sur un ski, utilisant l'autre en guise de béquille.

– Cette diablesse a ensorcelé le sentier ! J'ai trébuché sur un terrain plat ! Mon ski est cassé et en plus je me suis foulé la cheville, se plaignit-il. Nous allons encore arriver trop tard !

Ils le dépassèrent et accélérèrent.

Pour couronner le tout, il commençait à neiger. Les traces s'effaçaient à vue d'œil. Pour peu qu'elles eussent été complètement recouvertes, il leur eût fallu attendre Odintsov, le seul à connaître le chemin.

Mais voilà que la forêt commença à s'éclaircir, la lumière de la lampe se perdit dans l'immensité, dans l'obscurité, se fit plus diffuse et plus terne.

Une clairière !

Les traces allaient tout droit. Au bout d'une dizaine de mètres elles disparurent : dans un lieu découvert, la neige les recouvrait plus vite que dans la forêt.

Les skieurs s'arrêtèrent.

– C'est là, tout près ! cria Odintsov en les rattrapant.

Il s'arrêta, le souffle court.

– Vous voyez la chapelle là-bas ? Allez, vite !

En effet, une construction sombre, élancée se dressait au milieu des flocons de neige.

– Où faut-il les chercher ? Où peut-il y avoir une mine ?

Eraste Pétrovitch promena sa torche dans tous les sens. Evpatiev alluma la lanterne qu'il avait dérobée dans le refuge de chasseurs. De nouveau, Julien disparut dans l'obscurité.

– J'espère encore que vous vous êtes trompé, dit Nikiphore Andronovitch. À propos des enfants, hein ? Comment auraient-ils pu arriver jusqu'ici en venant de leurs villages ? Regardez le temps que nous avons mis, nous, sur nos traîneaux !

Fandorine poussa un soupir.

– J'ai posé la question à Odintsov. Il m'a dit que c'était facile. La rivière tourne, fait des méandres. De Denissievo jusqu'ici, sur la glace, il y a cent cinquante kilomètres. En coupant par la forêt, on réduit la distance à quarante-cinq. Et les autres villages sont encore plus près. Pour les gamins d'ici, qui ont l'habitude de se déplacer à skis, ce n'est pas un problème. Le tout est de savoir combien d'entre eux ont suivi la chienne…

Soudain, ils entendirent dans l'obscurité :

– Ça y est ! J'ai trouvé ! Par ici !

Evpatiev bondit, l'air souffla le feu de sa lanterne. Fandorine, lui aussi, avait oublié d'appuyer sur le levier, et sa lampe s'éteignit.

À cet instant, une grande flamme brilla devant eux : le policier venait de mettre le feu à une grosse branche de sapin, qui leur servit de torche.

Ils aperçurent la chapelle adossée à une colline boisée en pente raide. Au milieu, au niveau du sol, on voyait une petite porte en bois.

Des deux côtés, à moitié recouverts de neige, s'entassaient des skis et des luges.

Il y en avait beaucoup, des dizaines.

– Chut ! fit Julien en collant son oreille à la porte.

Eraste Pétrovitch s'approcha et entendit un chant à peine perceptible.

Des voix pures, angéliques montaient comme des entrailles de la terre.

– Seigneur ! Ils sont vivants ! murmura Nikiphore Andronovitch avant de laisser échapper un sanglot. Qu'est-ce que tu as à rester planté là, Julien ? C'est fermé ? Défonce la porte !

Fandorine saisit aux épaules le policier qui prenait son élan pour se jeter contre la porte et le repoussa : Odintsov tomba sur la neige.

– Pas touche ! Et si la mine était organisée selon les règles ? Vous avez oublié la « mort facile » ? Tenez-vous tranquilles. Et n'entrez pas, quoi qu'il arrive.

Il fit un pas vers la porte et frappa doucement. Puis il appela :

– Mère Cyrielle !

Et encore, un peu plus fort :

– Mère Cyrielle ! C'est moi, Eraste Pétrovitch Kouznetsov !

Les chants se turent.

– Laisse-moi vous rejoindre ! Permets-moi d'être des vôtres ! implora Fandorine en faisant des signes désespérés à ses compagnons pour qu'ils se cachent.

Le policier piétina la branche qui leur servait de

torche et tous les deux bondirent sur les côtés. L'obscurité et la neige les engloutirent.

Aucune réponse ne parvint de l'intérieur, et Fandorine cria de nouveau d'un ton menaçant où perçaient des inflexions hystériques :

– Laisse-moi entrer ! Peux-tu me laisser périr alors que vous allez vous sauver ? C'est un péché, ma mère ! Je t'ai sortie du feu et toi, tu me laisses dans la géhenne ? Ouvre ! Je ne partirai pas !

Il entendit un bruissement derrière la porte.

Il se prépara à agir.

Il fallait la saisir, la tirer dehors, c'était l'essentiel. Evpatiev et Odintsov arriveraient à la maîtriser. Et aussitôt, avant que les enfants aient compris de quoi il retourne, il devait se précipiter vers le pilier scié, s'il y en avait un.

Le verrou claqua. La porte grinça.

Eraste Pétrovitch leva la main droite. Il tenait la lampe dans la main gauche et avait déjà commencé à remuer le ressort. Comment trouver le pilier s'il faisait nuit à l'intérieur ?

La porte s'ouvrit.

Une mort facile

Il dut abaisser ses deux mains.

La droite, parce que ce n'était pas Cyrielle qui avait ouvert la porte, mais Cabochka.

La gauche, parce qu'il n'avait pas besoin de lampe. Un grand nombre de chandelles brillaient à l'intérieur.

– Entrez, dit la mendiante en s'inclinant devant lui.

En réalité, elle n'avait plus du tout l'air d'une gueuse. Ses tresses bien peignées étaient décorées de petites roses en papier. Une jolie robe brodée. Un collier au cou. Son visage émacié rayonnait d'extase solennelle.

Il se baissa pour s'enfoncer dans une galerie étroite qui sentait la terre.

Il entendit le verrou claquer derrière lui.

– Par ici, viens par ici, appela la voix de Cyrielle.

Au bout de l'étroit passage se trouvait une grotte ronde, basse, mais assez large. Il était difficile d'en apprécier les dimensions exactes dans l'obscurité : elle devait faire dans les vingt pieds de diamètre.

Ainsi que le craignait Fandorine, un pilier en bois se dressait au beau milieu de la mine. Il s'affinait vers le haut et, dans sa partie rabotée, n'était pas plus gros qu'un crayon. On ne comprenait même pas comment le plafond en planches étayé par des cales obliques pouvait tenir sur un appui aussi fragile. Sans doute était-ce un grand maître qui avait bâti cette construction.

Cette mine avait été aménagée avec bien plus de soin que celle de Bogomilovo. On avait dû la creuser tout spécialement pour le salut des « agneaux blancs ».

Les cierges n'étaient pas plantés dans la terre, mais placés sur des étagères, dans des bougeoirs. Dans un coin, une armoire à icônes avec une veilleuse. Partout, des guirlandes de fleurs en papier.

Mais Fandorine n'avait pas vu tout de suite ces décorations somptueuses. Il étudiait le funeste pilier. C'est seulement après qu'il leva les yeux sur Cyrielle et sur les enfants.

Ces derniers étaient « blancs » au sens propre : les filles portaient des robes blanches, les garçons des chemises blanches. Partout, des petits visages, des yeux brillants s'étaient tournés vers Fandorine : on aurait dit plusieurs dizaines de cierges.

Cabochka avait bien fait son travail : vingt-huit garçons et filles étaient assis à même le sol, serrés les uns contre les autres. Il y avait même parmi eux des tout-petits : sans doute leur sœur ou leur frère aîné les avait-il conduits sur une luge, pour les sauver de l'Antéchrist…

Après avoir regardé et compté les enfants (avec Cabochka, ils étaient donc vingt-neuf), Eraste Pétrovitch se tourna vers le personnage principal.

Elle n'avait plus son bandeau ! Ce fut la première chose qui le frappa.

Elle portait son habit ordinaire. Elle ne s'était pas pomponnée pour l'occasion, mais avait enlevé le tissu qui masquait ses yeux.

Le regard qu'elle avait ! Droit, autoritaire, brillant comme de l'acier fondu.

– Tu nous as trouvés ? dit-elle avec tendresse. Tu es intelligent, je l'ai compris tout de suite. C'est ton cœur qui t'a guidé. Tu as eu de la chance, tu seras sauvé. Assieds-toi là-bas, dans le coin. Assieds-toi.

Sa voix et son regard possédaient une force hypnotique : Eraste Pétrovitch éprouva un léger vertige, ses muscles se relâchèrent, il ressentit une envie irrésistible de s'asseoir à la place indiquée par la conteuse.

Il ferma les yeux un instant, secoua sa torpeur.

Allait-il s'asseoir dans le coin ?

– Permets-moi de me mettre près de toi, ma mère.

Pourvu qu'elle l'y autorise ! Cela lui faciliterait la tâche.

Une circonstance le réconforta : Cyrielle était assise un peu à l'écart du pilier. En l'assommant d'un coup sec sur les vertèbres du cou, il l'empêcherait de le briser.

– D'accord, assieds-toi en face de moi, acquiesça-t-elle. C'est un véritable plaisir que de parler avec un homme intelligent. Tu as fait entrer de l'air, on en a pour une heure de plus au moins. Ma petite chienne, s'adressa-t-elle à Cabochka, allume encore quelques cierges. Pour abréger nos souffrances. Et si cela devient insupportable, je vous aiderai.

Non merci, pensa Eraste Pétrovitch.

S'asseoir en face n'était pas la meilleure solution. Cyrielle serait alors hors de sa portée. S'il n'y avait pas d'autre issue, il serait obligé de tirer. Le revolver était dans sa poche. À deux pas, il n'était pas difficile de l'atteindre en plein front… Mais non, ce n'était pas une bonne idée. Les enfants s'affoleraient, ce serait la cohue. Ils feraient tomber le pilier et la toiture s'écroulerait…

Bientôt, Fandorine remarqua un autre détail qui le fit renoncer définitivement à l'idée de tirer.

Un fil brillait dans la lumière tremblante. Il reliait le poignet de Cyrielle à l'endroit le plus fin du pilier.

Eraste Pétrovitch comprit qu'il suffirait à la prophétesse de bouger la main pour faire venir la mort « facile ».

Les enfants lui firent de la place et il s'assit en tailleur au milieu d'eux. Des corps chauds se serrèrent contre lui des deux côtés et derrière. Fandorine sentit une boule dans sa gorge : il enlaça ses deux petits voisins, un garçonnet et une fillette. Tous deux avaient des épaules frêles, celles de la gamine tremblaient pardessus le marché.

– Je t'ai 'econnu, dit la gamine, qui n'arrivait pas à prononcer les *r*. Tu as été chez nous à Ba'bouillevo.

Fandorine la reconnut aussi, d'après les taches de rousseur sur son nez, les dents manquantes et, surtout, les moufles rouge vif accrochées à une ficelle. C'était elle qui lui avait dit alors : « Qu'est-ce que t'as à zieuter ? Passe ton chemin ! »

En voyant qu'il fixait ses moufles, la gamine dit comme pour s'excuser :

– Il fait f'oid ici. Mes mains gèlent.

– Attends un peu, mon hirondelle, dit Cyrielle en souriant. Bientôt, ça va se réchauffer, et drôlement ! Dis-moi, Eraste, mon frère, comment as-tu deviné où il fallait aller pour te sauver ?

Après un instant d'hésitation, il décida qu'il valait mieux dire la vérité à cette femme.

– D'après la « Vision du père Ambroise » que j'ai trouvée dans la mine de Bogomilovo.

Elle acquiesça de la tête.

– Je savais que tu étais intelligent. Les anciens, se sont-ils sauvés ?

– Oui. On les a d-déterrés t-tard… Quand j'ai lu la p-prophétie, quand j'ai c-compris de quoi ça parlait, mes yeux se sont dessillés.

Fandorine se devait d'être convaincant. Il restait les yeux baissés, évitant le regard perçant de Cyrielle. Il n'y avait rien d'étonnant à cela : il était ému, il cherchait ses mots et même bégayait plus que d'ordinaire.

La conteuse rit tout doucement.

– Tu as de la chance, tu seras sauvé. Et pour moi, tu es un dernier cadeau du ciel. Puis-je l'avouer ? Quand tu m'as sortie du feu, j'ai eu très envie de voir quel genre d'homme tu étais. Ne serait-ce que d'un coin de l'œil. J'ai pensé que c'était une tentation du Malin. Tu es beau, bien fait. Ce sera joyeux de monter au ciel avec toi.

Il s'inclina légèrement comme pour la remercier du compliment. Une situation fantasmagorique à proprement parler ! Converser aimablement alors que leur vie ne tenait qu'à un fil, au sens propre, et que ce fil se trouvait dans la main de cette folle fanatique !

– Je n'ai pas compris pourquoi Laurent a mis le feu à la maison, dit Eraste Pétrovitch pour la faire redescendre sur terre.

– N'est-ce pas clair ? s'étonna-t-elle. Il voulait m'empêcher d'agir. Depuis longtemps, il fait le tour des villages, il persuade les gens de ne pas descendre dans les mines. Il se prend pour un homme de Dieu alors qu'il est envoyé par l'Antéchrist ! Mais il a un don extraordinaire. Il a l'œil perçant, il m'a percée à jour. Et il a trouvé ce piège. Il a mis le feu aux quatre coins de la maison, a calé la porte légèrement. Il savait que les gens réveillés par le feu ne penseraient qu'à eux-mêmes, qu'ils se précipiteraient dehors en m'oubliant. C'était son calcul.

– Il voulait te brûler ?

– Pire. Il pensait que pour trouver la porte j'enlèverais mon bandeau, en brisant mon vœu. C'en eût été fini de moi. Quelle sauveuse aurais-je fait après ça ? Laurent voulait détruire ma force. Mais le Seigneur s'y est opposé, il t'a envoyé à mon secours.

Fandorine grinça des dents.

La gamine aux taches de rousseur s'était endormie, tout contre lui, d'un sommeil lourd, agité. On commençait à sentir le manque d'air. Beaucoup d'enfants transpiraient.

Le temps filait. Il en restait très peu. Bientôt, les plus petits et les plus faibles commenceraient à étouffer.

– D'où es-tu ? demanda Cyrielle en arrangeant le châle qui cachait sa tête.

En remuant, sa main tendit le fil de fer relié au poteau. Le cœur d'Eraste Pétrovitch se serra.

– Tu as le parler pur, pas comme les gens du Nord, ajouta-t-elle.

– De Moscou. Et toi, ma mère ?

Il se souvint que, d'après le scénario proposé par Kryjov, il devait se présenter comme un vieux-croyant du quartier de Rogoja.

Heureusement qu'il ne l'avait pas fait !

– Moi aussi ! s'écria Cyrielle, toute joyeuse. Je suis fille de marchand, de Rogoja. J'ai quitté le monde en étant jeune fille. J'ai vécu en ermite sur le littoral de la mer Blanche, j'ai recopié des livres anciens et enluminé des manuscrits. Pendant vingt et deux années. L'été dernier, j'ai été visitée. La nuit, dans mon sommeil, une voix m'a parlé, sévère, la voix, et claire aussi. « Va là où il est dit dans la Vision d'Ambroise. Une grande prophétie y est cachée. » J'ai reconnu immédiatement la prophétie. Mais j'ai mis du temps à trouver le lieu en question. J'ai longtemps erré entre la ville d'Arkhangelsk et la Ceinture de pierre, et un jour j'ai entendu parler du couvent de la Vieille Piété. Ça n'a pas été facile de venir ici, de tout préparer pour le grand jour. C'est Sabbatios Khvalynov, le charpentier de Denissievo, qui a construit cette mine. Pour cela, je lui ai offert le salut en premier, à lui et à sa famille.

Aujourd'hui j'amènerai mes angelots au bon Dieu, et mon âme sera en paix. J'aurai tout accompli selon la prophétie… Une chose m'étonne, dit-elle en fronçant les sourcils et en dirigeant sur Fandorine son regard envoûtant. Toutes les brebis sont comptées dans la prophétie. Elles sont au nombre de quinze. Et toi, tu seras la seizième. Peut-être que j'ai mal fait de t'ouvrir la porte ? Et pourquoi, frère Eraste, ne me regardes-tu pas dans les yeux ?

À cet instant, une gamine se mit à pleurer dans un coin.

– Mère Cyrielle, je me sens mal, j'étouffe ! Laisse-moi entrouvrir la porte une petite minute !

– Moi aussi, j'étouffe, entendit-on dans un autre coin.

– Et moi ! J'ai lourd à la poitrine !

Un des petits pleurnicha, puis éclata en sanglots.

– Patientez, mes chéris ! Patientez, mes gentils ! pria Cyrielle. Patientez aussi longtemps que vous pouvez. Le Seigneur aime ceux qui ont beaucoup souffert. Je vais vous dire un conte, gai, léger. Quand je l'aurai terminé, je tirerai sur le fil d'argent, et vos âmes s'envoleront.

Les pleurs cessèrent. On entendait juste le souffle court, douloureux des enfants.

Fandorine, toujours assis, fit un mouvement pour se rapprocher de Cyrielle.

– J'ai quelque chose à te dire…

Elle l'arrêta d'un geste impérieux :

– Ne t'approche pas. Avant de se présenter devant le Seigneur, un homme et une femme ne doivent pas se tenir côte à côte. C'est un péché.

– C'est justement à propos du péché que je veux te demander quelque chose, dit-il tout bas.

Il avait tout de même réussi à réduire un peu la distance entre eux. C'est exprès qu'il parlait à voix basse : son auditrice allait instinctivement se pencher vers lui.

– N'est-ce pas un péché que de les prendre tous avec nous ? Il y en a qui sont tout petits, qui ne comprennent rien. J'ai un doute.

– Voilà donc pourquoi tu es venu ! dit Cyrielle en le regardant d'un air sévère. Tu m'as été envoyé comme questionneur, pour une ultime tentation. Sache que je me le suis demandé à maintes reprises. J'ai prié, j'ai pleuré. J'ai lu la réponse dans un livre saint, à propos de la compréhension et de la raison. Il est écrit : « La raison vient du Malin, c'est le cœur qui nous vient de Dieu. Écoute le désir de ton cœur. »

– Et si le cœur ne le désire pas ? Regarde, ils pleurent, ils ont peur. Tu crois que leurs cœurs désirent mourir ? Si tu leur permets de fuir, ils partiront tous jusqu'au dernier ! Tu te rappelles ce qui est écrit dans le plus grand des livres saints ? « Si quelqu'un scandalisait un de ces petits qui croient en moi, il vaudrait mieux pour lui qu'on suspendît à son cou une meule de moulin, et qu'on le jetât au fond de la mer. »

Eraste Pétrovitch n'avait jamais pris part à des disputes théologiques. Il était persuadé qu'en réponse à cette citation, cueillie dans un recoin de sa mémoire et qui tombait, certes, à point nommé, elle en alignerait dix autres permettant des interprétations parfaitement inverses.

Mais il s'était trompé. Son argumentation eut de l'effet. Ce n'étaient pas les paroles de Jésus adressées aux apôtres, citées dans tous les catéchismes, qui avaient troublé la prophétesse. Il y avait bien autre chose.

– Tu crois vraiment qu'ils partiraient ? Qu'ils mépriseraient le salut céleste pour la vie terrestre ? Les agneaux blancs ? Les angelots de Dieu ? s'écria-t-elle d'une voix perçante en tendant la main au-dessus de la tête des enfants. Mes fils, mes filles ! Qui veut partir d'ici ? Je ne vous retiens pas de force. Peut-être quelques-uns d'entre vous ont-ils été contraints de venir ? Partez, ceux qui ne veulent pas monter au ciel avec moi ! Qui dois-je laisser sortir ? Toi ? Toi ? Toi ?

Elle désigna du doigt chacun à tour de rôle et tous, même les plus petits, hochèrent la tête en signe de refus.

– Alors, questionneur, tu as vu ? Honte à toi ! Peut-être que tu veux sauver ta chair ? Alors, fuis ! Faufile-toi comme une petite souris par la porte et referme-la vite, pour ne pas faire entrer trop d'air. Aie pitié des petits enfants. Ce sera dur pour eux de s'étouffer pour la troisième fois.

– Tu as tort de me blâmer, ma mère. Je ne partirai pas. Car je suis un homme adulte et ma décision est prise. Mais eux ne sont pas des êtres raisonnables ! Ils ne veulent pas partir, car toi et ta guide vous ne leur avez présenté que le chant d'une colombe.

– Quelle colombe ? s'étonna Cyrielle.

– Tu te rappelles ton chant sur les deux colombes, la grise et la noire ? Dans ta chanson, tu permettais à la jeune fille de choisir. Tandis que là, tu les entraînes vers la sainteté de force. Ce n'est pas honnête. Le Seigneur n'appréciera pas un sacrifice comme celui-ci.

La prophétesse réfléchit.

– Eh bien, tu as raison. Ils n'ont qu'à écouter leurs cœurs derechef. Parle pour la colombe grise et moi, je serai la colombe noire.

Eraste Pétrovitch ne s'attendait pas du tout à ce que les choses prennent ce tour-là. Il devait tenter sa chance pour sauver ne serait-ce que quelques enfants. Mais pouvait-il combattre l'habile conteuse avec ses propres armes ? Elle avait du métier, une voix pénétrante, un regard magnétique. Et lui ? Il ne savait même pas parler aux enfants.

– Tu te tais ? Alors, je commence.

Cyrielle baissa la tête et poussa un profond soupir. Tous les regards étaient rivés à son visage.

– Je ne vous dirai pas un conte, mais une histoire vraie, commença-t-elle tout doucement, presque dans un souffle. Un jour, les hommes du méchant patriarche Nikon sont arrivés dans un village pour y semer leurs croyances et pour éradiquer la vraie foi. Les hommes, les femmes, les vieillards et les vieillardes ne se sont pas laissé séduire, n'ont pas eu peur des menaces, et le voïévode, ce chien, a ordonné de les enfermer dans une remise et de les brûler. « Ce n'est pas d'eux que j'ai besoin, a-t-il dit. Nous allons prendre les petits enfants, nous allons les convertir et ils deviendront les fidèles serviteurs du tsar. » Ils ont pris tous les enfants, ils les ont jetés en prison, ils les ont fouettés, puis ils leur ont brûlé les pieds et les mains, et ils leur ont infligé maints autres supplices, et pendant ce temps, ils ne leur donnaient pas à manger…

Le visage de la conteuse était toujours baissé. Son murmure se faisait de plus en plus perçant, comme s'il montait de la terre. Même Fandorine se sentit mal à l'aise ; quant aux petits auditeurs, ils tremblaient. L'effet ne venait pas du récit lui-même, mais de ce sifflement sinistre.

– Un des enfants, âgé d'une dizaine d'années, ne put supporter les tourments : on lui lacérait le dos avec un martinet armé de clous, et on l'arrosait ensuite avec de l'eau salée. Il s'est mis à pleurer et il s'est signé avec trois doigts. Le voïévode l'a laissé sortir. Quant aux autres, qui n'ont pas cédé, il a ordonné de lâcher les chiens sur eux. Les chiens aux crocs acérés se sont jetés sur les malheureux et ils les ont mis en pièces sur-le-champ ! C'est ce que les nikoniens font à ceux qui ont la foi solide ! L'enfant qui avait trahi Dieu a vécu une longue vie. Mais il n'était pas heureux : la honte l'a tourmenté jusque dans ses vieux jours. Quand il est mort, les démons lui ont enfoncé des crocs en fer dans les côtes. Avant de le jeter dans la géhenne, ils l'ont fait monter au ciel. Il y a jeté un coup d'œil et il a vu les petits garçons et les petites filles que les chiens avaient égorgés : ils étaient sur un nuage de soie, sous un soleil clair. Si joyeux, si lumineux. Le Christ et la Mère de Dieu étaient avec eux. Et l'apostat est tombé dans un gouffre noir profond, sur des pieux pointus. Et il a poussé un hurlement ! cria soudain Cyrielle d'une voix terrible, levant la tête et passant son regard brûlant sur les murs de la grotte.

Les enfants poussèrent des piaillements effrayés. Cyrielle poursuivit :

– Puis les démons l'ont attrapé par une oreille et ils l'ont jeté sur une poêle ! Puis chez des araignées géantes toutes velues, dans une toile visqueuse ! Puis dans un trou grouillant de vipères ! Et ainsi de suite, jusqu'à la fin des temps. Car, conclut-elle d'une voix calme qui se voulait édifiante, celui qui a supporté un bref supplice sans se renier gagne la béatitude éternelle. Mais celui qui a trahi pour repousser sa mort le paiera par des souffrances éternelles… À toi à présent, colombe grise. Parle.

Impressionnés par le terrible récit, les enfants se serraient les uns contre les autres ; Fandorine était au désespoir. Que pouvait-il opposer à cette accumulation d'horreurs, narrées avec un art consommé ?

Comment expliquer aux petits habitants de ce trou perdu dans la forêt que le monde était vaste et beau ? Ils ne comprendraient pas ce qu'il leur dirait et lui, il était incapable de leur parler dans un langage accessible pour eux. Ah, si Massa avait été là. Le Japonais savait parler aux enfants, lui.

Il n'arrivait presque plus à respirer, la sueur ruisselait sur sa poitrine et son dos.

– Hum… Dans la ville de Moscou, il y a une cloche, elle est grande, elle est immense, commença Eraste Pétrovitch en trébuchant sur chaque mot. Aussi grande qu'une isba. On l'appelle la Tsar-cloche. Il y a aussi un canon, le Tsar-canon. Vingt chevaux n'arriveraient pas à le déplacer. Voilà.

Il se tut. Il se sentait parfaitement idiot.

– Elle sonne fort, cette cloche ? demanda sa voisine aux taches de rousseur, en le regardant de bas en haut avec ses yeux remplis de larmes.

– Elle ne sonne pas. Elle est fêlée. Elle est tombée du clocher.

– Et le canon, il tire loin ? demanda l'un des gamins.

– On ne s'en est jamais servi pour tirer…

Il n'y eut pas d'autres questions.

Elle était douée, la colombe grise, à n'en pas douter ! Fandorine était furieux contre lui-même.

– Au pays d'Afrique, il y a un animal, la girafe. Elle a quatre pattes, elle est jaune avec des pois noirs. Elle a un cou très très long. Elle peut cueillir tout ce qu'elle veut sur n'importe quelle branche de n'importe quel arbre.

– Même des pommes ? retentit une voix dans le noir.

– Des pommes, des poires, des prunes, confirma Eraste Pétrovitch. Il y a aussi là-bas un immense cochon qu'on appelle l'hippopotame. Il reste allongé dans le marécage toute la journée à s'arroser de boue. Et un autre cochon encore plus gros qui s'appelle l'éléphant. Avec des oreilles comme ça et une trompette à la place du nez. Quand il prend de l'eau dans son nez et qu'il vous crache dessus, vous tombez.

Il entendit un petit rire hésitant.

Encouragé par cette réaction, Fandorine poursuivit :

– En Australie – c'est un autre pays – vit l'animal le plus gentil du monde. C'est un petit nounours tout poilu. Il ne mange que des feuilles. Il mâche un bon coup et après, il se serre contre une branche et il s'endort. On l'appelle koala. Une fois je me suis approché, j'ai pris un nounours endormi dans mes bras. Il n'a pas protesté, il s'est serré contre moi et il a continué à dormir. Qu'est-ce qu'il était doux !

Ils l'écoutaient, c'était sûr !

Il poursuivit en précipitant les mots, tout en épongeant sa sueur.

– Au pays du Japon, il existe une sorte de combat : ce sont des gros qui s'affrontent. Chacun est comme une boule. Ils entrent sur le ring et se poussent avec leurs ventres. Celui qui est plus habile à bousculer l'autre a gagné.

– Ça, pour les g'os, tu 'acontes n'impo'te quoi !

– Moi, je r-raconte n'importe quoi ? s'indigna Eraste Pétrovitch. Regarde donc toi-même !

Il sortit le cadeau de Massa, le mouchoir qui représentait les lutteurs de sumo. Il le déplia, le montra. Les enfants s'approchaient, les uns à quatre pattes, les autres penchés. Tous voulaient voir l'image extraordinaire.

Les chandelles commençaient à s'éteindre faute d'air, et Fandorine dirigea sa torche sur le mouchoir.

– Ça alors ! s'écrièrent les gamins. Tonton, laisse-moi le toucher !

– Et moi !

– Et moi !

Fandorine comprit que la victoire n'était pas loin.

Soudain, il sentit une étrange torpeur l'envahir. Sa langue devint pâteuse, ses membres s'engourdirent. Cyrielle le dévisageait de son regard fixe, et il éprouva dans son corps l'influence palpable, bien qu'inexprimable avec les mots, de cette force mesmérienne.

Il s'obligea à se détourner, pour ne regarder plus que les têtes des enfants, et réussit à briser l'envoûtement.

– Il y a bien des choses dans le vaste monde, dit-il d'une voix forte. De grandes montagnes, des mers bleues, des îles vertes. Et des gens différents. Il y en a qui sont méchants, mais il y en a aussi qui sont gentils, et ils sont nombreux. Il y en a qui sont tristes, mais aussi des joyeux, plein. Avec les uns il est bon de parler, avec les autres il est bon de travailler. Le Seigneur a inventé tant de choses pour vous. Comment partir sans avoir rien vu, sans avoir goûté à rien ? Le Seigneur ne sera-t-Il pas vexé ?

Eraste Pétrovitch se tut, car il ne savait plus quoi dire. Le petit blondinet qui était assis à côté de lui demanda :

– C'est-y vrai ou pas, on raconte qu'il existe du sucre noir, de la chacalate que ça s'appelle. Terriblement sucré !

– Oui, s'éveilla soudain Fandorine, reconnaissant pour cette aide. Et aussi de la marmelade, c'est comme du jus de fruits, mais qu'on peut mâcher. Et des gaufres…

– J'en ai mangé, mon père en avait apporté de la ville.

Le blondinet se tourna vers Cyrielle et dit bien fermement :

– Mère Cyrielle, je veux rentrer.

– Moi aussi. C'est samedi, maman va faire des gâteaux.

– Laisse-moi sortir aussi !

– Moi aussi !

Eraste Pétrovitch, tourné à moitié vers la prophétesse, mais évitant de la regarder dans les yeux, lui dit le plus calmement du monde :

– Laisse partir ceux qui veulent. Et nous, on reste.

Un incroyable charivari remplit la grotte. Les gamins

se disputaient : les uns affirmaient qu'il fallait partir, les autres qu'ils devaient rester. L'un des garçons, trop passionné, donna un coup à son voisin. Cris, pleurs, jurons se muèrent en un terrible vacarme.

C'est alors qu'il arriva ce que Fandorine craignait le plus.

En entendant ces bruits incompréhensibles, les hommes qui attendaient dehors décidèrent de s'en mêler. On pouvait les comprendre, bien sûr. Il n'était pas facile de demeurer si longtemps dans l'inaction et l'ignorance.

Des coups puissants s'abattirent sur la porte en bois, qui se brisa en deux. Une vague d'air frais pénétra à l'intérieur. Ce fut décisif.

Ce souffle de vie qui était parvenu dans le souterrain agit bien plus efficacement que n'importe quel argument. Comme attirés par un aimant puissant, les gamins se précipitèrent vers la sortie en se bousculant.

– Attendez, mes gros bêtas, vous courez à votre perte ! cria Cyrielle d'une voix hystérique.

Elle tenta de les retenir, mais Fandorine observait chacun de ses mouvements : il bondit vers la prophétesse, saisit de toutes ses forces son poignet, que le fil reliait au pieu, et le plaqua au sol.

Dans sa vie, Eraste Pétrovitch s'était battu bien des fois, et parfois contre des adversaires sérieux. Mais jamais encore personne ne lui avait résisté avec autant d'acharnement que le fit cette femme fine, amaigrie par le jeûne.

Le choc sur les vertèbres du cou n'avait eu aucun effet sur elle. Pas plus qu'un coup bref mais fort sur la tempe.

Écumant de rage, Cyrielle essaya de tirer le fil tout en saisissant son ennemi à la gorge de l'autre main. Elle réussit à percer sa peau avec ses ongles : la chemise de Fandorine fut inondée de sang.

Quelqu'un d'autre se jeta sur lui de l'autre côté. Des dents pointues se plantèrent dans sa main tandis qu'il tentait d'appuyer sur l'aorte de Cyrielle. C'était Cabochka !

– Pas ici, gémit la prophétesse. Fais tomber le pilier ! Le pilier !

La gamine desserra ses mâchoires et, habile comme une couleuvre, se glissa jusqu'au poteau et s'y appuya de tout son corps.

Le poteau grinça, mais résista : la fillette était trop malingre.

Fandorine se redressa et rejeta la « chienne » d'un coup de pied.

Il fallait tenir encore quelques instants : les derniers gamins étaient sur le point de s'engouffrer dans la galerie.

– Plus vite, plus vite ! cria-t-il, et il serra enfin le cou de Cyrielle au bon endroit.

La prophétesse, secouée de convulsions, agita ses jambes mais, en dépit de toutes les lois de la physiologie, ne perdit pas connaissance. Elle saisit Fandorine et le fit tomber sur elle.

– Le pilier ! cria-t-elle dans un râle.

Il fallut une seconde à Eraste Pétrovitch pour se libérer : il rejeta la tête en arrière, frappa la maudite sorcière de toutes ses forces sur le nez avec son front. Elle relâcha sa poigne et retomba, inerte.

Mais cet instant suffit à Cabochka pour reculer jusqu'au mur et, de là, prenant tout son élan, se jeter sur le poteau dans un hurlement.

Il ne put l'en empêcher.

Il réussit juste à rouler vers la sortie, dans un effort ultime et désespéré.

Le bois craqua, la terre trembla, et ce fut la fin du monde : nuit noire et silence absolu.

Tels des rayons

Eraste Pétrovitch sentit une goutte chaude lui tomber sur le visage. Puis une autre. Il retrouvait ses esprits.

– Réveille-toi, mon maître, réveille-toi ! répétait une voix pleurnicharde sur le point de se briser.

Fandorine ouvrit les yeux à contrecœur et il vit au-dessus de lui la physionomie de son serviteur. Plus loin – pas très haut – s'étendait un ciel gris teinté de rouge : l'aurore.

Un autre visage, avec un toupet crânement rejeté en arrière et des moustaches aux extrémités enroulées, apparut dans le champ visuel d'Eraste Pétrovitch.

– Il est vivant ! J'ai eu tort de dire la prière des morts, dit joyeusement Odintsov.

Il tendit la main pour essuyer le front couvert de poussière de Fandorine, mais Massa repoussa sa main en maugréant d'un air méchant et le fit lui-même.

Les ongles du Japonais étaient laids : cassés, sales, maculés de terre et de sang caillé.

Un troisième homme se pencha sur Fandorine : c'était Evpatiev.

– Nous n'avions plus d'espoir. Jamais on ne vous aurait dégagé sans votre Asiate. Ce n'est pas un être humain, c'est une machine à creuser la terre. Sans pelle, sans rien, il vous en a sorti à mains nues.

– Ça fait longtemps que je suis allongé là ? demanda

Fandorine d'une voix rauque et grinçante qui le dégoûta lui-même.

– Oh oui, Eraste Pétrovitch. Je te le dis, j'ai même récité la prière pour le repos de ton âme. Je m'étais fâché contre le Nippon : « Va-t'en, infidèle ! Il ne faut pas tripoter le défunt ! » Et lui, il n'arrêtait pas de te secouer, de te frotter les joues, de te souffler dans la bouche.

– Dans la bouche ? s'étonna Fandorine. C'est donc pour ça que je sens un goût de caramel.

Il puisa une poignée de neige, l'avala. C'était comme s'il avait bu de l'eau vive. Il put s'asseoir, puis se mettre debout. Il tâta son corps : rien de cassé, uniquement des coups, mais ce n'était rien. Il restait juste la poussière qui grinçait sur ses dents. Il avala encore un peu de neige.

Autour, il n'y avait personne.

Une grande clairière. Une chapelle toute noircie par les ans. Un portail à moitié effondré surmonté d'une vieille croix à quatre branches.

La neige ne tombait plus. Le monde était blanc et pur.

– Et l-les enfants, où sont-ils ?

– Partis. Ils ont détalé, à croire qu'ils fuyaient le démon ! Il reste quelqu'un là-bas ?

– Cyrielle et sa g-guide. Personne d'autre.

– Elles sont loin de l'entrée ?

– Une dizaine de mètres.

Evpatiev poussa un soupir.

– Trop loin. On ne peut pas les déterrer à mains nues.

Le policier trancha :

– Pas la peine de les déterrer. Faut pas les déranger, les mortes. Et surtout, vu comment elles sont mortes. Qu'elles restent où elles sont. Elles ont choisi leur tombeau. Je vais juste leur installer un monument.

Julien grimpa promptement en haut du portail, enleva la croix et descendit.

– Je croyais que les suicidés n'y avaient pas droit, fit remarquer Evpatiev en l'observant planter la croix dans la terre juste au-dessus du tas de décombres.

– S'ils sont morts pour la foi, on peut.

En regardant la croix, Odintsov se signa avec trois doigts. Nikiphore Andronovitch fit aussi un signe de croix, avec deux doigts, lui. Massa replia ses mains, ferma les yeux et se mit à chantonner le sutra pour chasser les démons.

Eraste Pétrovitch ne participa point à cet office des morts œcuménique.

Tournant le dos aux hommes en prière, il regardait la clairière marquée en tous sens par les sillons que skis et luges avaient imprimés sur la neige, tels des rayons : à gauche, en direction de la rivière ; à droite, vers le lac ; en diagonale, vers le bois de bouleaux ; tout droit, vers la forêt de sapins.

Soudain, Fandorine tressaillit.

À une quinzaine de pas de la mine effondrée, la neige était marquée d'une tache rouge. Un des enfants avait-il été blessé ?

Il s'y dirigea en claudiquant.

Il s'arrêta. Sourit.

C'était une petite moufle rouge attachée à un bout de ficelle.

Table

DU MÊME AUTEUR

Altyn Tolobas
Presses de la Cité, 2004
et « 10/18 », n° 3899

La Maîtresse de la mort
Presses de la Cité, 2006
et « 10/18 », n° 4178

La Prisonnière de la tour
Presses de la Cité, 2007
et « Points », n° P2934

Le Chapelet de jade
Presses de la Cité, 2009
et « Points », n° P3002

LES AVENTURES D'ÉRASTE FANDORINE

Azazel
Presses de la Cité, 2001

Le Gambit turc
Presses de la Cité, 2001

Léviathan
Presses de la Cité, 2002

La Mort d'Achille
Presses de la Cité, 2003

Missions spéciales
Presses de la Cité, 2003
et « 10/18 », n° 3712

Le Conseiller d'État
Presses de la Cité, 2003

Le Couronnement
Presses de la Cité, 2005
et « 10/18 », n° 3997

L'Amant de la mort
Presses de la Cité, 2006
et « 10/18 », n° 4179

L'Attrapeur de libellules
Presses de la Cité, 2009
et « 10/18 », n° 4731

Le Monde entier est un théâtre
Presses de la Cité, 2013

LES AVENTURES DE NICHOLAS FANDORINE

Bon sang ne saurait mentir 1
Presses de la Cité, 2008
et « 10/18 », n° 4293

Bon sang ne saurait mentir 2
Presses de la Cité, 2008
et « 10/18 », n° 4294

Le Faucon et l'Hirondelle
Presses de la Cité, 2011
et « 10/18 », n° 4701

LES AVENTURES DE PÉLAGIE

Pélagie et le bouledogue blanc
Presses de la Cité, 2005
et « 10/18 », n° 4049

Pélagie et le moine noir
Presses de la Cité, 2006
et « 10/18 », n° 4119

Pélagie et le coq rouge
Presses de la Cité, 2007